望門閨秀 3

風文創 084

不游泳的小魚 著

目錄

第五十三章

葉成紹一回府，便讓芍藥叫了幾個粗使婆子進來。

「去，將洪氏給爺拖起來，先關進柴房裡頭，明兒就送回洪家去。」

芍藥聽得一怔，臉上卻是顯出喜色來，歡喜地就領了四個婆子去了。

卻說洪氏，雖然撞破了頭，心情卻是好得很。宮人走後，她就歪在大迎枕上吃著點心，她身邊的丫頭巧蘭正端了一碗藥進來，見她臉色很好，也跟著湊趣道：「那藍氏可是被大夫人打得鼻青臉腫的，姨娘這下可是好出了一通氣了。」

洪氏丟了一塊豆黃糕進嘴裡，冷笑道：「不過一個五品小吏之女，也敢不將本小姐放在眼裡？也不看看本小姐是什麼身分來的，那藍家也是膽子大，竟然敢接了她回去，哼，看著吧，這門親事怕是要黃了。」

巧蘭笑著將藥吹了吹，送到洪氏面前。「姨娘先喝了藥吧，這宮裡的藥就是不一樣些，可不能辜負了貴妃娘娘的一片心呢。」

洪氏得意地接過藥，笑道：「表姨最是疼我，她怎麼捨得我被人欺負？」

巧蘭聽了又著意地奉承了幾句。洪氏喝了藥，卻是鬱鬱的，又不開心了起來，嘆道：

「世子爺若是肯多看我一眼，那也是好的啊，今兒我受了如此大的傷，也不知道他會來一趟不？」

巧蘭的臉色也跟著黯淡下來，卻是安慰道：「世子爺那性子也不會長久的，當初姨娘進門時，他不也到姨娘這裡來過一陣子，好寵過姨娘一陣？他對著藍氏不過也就是圖個新鮮，時日久了，還是會來姨娘這裡的。」

洪氏卻在發怔，眼裡閃過一絲自嘲。那個男人來是來了，卻根本就不碰她，只與她玩鬧嘻笑，像是不通人事似的，偏那個樣子又惹人憐愛喜歡，若誰能真的得了他的心，怕真就撿了個大寶貝呢！看著混帳痞賴，其實根本就不亂來一下，他那種男人一旦用了真情，怕就是那最專情的男人，但願他的心，肯為她而動。

正想得癡，卻聽到外頭響起一陣激烈的拍門聲，洪氏皺著眉頭讓巧蘭去看看。

巧蘭去開了門，卻見芍藥帶著幾個粗使婆子氣勢洶洶地進來。

洪氏立即躺到床上，捂著頭呻吟了起來。芍藥嘴角勾起一抹嘲弄，對婆子們手一揮，道：「拖走。」

沒等洪氏反應過來，兩個粗壯的婆子就一把將洪氏自床上拖下來，往門外去。洪氏大吵大鬧起來。「大膽賤奴！妳們敢以下犯上，夫人知道了，定然不會饒妳們！」

芍藥得意地跟著後頭道：「妳且等夫人知道了再說吧，如今是世子爺要將妳關到柴房裡，明兒送妳回洪家去。」

洪氏大驚，又叫了起來。「我要見世子爺！爺不會這麼對我的！」

芍藥正要說話，就聽葉成紹自穿堂裡走出來，對芍藥道：「等等，我想起一件事來。」

洪氏聽後大喜，掙脫兩個婆子便向葉成紹撲了過去，嬌弱淒婉地喚了一聲：「爺，你可算來了。」

葉成紹身子一閃，洪氏撲了個空，趴在了地上。芍藥皺了眉頭看著葉成紹。爺做事總不著調，不會又反悔了吧……

「她今兒害我娘子被打了五板子對吧？來人，拿竹板子來，對著臉抽，給爺抽她十下，明兒再送給貴妃娘娘看，讓她知道她的甥女究竟有多醜。」

葉成紹說完，長袖一甩，便走了。

洪氏發出一聲淒厲的慘叫。「爺，你不能這麼對我——」

「再加十下！」葉成紹無情的聲音自前方冷冷地飄來。

侯夫人屋裡，白嬤嬤急急地去敲夫人的門，侯夫人皺了眉頭應了聲道：「有事明天再稟，我受了寒，身子不舒服。」

「是，夫人，您好生歇著。」白嬤嬤聽得心中一凜，皺著眉頭沈吟了一下，隨即又笑了起來。

心道，那洪氏也是活該，這深更半夜的，世子爺要做什麼，夫人和侯爺自然是歇著了，自然是不知道的。

當晚，素顏吃了葉成紹留下的藥，沈沈地睡了。第二天，紫晴在床邊叫了幾次竟是沒醒，外面雨早停了，出了個大大的太陽，氣溫卻仍是寒冷，紫晴無奈地站在素顏床前嘆氣。大姑娘竟然像個孩子一樣，推她一次，她就唔了一聲，蜷著身子就往被子裡縮，耍著賴不肯起來。

今兒可是回門禮，一會子府裡頭會來好多客人，大姑奶奶不起來可不行。

陳嬤嬤也進來看過幾次，想著她昨晚睡得太晚，又受了那麼大的苦，便有些心疼，捨不得硬叫醒她，便讓紫晴莫叫了，在外頭看著點，真有客人來，只說大姑奶奶身子不爽利就是。反正昨兒那事也鬧得沸沸揚揚的，京裡不知道的也少，才鬧了那麼大一齣，就能喜笑顏開地見人，出去了，人家也不信，不如說病了來得實在。

於是，在陳嬤嬤的縱容下、紫晴的無奈中，素顏難得睡了一個懶覺。

朦朦朧朧中，感覺耳側癢癢的，有小蟲子在爬的感覺，她迷糊地睜開眼，看著一張放大的俊臉正笑得春光燦爛，一頭烏黑的長髮用紫金冠束之於頂，髮尾自肩頭披散下來，如流動的黑綢，垂落在她的頸脖間，隨著他憨憨的傻笑一顫一顫，正是惹得素顏脖子癢的罪魁禍首。

素顏皺了皺眉頭，伸了手覆在葉成紹的臉上，將他往後推，嘟囔道：「你真吵欸，再讓我睡一會兒，一點也不想上班啊……」

「娘子，什麼上班？」某人仍是傻笑著，身子順勢一倒，便挨挨蹭蹭地往被子裡鑽。素顏聽得迷糊，還沒夢醒，隨意說道：「喔，今天週末……啊……娘子……相公！」

她突然自床上就坐了起來，黑白分明的清澈大眼瞪著眼前的美男，愣了一會兒，好半晌，才眨巴眨巴著眼睛，有些懊惱地又縮回被子裡，將頭一蒙。

「娘子，妳怎麼了？會悶壞的。」窘著臉的素顏好可愛，葉成紹惡作劇地就去扯她的被子。

「我死了……別管我。」真窘死了，這覺睡得太沈，竟然以為自己已回到了現代，以為自己還是那個天天朝九晚五、為了生活拚搏的小女生。葉成紹不會發現什麼吧，若是讓他知道自己只是一縷異世遊魂，他會不會將自己當妖怪？

正紅著臉死命地揪住被子與某人進行拉鋸戰，某人的腦袋乾脆鑽進了被子，一雙大手不老實地勾住了素顏的纖腰，一把將她摟緊在懷裡，嘴巴也同時鑽進素顏脖子裡窩著。

這突襲讓素顏一時沒有招架，讓他偷襲得手，大手在她身上敏感之處來回點火。這廝似乎有了些技巧，撫摸時也知道時輕時重，讓素顏好一陣心跳加速。當額頭傳來一陣刺痛時，素顏總算清醒了些，她兩手同時出擊，一隻手一邊，揪住葉成紹的耳朵，衝口罵道：「混蛋，你吃我豆腐！」

葉成紹吃痛，被素顏從被子裡揪出，哎喲喲地哼著。「娘子，痛……好痛，輕點、輕點啊！」

素顏心頭正惱火，哪裡肯鬆手？嗔道：「你手放老實些，我就放了你。」

葉成紹立即苦了臉，將兩手高舉過頭。「好、好，我投降、我投降。」

素顏被他那滑稽的樣子弄得想笑，原本想板著臉訓斥他的，突然覺得心軟軟的，難聽的話就說不出口了，鬆了手。再看他那一對白生生的耳朵被自己揪得紅通通的，像要滴出血來，心下就有些不忍，就伸出手揉了兩下，嗔道：「一大早就跑出來嚇人，你找死啊。」

素顏眼裡的溫柔看得葉成紹心中一甜，被揪得火燒火辣的耳朵也不疼了，黑玉般的眼睛望著素顏，咧開嘴笑道：「想娘子了，所以就來得早了些。娘子，妳還睏不？睏就再睡一會兒，我陪妳呀。」

昨日發生的事情又再次回到了腦海裡，素顏感覺有些煩悶，嘟了嘴對著葉成紹一推，道：「是來接我回去的吧？那個家，我一點也不想去啊。」

葉成紹眼神黯淡了下來，捉住素顏的手放在胸前，道：「娘子，不會再發生那樣的事情了，妳放心，再也沒有人敢隨意欺負妳了。洪氏我打算今兒就送回她娘家去，妳回去後，不會再看到她。」

素顏聽了嘆了一口氣，心中千頭萬緒。已經嫁給他了，昨天鬧得那麼大，也沒和離得成功，以後再要尋找那樣的機會是難上加難了，而且她也感覺出來，她似乎根本就和離不了，這輩子除非被葉成紹休了，怕是永遠都要綁在一起生活了。自己那些現代的思想，是不是太過強求了？能在這個社會裡好好生活著，應該就是不易了吧，而他，其實也不錯，肯處處為自己著想，還肯讓著，肯包容自己，真要換一個就一定比他好嗎？獨自一人，又真的能生存得下去嗎？

葉成紹見素顏又緊蹙著秀眉，心頭微緊，雙手捧住她的手。「娘子，妳不要顧慮太多，很多事情不能一蹴而就，只能慢慢來的，只要我們兩個能在一起開心地過日子，那不就很好嗎？妳就是想得太多了。」

是想得太多了些，三妻四妾在這個社會裡太過平常，自己已然穿越，已經成為了這裡的一分子，就要依著這裡的生存規則活下去，那就不能太強求了，不然，吃虧的只會是自己。

腦子裡又想起大夫人曾經告誡過的話，一個女人家最重要的就是抓住相公的心，只要男人的心是向著自己的，那些個花花草草的終究會成為過眼雲煙，日子也會好過一些，畢竟這個時代還有一個規則，那便是正室始終是被丈夫最尊重的那一個……

想到這裡，她不由幽幽地看向眼前的這個男人。他的心是向著自己的吧？他說他是喜歡自己的，可是這喜歡能維持多久呢？自己也要像那些女人一樣，想方設法地去討他的歡心嗎？

換個法子活，會不會更精彩呢？或許，永遠抓牢他的心，也是一種挑戰？

「起來吧，相公，一會子家裡會來很多客呢，咱們再窩在床上可不好。」素顏揪了揪葉成紹的鼻尖。不管如何，這廝還是長了一張大俊臉的，不蹂躪一下太可惜了。

看到素顏眼裡帶了笑，葉成紹聳聳鼻子，抱住素顏的臉突然親了一下，又立即躲開，像個偷到桃子的小猴子，惹得素顏又瞪了他一眼，才翻身自床上坐起。

外頭候著的紫晴早聽到屋裡的動靜，只是不好意思進來，這會子覺得似是起了，忙在外頭問道：「大少奶奶，奴婢進來了喔？」

素顏聽得臉一紅，明明自己跟葉成紹什麼也沒幹，被這丫頭問得好生曖昧，不由嗔道：「妳進就是了，問什麼。」

紫晴癟癟嘴走了進來，心裡卻想，不問，若是進來撞見了什麼，怕是又要罵她咧。她去耳房打了水，芍藥沒來，葉成紹就得由她服侍。

昨兒個她對世子爺可沒給好臉色，也不知道他以後會不會報復，心下有些忐忑，打了水進來，就見葉成紹已經站在了床下，只是一身上好的直裰外袍被他弄得縐巴巴的，不由得看向素顏。

素顏看著也是又好氣又好笑。這廝有時就像個孩子一樣頑皮，穿著外衣就往床上鑽，這個樣子如何出去見客？無奈地對紫晴道：「昨兒帶了爺的衣服來沒？若是沒有，就使了人回侯府去拿一套來。」

昨日那時可是打著要回府長住的計劃的，哪裡會收拾爺的衣服？紫晴聽著就有些犯愁，皺了眉頭轉身出去時，卻聽到紫雲道：「三姨娘帶著三姑娘一起來看望大少奶奶，問大少奶奶可起了？」

紫晴聽得就眼睛一亮。上回大少奶奶的嫁妝可是三姨娘幫著做了好幾件呢，其中就有爺的衣服，也不知道她這幾天又做了沒，不過死馬當活馬醫，碰碰運氣也是好的，也不理紫雲，自行出去就迎了三姨娘和素麗進來。

「奴婢給姨娘和三姑娘請安，我家大少奶奶和爺還沒起，昨兒個受了點風寒，睡得晚了些，您先坐著，奴婢給您沏茶去。」

素麗向來與紫晴熟，聽她說得乖巧，便笑道：「妳儘管忙自個兒的去，我和姨娘坐著等大姊和姊夫就是了，不用管我們。」

紫晴聽了就福了一福，卻似是自言自語道：「爺也真是的，昨兒個那麼不注意，好好的衣服就淋濕了，這會子也沒得換，也不知道昨兒晚上那衣服烘乾了沒。」

三姨娘聽了果然問道：「大姑奶奶沒給世子爺帶衣服來？」又覺得自己說了不該說的話，忙又笑道：「可巧了，前次給大姑奶奶準備嫁妝時，我就多裁了一件，只是沒趕上縫完，這兩日正好把盤扣釘了，正打算著等大姑奶奶回來，再送給大姑奶奶的。」回頭對身邊的丫頭道：「去把那件藏青色直裰拿來。」

丫鬟退了下去，紫晴的小嘴就有些得意地微微上翹，對著三姨娘又福了福。這時，葉成紹已換了一身簇新衣服走了出來，她不由得怔住，對著三姨娘尷尬一笑，進了裡屋。

紫綢正在給素顏梳頭，紫晴扯著她就問：「世子爺怎麼又有衣服了？」

「陳嬤嬤帶的啊，妳以為嬤嬤像妳我啊。」邊說邊用手指頭戳紫晴的腦門，笑道：「以後得多學著點，別以為有一點子小聰明，就能什麼差事都辦得好了。」

紫晴聽得笑了，翻了根紅色珊瑚簪子給素顏斜斜地插在髮間，兩邊看了看，誇道：「咱們大少奶奶就是長得好看，那個洪氏啊一副狐媚子樣，怎麼能跟大少奶奶比？真真不自量力。」

素顏聽得無奈地搖了搖頭，敲了下她的頭道：「妳呀，少說兩句，沒人當妳啞巴。」

接收到紫綢也投來的一個嗔視，紫晴笑笑地跟素顏說起三姨娘屋裡還有世子爺的衣服一事來。

素顏微微蹙了蹙眉，卻沒有說什麼，起了身，往正屋裡來。

三姨娘一杯茶剛喝完了，看到素顏出來，起了身就要行禮，素顏三步併作兩步走上前去，忙扶住三姨娘道：「姨娘不用多禮，都是自家人，姨娘又是長輩，該受我一禮才是。」說著，就行了半禮。

三姨娘聽得心中微暖，笑咪咪地受了。素麗觸到素顏額頭上的青痕，眼神微黯，轉頭嗔怪地看著葉成紹道：「大姊夫，姊姊今天的妝容好生特別啊。」

葉成紹正端茶在喝，聽得素麗的話，手一抖，差一點就將茶灑了，尷尬一笑道：「三妹說得是，娘子不管作何種妝扮都是最好看的。」說著，就乞求地看著素麗。真是哪壺不開提哪壺啊，他家娘子可是才剛消氣呀。

素麗看著葉成紹可憐的樣子，又好笑又好氣，心裡又酸。昨天那件事情鬧得那麼大，她哪有不知道的道理？只是三姨娘拘著她，說不是什麼光彩的事，不讓她來看望素顏，就是早上來，也是在大夫人處得了好消息，知道侯夫人來給大姊賠了禮，大姊雖被欺負了，但侯夫人也以長輩之尊親自來認了錯，聽說那鬧事的小妾也被打了一頓要趕出侯府去，大姊也算是找回了面子，三姨娘才拉著她一起過來了。

只是，到底是自家姊妹，看到姊姊額頭上的傷痕，心裡就有氣，想著某人曾經說過的話，她就有些忍不住為自家姊姊鳴不平。

「希望大姊夫不是口花花才好啊。」素麗微瞇了眼笑道。

葉成紹聽了，忙自袖袋裡拿出兩個盒子來，交給紫綢道：「送給三姨娘和三妹的禮。」

三姨娘忙起了身行禮謝過，素麗卻是微挑了眉，斜睨著葉成紹，收了那禮盒，起身走到素顏面前道：「大姊啊，下次回門子時，可記得先捎了信來，讓三妹到門口去接，不要走側門了喔！妳可是被人三媒六聘求娶回去的，該有的體面一點也不能丟的。」說著，又轉過頭，看著葉成紹道：「姊夫，你說是吧？」

葉成紹額頭上沁出薄薄的一層汗來，連連點頭道：「三妹說得是。」

一時，大老爺便差了人來說，前頭來客人了，請葉成紹去陪客。葉成紹立即起身，一溜煙兒地逃跑了，只怕再待下去，小姨子又會說出更不好聽的話來。

第五十四章

三姨娘看著逃了的葉成紹，不由得捂著嘴笑了，卻是羨慕地看著素顏道：「大姑奶奶，姑爺其實真的很好了，瞧他那樣子著實心疼您呢，如今這樣的人，可不多見了。」

素顏聽了若有所思，目光幽幽地看著窗外那個身姿分明挺拔，卻偏生走路要一走三晃的某人，不覺哂然一笑，轉過頭對素麗道：「三妹，壽王府的賞梅宴給妳下帖子了沒有？」

素麗聽了明亮的大眼微黯，垂了頭道：「如今大姊嫁了，二姊也訂了親，我只是個庶女……」

言下之意，身分不夠，壽王府並沒有下帖子來。素麗也快十四，說到議親，也著實可以開始了。

素顏便看到三姨娘用擔憂又愛憐的目光看著素麗，忙笑道：「壽王府倒是給侯府發了幾張帖子，我也有，到時妳就跟著侯府的幾個小姐一起去吧。」

三姨娘聽得面露喜色。素顏如今可是寧伯侯世子夫人，比起以藍家大姑娘的身分更高貴了許多，有她帶著去，給那些個貴夫人介紹素麗，素麗的機會就要大上很多。於是忙謝了素顏，轉頭看素麗，卻見她垂著頭，若有所思的樣子，不由得嘆了口氣，緩緩站起身道：「妳們姊妹倆再聊聊，我去幫幫夫人。」

素顏聽了起身送三姨娘，三姨娘忙擺手，轉身走了。

素顏見三姨娘走了，便走到素麗面前，擰著她的小耳朵道：「妳這小東西，若是心裡有人，不妨直爽些告訴大姊，大姊若能幫，定會想盡了法子幫妳的。」

素麗被她說得臉紅，元寶似的小耳上染上了一層瑰色，煞是可愛，故意尖叫道：「大姊，不帶這樣的，一回來就欺負我！」大眼裡卻滿是溫暖的笑意，還有一絲孺慕之色，見素顏挑了眉看著自己，很不自在地垂了眼眸，長長的睫毛微顫著，無奈地小聲道：「大姊，我不想被人壓住一頭。姨娘那樣的日子，我這輩子也不想過。」

素顏心中微酸，捧起她的臉道：「嗯，我知道，我的三妹是個有志氣的，大姊會替妳留意的，得找個真心實意疼妳的人才行。」

素麗俏皮一笑，臉上的小酒窩乍現，可愛地瞇了眼道：「就和大姊夫一樣嗎？」

素顏聽了作勢又要打她，素麗卻是小聲道：「妹妹心裡是有人，只是那個人太過遙遠，妹妹可望不可即。」

素顏聽得怔住，皺了眉，不知道她說的是誰，但心中一動，眼神便凝了凝。素麗不會也對葉成紹有意吧？不對，她說不想被人壓一頭，那便是不願做側室或是妾室，遙不可及……那會是……

她立即正色地看著素麗道：「三妹妹，有些人是妳不能肖想的，妳趁早打消了那念頭。再說了，妳願意成天跟人鬥個你死我活嗎？以咱們家的家世，妳跟人鬥，怕是會連骨頭都剩不了幾許，妳忍心讓姨娘為妳傷心嗎？」

素麗聽了眼睛就紅了起來，倔強地抿著嘴，沒有說話。素顏知道她素來就是個有主意的，這一下子也沒法說得動她，只能嘆了口氣，摸著她的頭道：「妳還小，這些事情，緩一緩再說吧。壽王宴那天，姊姊會著人來接妳的。」

素顏拉著素麗閒聊著，往老太太的院裡走。昨兒回來後，素顏就沒去給老太太請安，今天再不去，著實也不像話。

到老太太屋裡，就看到大夫人正拉著一個中年婦人的手在抹著淚，她上前去給老太太見禮，王大太太一見素顏進來，眼睛一亮，殷勤地起了身，拉住素顏的手道：「大姑奶奶看著氣色不錯呢，方才聽姑姑說大姑奶奶病了，正想著要去探病，不承想妳來了，身子可好些了？」

素顏有些難以招架她突然的熱情，以王大太太的性子，見了自己額頭上的傷，應該冷言冷語地刺上自己幾句才正常，怎麼會假裝不見呢？

素顏笑著隨口說了句應景的話，不著痕跡地抽出自己的手，恭謹地給老太太行了一禮，便垂手立在老太太身邊。老太太看她的眼神也頗為熱切，難得慈祥地招呼她坐在自己下首，王大太太也挨著坐在一邊，一副好不親熱的樣子。

素顏心裡就直打突。怕是有什麼事情發生了吧？

果然王大太太聊著聊著，就說到朝廷的事情上去了，又說起了今年朝中的大案，兩淮賑災銀子貪墨一事，說是皇上這一次不只是動用了大理寺和刑部的人在查，連皇上身邊最神秘的司安堂也插手了案子，好大一批官員都將落馬。不過，如今只是抓了些周邊五品以下的官員，在司安堂的律政司受審。

越查聖上越怒，案子越牽越廣，偏皇上這一次不像往常一樣，只是重點打擊，警示告誡為主，而是全面出擊，不放過任何一個涉案之人。如今朝中二品以上的官員不少都如驚弓之鳥，怕一個不好就被牽連進去，輕則罷官免職，流放千里，重則會是抄家滅族。

素顏對這事也聽說了一些，主要是上回大老爺突然被關進了大理寺，所以才用了些心打聽一下，但這些事情與她一個內宅婦女並無關係，只要自家親人沒事，就不怎麼關心。

如是淡淡地應付著王大太太，並不往深裡與她交談，有時乾脆就裝傻，來個一問三不知。王大太太看著就急，偏生這花廳裡還有許多女客，她又不好大聲說話，怕引得別人的注意，現了自家的底子，只能小聲說著央求的話。

「大姑奶奶，不瞞妳說，如今妳舅舅已是急得不行了，眼看著戶部進入了三個人了，幾天都沒出來，怕是下一個就會……」

「舅母，只要舅舅行得正、坐得端，又怕什麼？舅母往日不是一再地說，舅舅家風正派、清正公廉的嗎？舅舅一定與那些人不一樣的，舅母就放心吧。」素顏輕言安慰，眼睛卻是四處張望，一副心不在焉的樣子。

王大太太見素顏表情淡然，突然做了一個令花廳人全部震驚的舉動，猛的向素顏跪了下來，一把抱住素顏的小腿，道：「大姑奶奶，舅母求妳了，幫舅舅給大姑爺說兩句好話吧！」

一時，花廳裡的人全都看了過來，大夫人和那位有些陌生的中年婦人就起了身，走了過來。

素顏氣得臉色發青。這王大太太就是個蠢豬，哪有當著眾多人的面求人辦這種事的？她不怕王家丟大醜嗎？就算葉成紹想要幫王家，被她如此一鬧，他也不好幫了吧，如果他真的手上有權，人家就會說他徇私枉法啊！

素顏被王大太太抱住了腿，想起身，卻又走不脫，只好忍著怒氣去扶她，勸她。「舅母快快起來，有話好好說，甥女若能有法子，定會幫上一幫的，可您也知道，您甥女婿不過掛個世子虛銜，怕也幫不上您的忙；公公雖是侯爵，但也是管著兵部，刑部並不在管轄之內呀。」

王大太太聽了卻是大哭，不肯起來，老太太氣急，忙讓身邊的金釧和銀環去拖她起來，王大太太邊抹眼淚邊道：「大姑奶奶，咱們怎麼說也是幾輩子的親戚，妳不能見死不救啊，妳怕是不知道，那司安堂可是大姑爺——」

話未完，老太太突然就一巴掌甩在了王大太太臉上，氣得整個身子都在發抖，從牙縫裡擠出一句話。「妳瘋了不成？妳想死，不要害了整個王家，更不要連累藍家！」

京城有些頭臉的人都知道，司安堂是皇上親自掌管著的，而它實際的執事人，卻是個秘密。

這司安堂，素顏也知道一些，它與明朝的錦衣衛和東廠那種機構有些相似，是專門替皇上蒐集情報，暗中監察百官、訓練間諜、查探他國國情、施行暗殺等等事務，是百官口中談之變色，又隱藏極深的神秘組織。

誰也不知道司安堂的辦公機構是在哪裡，更不知道由誰主管，這一切都是秘密，而王大太太竟然當著一眾客人的面，提到葉成紹與司安堂有關，她是活得不耐煩了，想死嗎？且不管她說的是不是真的，皇上也明令不許在公開場合議論司安堂，違者斬。

王大太太似也被老太太打得醒魂，痛苦又哀怨地看著素顏，跪爬向素顏腳下。「大姑奶奶，我求求妳了。」

「嫂子，妳可真是糊塗了，誰不知道我那大姑爺是京城最著名的浪蕩子，是有名的紈褲子弟？又是皇后娘娘最寵愛的姪兒，他怎麼可能是那什麼……堂裡的人，妳可真是病急亂投醫，看他救過咱們老爺，就以為他無所不能了，那是我們老爺身家清白，沒什麼大錯，若不然，就算是寧伯侯府與中山侯府同時出力，也難保得他平安。妳也不想一想，聖上英明，豈容得旁人徇私枉法？」

大夫人一邊去扶王大太太，一邊冷聲輕道，話語間，輕易就將中山侯府也帶了出來，人家就算因著大老爺被救一事輕信王大太太的話，聽了這一點，也會消除一些疑心。

素顏也緩過神來，幫著大夫人去扶王大太太。「舅母，素顏回府去幫妳求求我家公公，看公公有沒有法子能救上舅舅一救。」

王大太太被老太太打了一巴掌，好似清醒了許多，不再說那司安堂什麼的胡話了，只是嚶嚶地小聲哭泣。

大夫人和素顏也懶得再管她，大夫人扯著那位中年婦人向素顏介紹。「素顏，這是妳堂舅母，今天才從登州趕回來的。」

素顏聽了忙上前去見禮，堂舅母趙氏聽著大夫人介紹，忙自懷裡拿出一個禮盒來送給素顏，笑道：「舅母雖得了妳成親的消息，日夜兼程卻還是沒趕得及妳出嫁，好在今天的回門宴倒是能吃上一口了。」

大夫人聽得眼睛濡濕，拉住趙氏的手道：「不怪妳，我知道哥哥要顧著老太爺那邊，家裡又無人照看……」

趙氏見了忙安慰道：「姑奶奶別哭，如今大伯就要回京了，妳該高興了才是啊！」

素顏聽得驚詫。以前也聽葉成紹說過，顧家老太爺會起復，卻沒想到這麼快就有了消息，那廝還真是有些手段呢……

正想著，就見紫雲急匆匆地跑來，對著素顏大聲道：「大少奶奶，世子爺和錢公子吵起來了，還打了錢公子。」

素顏聽得心裡一急，忙問是什麼事，紫雲急得一臉上的汗。「奴婢只聽墨書說，爺正跟錢公子下棋呢，說是賭了五千兩銀子，爺輸了要悔棋，錢公子不幹，兩人就吵起來了。」

這可真不是什麼光彩的事，但這種事情葉成紹平素沒少幹，不然也不會有個花花惡少的醜名了，但今天可是素顏的回門禮，新女婿回門第一天就和準妹夫打了起來，真真丟盡藍家的臉了。素顏聽了卻是不氣，看著滿花廳的女眷都用同情的眼光看著她，她強裝出一副怒容，更是擰了自己一把，紅著眼對老太太行了一禮。

「老太太，孫女這就與他回府，再留下，只會讓您和老太爺沒臉了。」說著，捂著臉，羞憤地跟著紫雲往外走了。

心裡總算鬆了一口氣。這樣混帳無形的人，皇上怎麼會將那樣重要的司安堂交給他呢？但願廳裡的女眷不會再信王大太太的胡話就好。

素顏看見葉成紹果然一臉怒氣，而錢公子臉上帶著顯眼的指印，正敢怒不敢言地看著葉成紹。

葉成紹見素顏一來，眼神有些躲閃，討好地擠出一絲笑來，卻又不肯在廳中男賓面前失了面子，也不等素顏跟家中親戚見禮，就拉了素顏道：「娘子，走，回家去。」

說著不由分說就拖人走了。

素顏也沒怎麼反抗，順從地跟著他出了府。坐在馬車上，正要問他一些事情，馬車才走不遠就被人截下了，葉成紹惱火地開口就罵。「誰敢擋爺的路？找死嗎？」

話音未落，外面便響起一個尖細的聲音。「哎喲，世子爺，您今兒個火氣可真大呀，今兒不是您的回門嗎？怎麼飯都沒吃，就出來了？」

葉成紹聽了不耐地掀開簾子，一見那人便皺了眉頭道：「告訴他，我要陪我娘子，還是新婚呢，也太不地道了些。」

素顏透過車簾子看去，只見一個中年無鬚之人，一身尋常富家打扮，笑吟吟地立在馬車邊，見素顏看過去，倒是拱手施了一禮。

葉成紹卻將素顏往身後一拉，擋住了她的身子，瞪著外頭那人。

那人卻是將手中摺扇一展，一派風流倜儻的樣子。葉成紹呸了一聲道：「我說你就得了吧，大冷天也不怕凍死你，你個太監裝什麼風骨呢！」

那人被他罵得一滯，立即苦了臉道：「我的好爺，真是主子有事，您就跟奴才回去吧，奴才這不也是沒辦法才會這樣的打扮嗎？」

葉成紹無奈，回頭歉意地看著素顏道：「娘子，妳且回府，我會儘快趕回來的。」

素顏點點頭，很乖巧地跟他告別了，心裡卻是更加相信，王大太太那話不會是空穴來風。

回到侯府，素顏下了馬車便先去了侯夫人院裡，遠遠地就聞到一股子藥味，彰顯著夫人的病如何地重，就見夫人的內室裡，二夫人、三夫人，還有文嫻也在，劉姨娘正端著碗侍立在夫人床側。她身姿纖秀，神態安寧恬靜，臉上還有著淡淡的笑意，只那樣輕盈盈地站著，也能讓人眼前一亮，生生將一屋子的珠翠給比了下去。

侯夫人頭上綁了塊白綢布，臉色蒼白，人也病病殃殃的樣子躺靠在大迎枕上，看著就像真的大病了一場似的。

素顏進去後便先給二夫人、三夫人行了禮，又上前去問候侯夫人。「母親身子可好轉了些？」

侯夫人抬了抬手，讓她起身，臉上帶著倦容。「也不知怎的，那夜回來身子就不好了，吃了兩副藥，反倒越發沈了，身上乏力得很，這頭痛得就像要炸了。」

「夫人怕是頭痛病又犯了，您那可是痼疾，得好生養著才是啊。」一旁的劉姨娘將手中的碗遞了過去，拿了湯匙舀著裡面的汁水餵侯夫人。

侯夫人喝了兩口便拿手推開，不肯再喝。

「母親既是吃了藥不管用，那不如另請個太醫來看看吧，可別誤了病才是。」素顏看侯夫人那樣子比自己裝得像得多，心裡好生佩服，彷彿她那病是真的很嚴重似的。

侯夫人虛弱地搖了搖頭道：「無用的，我這病好多年了，也不知道換了多少個太醫，只說不能動怒、不能操心，不然就會發作。唉，府裡這一大攤子的事又沒人理，這也是沒法子的事，明知妳病了，還把妳請來，妳……不會怪母親不通情理吧？」

素顏聽得在心頭腹誹，嘴上卻道：「兒媳怎麼會怪母親？原本昨兒個一來就該來看望母親，只是也著實病得難受，也怕母親瞧著心焦，吃過藥，今兒好多了，母親即便不去喚我，也是要來看望母親的。」

侯夫人聽了，臉上這才有了笑意，一旁的二夫人和三夫人也連連誇素顏孝順知禮，劉姨娘溫和地看著素顏道：「夫人有大少奶奶這麼個能幹又懂事的兒媳，這回可真要好生歇歇，把病養好了再操心吧。」

侯夫人點了點頭，笑著看了劉姨娘一眼道：「妳也莫要羨慕我，將來給成良討個好兒媳，妳也能享我這福了。」

劉姨娘聽得誠惶誠恐，忙躬了身道：「夫人可折煞婢妾了，三少爺就算是成了親，那也是夫人您的兒媳，婢妾哪敢讓她服侍？」

侯夫人聽了臉上笑意更甚，素顏卻是皺起了眉。這劉姨娘那話裡話外的意思竟然是暗示自己要給侯夫人侍疾呢，再聽侯夫人與她一唱一和，心裡更明白了幾分。屋裡二夫人、三夫人幾個又正看著她，便笑了笑道：「說來真是慚愧，倒讓姨娘辛苦了，若不是兒媳這身子骨也不爭氣，就應該是兒媳在您跟前侍疾，姨娘，素顏在此多謝您了。」

說著，便要向劉姨娘行大禮。劉姨娘臉色尷尬地偏開了身子，慌張地說道：「不敢當、不敢當，大少奶奶可不能折了婢妾的壽呢，婢妾侍奉夫人是分內之事，哪能受大少奶奶大禮呢？」

素顏見了也不強求，笑盈盈地站在一旁，身子嬌弱地倚在紫綢身上，一副弱不禁風的樣子。

侯夫人眼裡閃過一絲怒色，隨即又道：「兒媳啊，今兒請了妳來，是有正事要辦的。昨兒個紹兒發酒瘋，把洪氏給痛打了一頓，又非要送她回娘家去，貴妃娘娘使了人來看了，也訓斥了洪氏一回，只是她本是太后娘娘賜下的，咱們侯府哪裡真敢就將人送回去？誰見過天家賜的東西還能退掉的？那不是冒犯天威嗎？紹兒自來便是個不著調的，做事渾、不靠譜，但兒媳妳可是書香門第出身，又最是知禮懂法，紹兒雖渾，卻是最聽妳的話，他這原也是為妳出氣呢，只要妳鬆個口，他也就不會說什麼了。洪氏是不能送回娘家的，兒媳妳作個主，將洪氏留下吧！」

素顏聽得心火直冒。一個犯上作亂，擾得家宅不寧的妾室，卻只是被訓斥了一頓便了事，葉成紹若不打她，要將她送走，只怕這些個人還在好醫好藥、好茶好飯地供著她呢，這會子拿葉成紹沒法子了，又來用禮教逼自己就範，要自己親口留下洪氏，這不是讓自己打自己的嘴巴子？若真聽了侯夫人的，將來這洪氏再鬧，葉成紹怕也不願意站在自己這邊了，誰讓自己要裝賢良，將禍患留下呢？再說，自己也不是那賢良的主，是個女人都不願意將小三留下給自己添堵吧！

可是，侯夫人的話都說到這分上了，能不應嗎？

第五十五章

正尋思著，突然有個人向自己撲了過來，一下便跪在了自己腳下，抽泣著道：「大少奶奶，婢妾錯了，婢妾不該不分尊卑冒犯了大少奶奶，惹大少奶奶生氣，請大少奶奶責罰，可是，千萬不要趕婢妾出去，婢妾生是世子爺的人，死是世子爺的鬼，把婢妾往外趕，那不是要了婢妾的命嗎？」

素顏被這突然出現的人弄得有些暈，定睛看去，只見眼前之人臉上像開了顏料鋪子，青紅紫綠的，眼睛腫得只剩一條縫隙，嘴唇也像兩條臘腸，兩頰紅紫得發亮，側臉上還有一條條抽打過的痕跡，看著著實觸目驚心，再聽她這一番話，才依稀辨得出她是洪氏。可是，這又是唱的哪一齣？悲情苦肉戲？

素顏看著洪氏就有些發呆，怔了半晌，努力地想移開自己的腳，怯怯地問道：「妳……妳是？」

洪氏一聽，瞇成一條線的眼裡透出一絲怨恨，眼淚很快又淹沒了那條縫隙，聲音喑啞。「婢妾是洪氏啊……世子爺將婢妾打得不成人形，大少奶奶，您也該出氣了吧，求您放過婢妾，給婢妾一條生路吧，不要趕走婢妾。」說著，就咚咚地磕起頭來。

素顏忙虛弱地轉頭，對紫綢道：「快，快扶住洪姨娘。姨娘，我們可是第一次見面，妳不要總哭哭啼啼的嘛，有話好好說。」

紫綢裝模作樣地去扶洪氏，洪氏悲切地趴在地上不肯起來，仍是哭，紫綢也不勉強，又回過頭來扶住素顏。「大少奶奶，您身子骨還沒養好，在奴婢身上靠靠吧。」

言下之意，讓洪氏不要太過吵鬧，會加重素顏的病情。

洪氏哀哀切切地哭著，神情可憐又可悲，一個勁兒地求著。一旁的二夫人似是看著不忍，憐憫地看了眼洪氏，對素顏道：「姪媳啊，說起來，這洪氏著實讓人生氣，仗著與貴妃娘娘的關係，太過張狂了些。不過她挨了打，也知錯了，妳就得饒人處且饒人吧，到底是太后娘娘賜下的人，還是不能送走的，這若是鬧到皇后娘娘那裡，娘娘為著一個孝字，也不允許侯府將洪氏送走的。紹兒混帳，姪媳妳可要明事理啊，這洪氏可送不得。」

素顏聽了，眼裡露出一絲嘲諷。原來只要自己不留下這洪氏，便是無理取鬧，便是要鬧得家無寧日？

她不由低下頭，冷笑著看著洪氏，淡淡地問道：「洪姨娘，我可曾罵過妳一句？」

洪氏被問得愣然，瞇了眼想了會子，才搖了搖頭道：「奶奶不曾罵過婢妾。」

「那我可曾打過妳？責罰過妳？」素顏又問。

「不曾……可是……」洪氏眼中閃過一絲慌亂。她被打得不成人形，但確實不是藍氏所為，可那一切不全都因她而起的嗎？如果不是藍氏，一向對自己溫和笑著的世子爺又怎麼會發狠打自己？

「那可又是我要送妳回去？」素顏再問。

洪氏那腫成線的眼睛驟然睜大了些，幽怨地看著素顏，卻又無奈地搖了搖頭。

「那妳來求我做甚？我昨日回門就病了，今兒才來，妳的事我都不知情，夫人和幾位嬸嬸都在，妳怎麼捨本逐末、不分長幼，求到我這裡來了？有長輩在，哪有我說話的地方？妳這不是逼我不孝不義嗎？」

素顏聲音溫和，言笑晏晏，俯身親切地去扶洪氏。那些人全將麻煩往自己身上推，逼自己就範，難道自己就不會將皮球踢回去？

那洪氏果然聽得愣然，眼裡卻閃出希冀來，但轉瞬那抹亮光就黯淡了下來，哭道：「世子爺怕是不肯聽夫人的話呢，大少奶奶，婢妾求您了……」

素顏聽了臉就板起來，大聲訓斥道：「妳好生大膽，竟然背後編排爺的不是，爺雖遊戲好玩，但絕不是那不孝不義之人，夫人可是爺的母親，爺怎麼會不聽夫人的話？再者，妳竟然說爺聽我的不聽夫人的？妳的意思是我唆使了爺對夫人不孝？」說到此處，素顏眼圈一紅，也哭了起來。

「我不過進門才三天，對府裡的事情還一抹黑，那日妳就鬧到我屋裡去，我連面都沒見著妳的，妳便說受盡我的凌辱，要尋死覓活。夫人受了妳的矇騙，將我打了一頓，我才回來，妳又來編排我，妳若真是想要這正室位置，去求太后娘娘示下好了，讓世子爺休了我去，我也好過在這裡一再被人欺負。」

一屋子的人頓時被素顏這話弄得面面相覷，明知她說的是歪理，偏生又不好反駁，且句句都占在理上，看她哭得悲切，心裡又急了起來。不知道葉成紹一會子回來，會不會又要發火？一時都怔在了屋裡，沒一個人說話，屋裡便沈靜得有些壓抑起來。

紫綢嘴唇微微翹起。她家大少奶奶今兒個可是又要出口氣了，這侯府裡的人還真是過分，聯手來壓制大少奶奶呢，這洪氏今兒個一旦被大少奶奶親口放過了，以後世子爺還怎麼替大少奶奶作主？世子爺的面子又往哪兒擱？哪有男人作了主後，妻子又在後面推翻的？何況，這事還是世子爺為大少奶奶出氣呢。

而且，那後園子裡的女人可不止洪氏一個，大少奶奶一旦鬆了口，那些個女人就會有樣學樣，以後還有誰將大少奶奶放在眼裡？大少奶奶的正室尊嚴又如何保持？

洪氏心裡如澆了冰水般涼透了。她小看了藍氏，沒想到藍氏如此牙尖嘴利，如此會鑽牛角，原本她只有逼藍氏這一條路才有可能留下，如今不但沒成功，反倒讓藍氏又斥了她一回，還全占了理，她不由哀哀地看向床上的侯夫人。

侯夫人正皺著眉頭閉上了眼睛，也是一副頭痛的樣子。洪氏硬著頭皮，順著素顏的話求向侯夫人。「夫人，大少奶奶說得是，世子爺是您的兒子，沒有不聽您的話的道理，婢妾求您了，不要送走婢妾，婢妾的父母年事已高，可受不起這個打擊啊！」

侯夫人聽得大怒。怪不得葉成紹不喜這洪氏，竟是蠢笨如豬，藍氏不過幾句話便將她套住了，還真的就將事又移到自個兒身上來了，她真想一巴掌將這豬頭打爛了才好。

一時真的頭痛欲裂了起來，不由哼了兩聲，一旁的劉姨娘忙關切地過來扶她。「夫人，可是頭痛得厲害，婢妾給您按摩按摩吧。」

侯夫人聽了，哼的聲音就越發大了，正好裝病和稀泥。「這頭真的痛了……呀，今兒府裡的採買可都派了人去了？那些個管事娘子都在門外候著嗎？讓她們進來回事，今兒中午的飯食可不能再如昨晚出岔子了……哎喲，我這頭，真痛啊……」

劉姨娘聽了，慌忙給她按揉著太陽穴，溫柔勸道：「夫人，您這病就是操多了心的緣故，以前是府裡只有您理事，沒法子，如今大少奶奶也進了門，又是宗婦，您也得多心疼些自個兒，把事情分些下去，至少病著的這幾日就別理事了，交給大少奶奶管吧！婢妾知道您是看大少奶奶才進門，捨不得她勞累，可這要是累壞了您，這不是更大的事了嗎？府裡沒了您的支撐，還不得亂了套去？」

素顏聽了半挑了眉看著劉姨娘。這個女人看著雲淡風輕，一副不食人間煙火的樣子，拍起馬屁來卻是技術一流，侯夫人站累了，她就會送椅子；侯夫人要下樓，她就送梯子；侯夫人要面子，她就送臺階……怪不得她能在府裡生下一子二女，沒有些手腕，又怎麼能在侯夫人這種厲害主母手下生存得下去？

「是啊，大嫂，我們是隔著房的，不好理這府裡的事情，可姪媳可是世子夫人，將來整個府裡還不都得交到她手上？妳如今病著，那就讓姪媳來管幾天家吧。」二夫人也適時在一旁勸道。

侯夫人為難地看著素顏，一副不好意思的樣子說道：「那兒媳，就辛苦妳幾天了。」

話說到這分上，不應也得應了，素顏只好笑著說道：「看母親您說的，能為母親分憂是兒媳的榮幸，只是兒媳對府裡著實不熟，又年輕不懂事，在娘家時雖是管過一點子，但娘家哪有侯府大，所以，兒媳求母親讓文嫻妹妹幫著兒媳，有她在一旁看著，也省得兒媳做錯事，犯了侯府的規矩。」

文嫻一直站在一旁靜靜地看著屋裡發生的事情，只覺頭痛得很。母親厲害，大嫂也一樣是個厲害的，看著她們鬥來鬥去，心裡就有些慌，也不知道自己將來會遇到一個什麼樣的婆婆，會不會也是天天這樣為些小事鬥呢？

不承想，就聽到素顏點了她的名，不由怔住。三夫人卻是個嘴快的，笑咪咪地起了身。「三小姐也十五了，是該學著些理家，姪媳一是才進門，著實不太懂得府裡的規矩；二是她的身子骨也不爽利，也不能太累著。大嫂，我看這樣最好了，她們兩姑嫂相互幫著，也能促進感情。」

侯夫人雖不願意讓文嫻在這個時候理事，但又恐素顏再行推辭，便對文嫻道：「妳素來嬌養著，讓我慣壞了性子，好多事情都不懂，這幾日妳可記著，要事事以妳大嫂為主，多看看妳大嫂是如何理事的，不要自己為上，自作主張。」

文嫻聽了只好乖巧地應下了。素顏聽侯夫人的話裡就有話，心裡便提了幾分小心。

這邊洪氏被冷落了半晌，自己的事情還沒有個結果，又哭著求侯夫人。「夫人……求您……」

「住口！妳是紹兒屋裡的人，大少奶奶才是妳的主母，妳的事情不求大少奶奶，倒是求到我這裡來了，哪有婆婆連著兒子屋裡的事情也管著的？妳不是想挑著我和大少奶奶婆媳不和吧？」侯夫人不等洪氏說話，便是聲音洪亮地喝斥道，全然不記得她早就管到素顏那裡，還為此打了素顏一頓的事。

洪氏聽得一陣瑟縮，忙又轉過頭來求素顏。素顏知道再躲不過去，卻是笑道：「洪姨娘果然糊塗，妳我都是爺的女人，哪有爺作下的決定，我們做女人的唱反調的？妳我都得聽爺的話才是啊，我可不敢處置妳，還是等爺回來了，妳再求爺去吧。」

說著，身子搖了搖，不再理又放聲大哭的洪氏，向侯夫人告辭出來了。

都不接的皮球，那就只有丟給葉成紹了。素顏也知道，除非太后對這洪氏也生了氣，不然侯府還真的不能將洪氏送走。不過，送回家去不行，那送到莊子上去總可以吧？

是夜，葉成紹仍沒回來，素顏也樂得清靜，早早就睡了。睡到半夜時，突然院門被打得砰砰作響，紫綢起了身到穿堂外看，只見白嬷嬷在外頭大聲喊著什麼。粗使婆子開了門，白嬷嬷就心急火燎地往素顏屋裡衝。紫綢不由皺了眉，還沒開口問，白嬷嬷就道：「快請大少奶奶起來，出事了！」

紫綢聽得心慌，忙攔住白嬷嬷道：「嬷嬷慢些說，出了什麼事？大少奶奶正睡著呢。」

「出大事了，洪姨娘沒了！」白嬤嬤那樣子像是要哭出聲來。

洪姨娘沒了？紫綢的腦子裡出現片刻空白，半晌沒回過神，白嬤嬤急得推了一下她，她才反應過來，忙匆匆地進了裡屋。

素顏已然坐起來了，秀眉緊鎖，正在沈思，紫綢小心地走到床前，挽了紗帳問。「要去嗎？夫人那邊是已經得了信，侯爺和世子爺都不在府裡頭……」

素顏沒作聲，那邊陳嬤嬤也起來了，打了簾子進來。「還是要去的，這事怕不簡單，大少奶奶要小心一些，過去後，儘量不要開口，只怕不久，宮裡人就會來了，世子爺也不知道什麼時候回來，可真急死人了。」

素顏起了身，紫綢服侍她梳洗，草草綰了個髻在腦後，拿了根碧玉簪子定住算了事。

白嬤嬤在外頭等著，見素顏出來，忙急急地說道：「大少奶奶，夫人聽了消息，頭痛得更厲害了，起了三次又倒了。侯爺和世子爺又不在，只能大少奶奶去主持大局了。」

素顏聽得苦笑。就算侯夫人沒病，這會子也不想管吧，這事情太大了，洪氏的身分太過複雜，連著宮裡的兩位大老，只怕這回連皇后娘娘都會扯進來……這個責任，侯夫人不想擔，她已經裝了病，大可以繼續裝下去，就算有管家失職之責，也要小上很多。自己卻是逃都逃不過的，起因就是洪氏與自己鬧矛盾啊——

第五十六章

「上午不是還好好的嗎？瞧著她身上也只是外傷，塗些藥，休養一陣子就行了，怎麼會突然就沒了呢？」素顏垂下眼簾，掩去滿腹的心思，儘量讓自己冷靜一些。

「奴才也不知道，上午大少奶奶走了後，二夫人、三夫人幾個又好勸了她一回，夫人又著人將她送回了自己的院子，只說讓世子爺回來再勸世子爺，寬了她的心，午間還送了飯去，聽巧蘭說，她還用了一碗雞湯，吃了些飯菜，精神看著也好。到了半夜，突然巧蘭就哭著來說，人沒了，還是睡在床上好好的沒的。」白嬤嬤的聲音有些哆嗦，聽那語氣似是有些害怕。

「那先去看看吧，不會是自己沒想開，又尋了死吧？」紫綢給素顏披上了厚錦披，素顏邊走邊問白嬤嬤。

「也不知道啊，她那個人神神叨叨的，指不定也真的是自己尋了死呢。」白嬤嬤回道。屋外風寒刺骨，紫綢在前頭提著燈籠照路，園子裡樹影幢幢、陰風陣陣，颳得樹枝簌簌搖擺，如鬼魅亂飄，甚是磣人。陳嬤嬤緊緊扶住素顏，一路大聲說話，幫素顏驅走盤旋在空氣中的恐懼。

素顏倒並不怕鬼，便是走在這陰風颼颼的黑暗中也並無懼色，她只是在擔憂著即將到來的事情，會不會是一個陷阱，一個正要引自己往下跳的陰謀？

洪氏和葉成紹的其他兩個妾室都住在一個叫悠然居的園子裡，因著在侯府後園子裡，葉成紹平素就統一稱這個院子為後園。

聽白嬤嬤說，裡面有十幾個小院落，一般都是二進，世子爺每個妾室都獨自有自己的院子，單獨住著，每個妾室身邊的丫鬟婆子都按現制訂下，妾室的月例銀子也沒少過，吃食是大廚房每餐定時送的，說白了，葉成紹養的小三、小四待遇都很不錯，規格頗高。

天色太暗，素顏看不清園子裡的布局，不過行進間的小路蜿蜒曲折，沿途假山花石錯落出現，看得出這裡條件很不錯。

洪氏的院子裡是悠然居中最大的，有三進，穿堂抱廈都齊全，院子裡此時已是燈火通明，屋裡傳來嗚嗚的哭聲，白嬤嬤率先走了進去。

一看那屋裡已經亂作了一團，洪氏的兩個丫頭巧蘭和巧慧兩個正在爭吵。

「死蹄子、賤貨！讓妳好生護著姨娘，妳竟然睡得像個死豬一樣，如今姨娘沒了，我看妳如何回去跟老爺和夫人交代?!」說話的正是巧慧，長得瘦長臉，雖然也清秀，那雙眼睛卻放著陰厲的光，正指著巧蘭大罵。

「妳怪我做甚？姨娘睡個覺也能沒了嗎？分明是妳白日服侍她時沒有用心，讓她誤食了什麼，妳看，姨娘既沒有上吊也沒服毒，好好的人怎麼會沒了？」巧蘭嗚嗚哭著回道。

素顏在門外聽著更是詫異，紫綢打了簾子讓素顏進去，只見兩個丫鬟一個坐在地上，另一個坐在榻上，邊哭邊罵，床上的紗帳被挽起，洪氏躺在床上，臉上的浮腫仍未散去，雙眼緊閉，膚色黑青。

素顏走上前去探了探她的鼻息，當真半點氣息也無，竟是死透了。再看她的嘴角兩邊各流出一條暗黑色的血絲，已經凝固了，心中大震。看這樣子，怕是被毒死的。

她又去揭洪氏身上的被子，扳開洪氏的頭看兩側，臉側耳後並未發現異常，又拿起洪氏的手，十根手指都細細觀察著。

兩個丫頭還在哭，素顏幾個進來了，也像沒發現一般，只顧哭著。白嬤嬤便喝道：「哭什麼？都好生站到一邊去，洪姨娘沒了，妳們一個都脫不了干係。」

那巧慧似是被罵醒，只見素顏正在察看洪氏的屍首，突然便衝了上來，對著素顏一推道：「妳得意了、安心了？如今人被妳逼死了，妳可以高枕無憂了，姨娘再也不能跟妳搶世子爺了！真沒見過像妳這般狠毒的女人，一個正室非要逼著妾去死！」

紫綢聽得大怒，上前去就將巧慧拖開，怒道：「妳胡說八道什麼，洪氏死了關我家大少奶奶什麼事？妳再亂咬亂罵，拖出去打死。」

那巧慧像是瘋魔了一般，見紫綢來拖她，便回手就去揪紫綢的衣服，罵道：「少狐假虎威了，妳不過也是個賤胚，妳主子狠毒手辣，逼死姨娘，妳也是幫凶，還來惺惺作態，察看什麼？看著就噁心！」

陳嬤嬤聽得也是怒火中燒，上前去啪地一耳光甩在了巧慧臉上，罵道：「妳是瘋魔了嗎？想給妳姨娘陪葬也不在這一刻，大少奶奶分明就是來看姨娘死因的，妳卻在此胡鬧，可是心虛，是妳害了妳主子？」

巧慧被這話氣得兩眼直冒綠光，掙扎著就要往素顏身上撲，素顏仍在看著洪氏的屍體，見那巧慧對自己污言污語了好一陣子，白嬤嬤則是站在一旁，臉色複雜，卻不出聲制止，素顏也不管那撲將過來的巧慧，只是半挑了眉，靜靜地看著白嬤嬤。

白嬤嬤眼色微閃，這才大聲道：「來人，將巧慧拖出去！大吵大鬧的算什麼？若不是看在妳死了主子太過傷心的分上，定要亂棍打死。」

素顏聽了嘴角噙著一絲冷笑，對白嬤嬤道：「報官吧！」

白嬤嬤聽得一震，不可思議地看著素顏。洪氏雖是貴妾，但到底是個妾，她死得蹊蹺，這可不是什麼光彩的事，京城裡頭，哪個大戶人家一年不死個把通房小妾的，誰都不會報官，只會自己在府裡處置了，原因就是誰家也不敢將自家的事情讓人公開查，就怕一查之下不只是一個死人的事，而是會將好些個見不得光的都抖落出來，這……怎麼能報官？

「大少奶奶，不可啊！」白嬤嬤衝口道。

「不報官，那嬤嬤說該怎麼辦？如今夫人重病在床，不能理事，姨娘死得又不明不白，而她們幾個又莫名其妙地攀咬到我身上，我清清白白的人可受不得這個污辱，還是報官吧！」素顏哪裡不知道這根本就不能報官的，只是侯夫人故意裝病，將這種麻煩事推到自己頭上，而如今侯爺也沒在家，洪氏的死……很有問題，顯而易見是個陰謀，自己如今被逼著理事，如若有半點處置不當，便會沾上一身的污水，怕是洗都洗不乾淨，不若逼了夫人出來，步步為營，看那幕後之人是誰，又想要做什麼？

何況，自己還什麼都沒做，洪氏的丫頭就將矛頭對準了自己，那便更不能插手了。

白嬤嬤聽得眉頭緊蹙，眼中閃著一絲無奈，又勸道：「她們幾個糊塗了，亂嚼舌根呢！老奴這就著人將她們關進柴房，大少奶奶還是先將姨娘的後事處理吧。」

素顏聽了，眼神冰冷凌厲地看向白嬤嬤，冷聲道：「請嬤嬤著人來，將這屋子團團守住，巧慧和巧蘭也不許離開此處半步，洪姨娘的屍身不許挪動，一切等夫人病好，或者侯爺回來再行處置。洪姨娘乃貴妾，她因何而死、怎麼死的，一定要查出結果了，我一個新婦不敢亂作決斷。」

巧蘭聽完這話，倒覺得心中安定了些，恭敬地給素顏行了一禮道：「多謝大少奶奶，奶奶這是法子好，誰是誰非總能查個結果，誰也不能誣賴了誰，那害人的也不能逃了出去。」說著，瞪了眼巧慧。

巧慧卻是大罵道：「不過是假惺惺的做樣子罷了！這可是在寧伯侯府，整個府裡都是他們的人，她又是大少奶奶，誰還不是先護著她？就算查出了什麼，也會銷毀了，姨娘的死最後便會不了了之，她就還是逍遙自在當她的大少奶奶！」

素顏聽得終於忍不住，對紫綢道：「掌嘴十下，自己沒有服侍好主子，卻將罪責往本少奶奶身上潑，妳沒半分證據便口口聲聲誣我，我如今懷疑是妳謀害了姨娘，想嫁禍於我？」

紫綢早氣得火冒三丈，聽了素顏的話，立即上前，左右開弓，連打那巧慧十下，打得巧慧兩腮立即紅腫了起來。巧慧這才閉了嘴，只怒目瞪視著素顏。

素顏對陳嬤嬤和紫綢道：「回去。」

白嬤嬤聽了愕然地看著素顏，素顏回了頭對白嬤嬤道：「嬤嬤最好儘快使了人來，將此處圍住。洪姨娘的屍體若再出了什麼岔子，那便是嬤嬤的責任了。」

白嬤嬤聽得心中一凜，忙吩咐下去，使了七、八個婆子將洪氏的屋子把守住，連著屋裡的丫頭婆子們一律看好，不許亂動。

素顏帶著陳嬤嬤和紫綢走出裡屋，到了正堂，卻見一個相貌冷豔的婦人正帶了兩個丫鬟立在正堂裡。那婦人一身素淨的軟綢錦襖，梳著新月髻，頭上只插了一根翡翠簪子，淡淡立著，卻給人一種清冷孤絕之感。

她見素顏出來，走上前來行了一禮。「妾身見過大少奶奶。」連聲音裡都帶著些許的清冷孤傲，雖是行禮，眼睛裡卻看不到半點恭敬之意，含著一股冰霜和不屑。

素顏點頭抬手，淡淡打量著這個自稱為妾的冷傲女子。這裡是悠然居，住的也不只是洪氏一個妾室，她早知道會再遇到葉成紹的其他妾室。

只是這一位看著怎麼也不像是給人做妾的，那神情倒是比大家閨秀還要傲氣得多，也不知道這一位又有何身分，難道又是太后娘娘賜下的？

白嬤嬤在一旁便介紹道：「大少奶奶，這是司徒姨娘。」

司徒？會是護國侯府的那個司徒嗎？再看這司徒姨娘的眉眼，果然與司徒敏有幾分相似……不可能吧，護國侯府的小姐會給葉成紹做妾？

她不禁問道：「妳是護國侯府家的小姐？」

司徒姨娘聽得眼神一厲，臉色閃過一絲痛色，冷聲道：「下嫁與人為妾，出身何處，一點也不重要，如今司徒蘭不過是個賤身，大少奶奶大可不必過問這些。」

那便是的了，看她這神情和這語氣，甚是不滿給葉成紹做妾，也不知當初又是怎麼樣的一個故事，或者，葉成紹真的浪行浪舉，害了人家清白姑娘，姑娘不得不下嫁與他？可是，以護國侯府的家世，她又怎麼會只是給他做妾呢？

不過，如今不是想這個的時候，洪氏的死像塊大石一樣壓在素顏的心頭，得儘快想法子脫開自己的干係才是，於是對司徒蘭點了點頭，便繼續往外走。

司徒蘭卻是閃身攔在了素顏身前，揚起下巴道：「大少奶奶既然來了，自然是得給個說法了才能走。姨娘雖是賤身，但也是一條生命，絕沒有白死的道理。」

這意思也是覺得是自己害死了洪氏？她要為洪氏出頭？素顏不由微瞇了眼，冷冷地看著司徒蘭道：「那姨娘待要如何？」

「妾已著人通知洪妹妹家人，想來即刻就會到，請大少奶奶多多等待，便是洪妹妹自盡而死，也得讓人父母見上一面，給個交代才是。」司徒蘭鎮靜地攔在素顏身前道。

「我若不肯呢？」素顏氣極。這司徒蘭憑什麼一副對待犯人的嘴臉對自己，她又算是哪根蔥蒜，她哪隻眼看到自己對洪氏下手了？

「那大少奶奶可以自妾身身上踏過去，最多這屋裡再死一個姨娘罷了。」司徒蘭冷傲而決然地看著素顏道。

素顏聽得一哂，轉了頭對白嬷嬷道：「想來嬷嬷已然看到了，這屋裡懷疑本少奶奶的可不止一個人呢。本少奶奶也不屑與人分辯，請嬷嬷報官吧，嬷嬷若不去，那我便使人去報了就是。」

那司徒蘭聽得素顏說要報官，冷厲的眼神才緩了一些，卻是更加複雜地看著素顏，審視的神情讓素顏心中好生惱火，忍不住就輕蔑地瞪了她一眼。原是看著她與司徒敏有關係，給司徒敏幾分面子，但這司徒蘭也太自以為是了些，那故作清高的樣子，彷彿全世界就她一個人是清白之人一樣。

白嬷嬷聽得頭皮發麻，也知再也推搪不得，忙對素顏道：「大少奶奶且稍待，老奴去報了夫人知曉。」

說著，便走了。

「司徒姨娘有什麼想法，一會兒等官府之人來時，再細說吧。」素顏淡淡的自司徒蘭身邊繞過，看也不看她一眼。

司徒蘭清冷的臉色終於閃過一絲尷尬，福了身道：「妾身方才出言不遜，請大少奶奶見諒。」

素顏聽得詫異，似她這種自認清高的人也會給人道歉？不由回頭看著司徒蘭。

司徒蘭不自在地移開目光，垂了頭道：「大少奶奶容稟，妾身白天曾來看望過洪妹妹，她一直傷心在哭，說大少奶奶不容於她，非要將她送走。妾身也好勸過她一回，後來她才好些了，但看她那樣子，並非生了死意，又肯好生用飯用藥，便更不可能自盡，但人卻是莫名其妙地沒了，妾身便生了疑心。妾身看洪妹妹像是中毒，便問服侍的丫頭，只說吃的都是尋常飯菜，並沒有用過不乾淨的東西。這人死得太過蹊蹺了，而她與大少奶奶才鬧過一回，府中家事又由大少奶奶接管，妾身才會有此疑問。」

素顏聽她說得有理有據，又肯低頭伏小，心中也算消了些氣，淡笑著對她道：「姨娘稍安勿躁，此事太大，妳我都不是能夠主事之人，等那能主事之人到了，自會有人查個明白的。」

司徒蘭聽了臉色微赧，點了頭應是。

第五十七章

果然沒多久，侯夫人頭裹白色紗布，被白嬤嬤扶著進來了。素顏與司徒蘭忙上前去見禮，侯夫人也不叫起，只是滿臉怒容地徑直到正堂椅子上坐下了。

素顏自己直了身，靜靜站在一旁。

侯夫人見了更是氣，斥道：「我不過讓妳幫著管上一天家事，府裡就出了如此大的事情，妳這讓我如何跟侯爺交代，如何向貴妃娘娘交代，又如何向太后娘娘交代？以前聽人說，妳是個剋父剋母的八字，我還不信，如今看來，那傳言還真沒有錯呢，妳就是個掃把星，一來就淨是禍事！」

素顏忍著怒火，抬眼冷厲地看著侯夫人，侯夫人果然又道：「出了事不知道如何處置也就罷了，竟然要去報官？妳是不是侯府的人啊？妳入了侯府的門，就該處處為侯府的利益名聲考慮才是，不說好生查察洪氏死因，找出凶手，卻要將侯府家事報與官府，公開於世人眼中，妳是存心要出侯府的醜，讓侯爺和我在全京城人面前抬不起頭來吧？」

她話音未落，那邊二夫人、三夫人兩個連袂而來，正好聽到侯夫人斥責素顏的話，三夫人首先就不樂意了，怨責地看著素顏道：「姪媳莫怪嫂嫂說妳，侯府可比不得小家小戶，府裡出了事，自然是要關起門來處理的，怎麼能胡亂報官呢？妳可還有幾個姑子小叔都未成婚配呢，侯府名聲壞了，那是會影響妳弟弟妹妹的名聲的。」

那話裡話外便是說素顏是小家小戶出身，見識短淺，不懂維護侯府名聲。

素顏聽了也不在意，卻道：「如今長輩們都來了也好，我著實年輕不懂事，出了這麼大的事就心慌了。至於什麼剋父剋母、掃把星之類的，還請不要胡說，別到時我真有那個本事，將哪個長輩給剋死了。這種事，信則靈，不信則是子虛烏有啊。」

侯夫人聽她竟然詛咒自己，頓時氣得倒仰。三夫人聽了倒是忍不住笑出聲來，侯夫人正沒處發火，便道：「老三家的，妳這是幸災樂禍吧，侯府出了這麼大的事，若是倒了楣，妳家也沒好處得。」

三夫人被侯夫人罵得冒火，乾瞪著侯夫人，卻不知道要說什麼。

二夫人聽了就皺眉道：「老三家的，大嫂說得是，如今是要大家一起想法子，怎麼將這事抹平了才是。」

司徒蘭一聽二夫人這話就冷了臉，走出來也不行禮，冷傲地看著二夫人道：「二夫人，話可不能如此說，且不說洪妹妹身分何等貴重，就憑她是一個活生生的生命，也不該如此輕視，難道侯府就是那草菅人命的污濁之地嗎？」

二夫人被司徒蘭的話氣得要死，臉上卻帶著乾笑道：「瞧司徒姨娘這話說的，我說的抹平自然是好生找出洪氏的死因啊！我看，她是因著大少奶奶非要送走她，自行服藥自盡了，她身邊的幾個丫頭又沒防備，人死了才知道。這事其實也沒什麼複雜的，不過就是她自己想不開罷了，大嫂也不必太勞神，好生換了衣服，遞了牌子進宮去，向貴妃娘娘和太后娘娘陪禮請罪才是正經呢。」

素顏聽得大怒，冷笑著問二夫人。「嬸娘何時聽我說過要送洪氏走了？嬸子說話可得注意些，姪媳膽子小，身子又弱，可不經嚇。洪氏白天在母親屋裡時，我可是說得明明白白的了，她是世子爺下令要送走的，我作為人妻，自然不能與相公唱反調，讓她求母親；母親如何應下的，想來嬸子您也聽得清楚，若那樣也算是逼迫她，那逼她的可不止姪媳一人。」

侯夫人聽素顏將她也扯上，更是氣急，卻也知道用這頂帽子壓素顏是不行的，便道：「此事原就是洪氏自己無狀冒犯了主母，不過被罰了幾下就受不了氣，自尋死路，她尋死也不止這一回了，好好守著都沒守住，又尋了死，少不得我硬著頭皮去宮裡請罪就是。素顏，妳也有責任，天亮之後，也一併跟我去吧。」

素顏詫異地看著侯夫人，沒想到她一下子如此通情理了，雖然很不想去宮裡，卻也知道自己身為正室，對洪氏的事是該有個交代，就算不主動去，宮裡也會著人來叫她，便低頭應下了。

侯夫人便要起身走，司徒蘭卻突然跪了下來，攔住侯夫人。「夫人，洪家妹妹絕不是自盡而死，她是被人下毒殺死的！」

侯夫人聽得眉頭一皺，狠狠地瞪了司徒蘭一眼，喝道：「放肆！這裡哪有妳說話的分？還不回到自己院裡去待著，出來晃蕩什麼？」

司徒蘭卻是倔強地跪在地上不肯走，猶自說道：「請夫人去查驗洪妹妹的吃食、茶點，那裡面一定有問題。府裡若有仵作，也可以叫了來查驗一番，也好給洪妹妹的父母親人一個交代。」

侯夫人見她如此不懂事，一意蠻纏，不由大怒，正要喝斥，卻聽見外頭一聲嚎啕大哭。「我的兒啊，妳死得好慘啊……」

侯夫人愣住，不由看向白嬤嬤，白嬤嬤一頭是汗，小聲道：「司徒姨娘著了人去通知了洪氏家人，這會子怕是來了。」

果然，一對中年夫婦如疾風一般地衝進來，那婦人穿著一身半舊的衣服，打扮普通，一進門便向裡屋衝去。

而那中年男人卻是一臉哀怒地看著侯夫人，也不行禮，直直地問道：「誰？是誰害死了我女兒？是誰？」

那婦人一進去便哭得更凶了，整個後院都要被她的聲音給抬起來，一時，周圍的小院子裡的燈全亮了，府裡的下人們開始往這小院裡探頭張望。

素顏見了便對白嬤嬤道：「嬤嬤得使了人去，將那些看熱鬧的全轟了才是。」

白嬤嬤聽了忙吩咐下去，才讓那些圍著的人散開了些。

侯夫人捧著自己的頭直皺眉。這一回，她是真的頭痛了，對白嬤嬤道：「叫她別哭了，有話好好說。」

又對那中年男人道：「你且先坐下，事情才發生呢，原是你家姑娘不懂事，衝撞了大少奶奶，被世子責罰了，她便尋了死，你們也莫鬧，侯府會好生撫恤，給她厚葬的。」

洪氏之父卻是冷笑一聲道：「侯夫人好大的口氣，人死了就一句自盡便了結了嗎？我那女兒乃是太后娘娘所賜，又正青春年少，好日子才開始，怎麼會自盡？分明是後院女人之間爭寵嫉妒，下手害了我女兒。今天不給個說法，我們便鬧到太后娘娘處，這天下總有公道在的，你們莫想要以勢壓人。」

屋裡，洪氏之母洪陳氏聽到中年男人的話便衝了出來，直接便低了頭，向素顏撞了過來，素顏猝不及防，被她撞在了地上，她張開五指便往素顏身上撕，長長的指甲向素顏的頸脖摳去，素顏拚命仰著頭才躲過抓向臉上的一擊，反手便去推那洪陳氏。

陳嬤嬤和紫綢這才反應過來，忙去拖扯洪陳氏。那洪陳氏像是要拚命一般，陳嬤嬤兩個費了老勁都沒能將她拖開，她死死地揪住素顏的衣服，抓不到便用力捶打素顏，嘴裡罵道：「賤人！是妳害死了我女兒，我今天要妳償命！」

素顏身子原就受了傷，那洪陳氏又有一股子蠻力，一時打得她骨肉生痛。侯夫人見她二人滾作一團，半晌才喝道：「來人、來人，將這瘋婆子扯開！」

外面這才進來兩個粗壯婆子，將洪陳氏拉開，而素顏已經被她弄得頭髮散亂，衣衫不整，很是狼狽，脖子上的傷口火辣生痛，她又氣又委屈，卻是倔強地起了身，鎮定自若地理好頭髮，整理衣襟，對侯夫人道：「夫人若是不報官，那便請府裡的仵作前來驗屍吧，就算洪家肯承認洪氏自盡身亡，兒媳也要查個明白，是自盡便是自盡，若是有人加害，那便要查出凶手來，怎麼說都要還兒媳一個清白。」

侯夫人聽得眉頭緊皺，那洪陳氏沒料到素顏被她撕打後還會說了這樣一番話，不由怔住，也忘了辱罵了，定定地看著素顏，半晌後，又道：「別貓哭耗子假慈悲，就算妳下了手，那些痕跡不也早被妳抹了嗎？不要以為妳是個正室，有侯府為妳撐腰就行，今天非要妳給我女兒抵命不可！」

說著，又要衝上來，兩個粗使婆子死死地抓住她，她才沒能動成，卻是大哭大嚎，罵侯府殺人滅口，要連她也一起殺了云云。

素顏聽得好生煩躁，這無知婦人根本就不是來為女兒伸冤討公道的，分明就是來無理取鬧，不由對那兩個婆子喝道：「拿東西堵了她的嘴。」

那洪氏的父親也覺得自家婆娘鬧得不是事，就算要鬧，也得等女兒死因查出來再說，如今難得侯府裡有人主張查事，她卻在此胡攪撒潑，真是半點分寸也不懂，看粗使婆子堵他婆娘的嘴，他也沒攔，只是對侯夫人道：「大少奶奶所言極是，還請夫人當著小的面將事情真相查出吧。」

侯夫人聽了只得點頭。素顏便對司徒蘭道：「司徒姨娘既是口口聲聲說洪氏死得蹊蹺，那便由妳主持查案吧，妳這身分最合適，我和夫人查，妳會說我們偏袒動手腳，就算查出結果也難以服眾。而妳與洪氏身分一樣，兔死狐悲、同病相憐，想來妳是真心為洪氏鳴不平的。妳主持，洪家人乃至貴妃和太后那兒便也能信服一些，只望妳真能公正嚴明地查來就好。」

素顏一番話也說得尖銳無比卻又句句在理，司徒蘭原就是不信侯夫人和素顏，本想著作個見證來主持公道，沒想到素顏會提議讓她來主持查驗，臉一紅，卻是大大方方應下了。

侯夫人頭痛得直哼哼，她也沒精力來查這事，也就沒有反對，二夫人和三夫人只是看戲的，又如往常一樣站在一旁不說話了。

司徒蘭便著人去取來洪氏昨晚所吃的飯食、茶水。洪氏昨天喝了一碗雞湯，又吃了一小碗米飯，四個小菜都只用了一點，後堂正好還留下剩菜，一時仵作來了，便用了銀針去查探飯菜，果然在洪氏所用的一碟肉炒鮮筍尖裡發現了毒。

仵作驗過後，說是砒霜。

洪氏之父立即眼露怨毒，憤恨地看著素顏和侯夫人。

侯夫人得知這結果也很震驚，不出看向素顏道：「兒媳，昨兒可是妳在理事，這廚房裡的飯菜全是妳安排的，妳對此事作何解釋？」

素顏淡定地看著侯夫人道：「兒媳也不知，兒媳昨日只是分派了管事娘子一些大事，這些送給姨娘飯菜之事仍按往常慣例所作，至於菜裡為何有毒，還得再查。」

洪氏之父聽了，冷笑道：「分明就是妳使人下毒，妳被我女兒冒犯，害得妳失了面子，還被夫人打了一頓，此事鬧得全城都知曉，便懷恨在心，暗動手腳，害死我女兒。」

素顏懶得理他，對司徒蘭道：「妳們平素的飯食可是廚房裡的人統一送來的？還是妳們自己使人去提？妳們幾個所用的飯食有差別嗎？」

司徒蘭垂頭想了一想，回道：「我們幾個飯菜基本一樣，昨日我也用過這一道菜，我用了無事啊，難道……」

素顏又道：「將廚房裡分派飯食的人叫來。」

一時，那廚娘很快就來了，素顏又問：「可是妳在洪姨娘飯菜裡下毒的？」

那廚娘四十多歲上下，一身橫肉，聽得這話嚇得腳一軟，跪下來大呼冤枉。

素顏便問：「幾位姨娘的飯菜妳們可曾分開？是如何派送的？」

那廚娘道：「姨娘們的飯菜都是做得一樣的，沒有區別，除非姨娘自己想加菜什麼的，就遞了單子來重新做。平素幾份菜都是做好放在一種食盒裡拿走，各房之人來了又是隨意提的，奴婢哪裡知道洪姨娘要吃哪一盒，就算想害她，也不好下手啊。」

司徒蘭也聽出其中道理來，立即又問那廚娘。「昨日洪姨娘的飯菜是何人提走的？」

那廚娘想了一想，才道：「正是洪姨娘身邊的丫頭巧慧親自來提的。」

素顏聽了便是一聲冷笑，司徒蘭便對那屋裡喚道：「巧慧還不進來？」

巧慧這才走了出來，一聽前因，立即哭了起來。「奴婢可是姨娘的陪嫁丫鬟，姨娘若死了，對奴婢有何好處？妳們自己下了黑手，不要讓奴婢來頂鍋！」

司徒蘭聽了便冷笑道：「我還沒說妳什麼，妳便吵起來，是心虛嗎？」

巧慧聽得臉色一變，立即又哭了起來，對著一旁的洪老爺道：「老爺啊，你要救救奴婢，奴婢不可能害小姐啊……」

洪老爺也怒視著司徒蘭道：「巧慧是我家的家生子，老子娘兄弟都在洪府，她怎麼可能會去害我女兒？妳們就是要敷衍我等，也不要再害我家奴婢了。」

素顏聽了便問巧慧。「妳可是提了食盒就立即回來給妳姨娘吃了？一路上可是一直盯著這食盒的？」

巧慧聽得目光一閃，低頭沈吟，片刻後立即抬起頭來道：「對了，我想起來，我提著食盒回來時，在悠然居門前碰到了紅兒，她將茯苓借的鞋樣子還給我，還拿了新樣子來，我就坐在花壇邊上看了一會子，然後才提了食盒回來的。」

茯苓？那個被自己打發到莊子上去，卻還沒走的那個丫鬟？素顏心中一冷。果然是指向自己來了。

果然就聽二夫人道：「那紅兒不是茯苓身邊跟著的丫頭嗎？大少奶奶，那可是妳院子裡的人啊。」

侯夫人聽得臉色一沈，瞪了二夫人一眼，卻道：「著人去，搜查茯苓和紅兒的房間。」

立即有管事娘子帶了人去了，沒多久，那管事娘子就帶著茯苓和紅兒一道來了，手裡還拿了個包袱。

侯夫人見了臉色就有些難看，司徒蘭眼中卻閃過一絲堅定和得意。

那管事娘子對侯夫人行了禮後道：「夫人，這是奴婢在紅兒屋裡查出的二十兩銀子，在茯苓屋裡查出一小包砒霜。」

二十兩銀子？紅兒不過是個三等丫鬟，她屋裡怎麼可能會有二十兩銀子？

侯夫人定定地看著茯苓，茯苓卻是自行跪了下去，淚如雨下，夫人喝道：「說，是不是妳指使紅兒在洪氏的飯菜裡下毒？」

茯苓聽了便偷偷看了素顏一眼，抿著嘴只哭不說話。

素顏不由瞇了眼，看她會如何攀咬自己，心中更是好笑這場鬧劇，要鬧到何種地步才能到底部去？這侯府，又究竟藏著多少隻陰暗見不得人的黑手。

侯夫人見茯苓不說話，便轉而問紅兒。「說，妳屋裡怎麼會有如此多的銀錢，可是偷的？」

那紅兒才十二歲的樣子，被侯夫人一喝，頓時嚇得渾身直哆嗦，趴在地上就道：「回夫人的話，銀子是……是茯苓姊姊給的，她……她……讓我放些東西到洪姨娘的飯菜裡，奴婢……奴婢的奶奶病了，奴婢要用銀子……求夫人饒命啊，夫人……」

那紅兒根本就不經嚇，立即就說了出來，侯夫人的臉黑如鍋底，轉頭怒視著茯苓道：「妳可是我一手提拔放到紹兒屋裡的，原本想著妳為人穩重，做事能幹，等大少奶奶進了門後，便提妳一提，沒想到妳竟做下如此黑心之事，妳最好給我說實話，若是胡亂攀咬、胡說八道，妳知道妳世子爺的性子，就算我不撕了妳，他會如何，妳可要想清楚了些。」

素顏聽得這話倒是怔住，不由疑惑地看向侯夫人，轉念一想，又是哂然一笑。侯夫人也怕茯苓會攀咬她吧，自己一進門就將茯苓趕出了內院，貶到莊上去了，茯苓還怎麼會聽自己的呢？

那茯苓被侯夫人的話震住，仍只是哭，其間偷偷地看了素顏兩眼，司徒蘭在一旁就更是懷疑，對侯夫人道：「她若不肯開口，夫人大可以打得她開口就是，看究竟是何人讓她做下此等黑心之事。」

侯夫人聽了對茯苓又喝道：「妳還不說，非要打妳個半死才說嗎？」

茯苓聽得一陣哆嗦，終於抬起頭，眼淚汪汪地看著素顏道：「大少奶奶，奴婢……奴婢去了，求大少奶奶留下紅兒一條命吧，她才十二歲，她……」

嗯，好有技巧的攀咬、誣衊，看似忠心護主，誓死不說，實則比說了更讓人相信。素顏冷冷地看著她道：「妳求我做甚？如今是夫人在問妳，妳是不是指使了紅兒下毒害死洪姨娘，又是誰指使妳這麼做的，或者是妳自己故意所為，想要陰謀陷害於人？」

茯苓聽得怔住，眼裡露出一絲怨恨，卻是納頭就拜，又只是哭，不說話了。

侯夫人大怒，揚了聲道：「拉出去，打二十板子，看她說是不說！」

紅兒卻是一把扶住茯苓道：「姊姊，妳就說了吧，那銀子和藥分明就是紫晴姊姊給妳的啊！」

素顏聽得一滯，不由看向紫綢，紫綢也是一臉的不相信，又看向陳嬤嬤。那邊洪大老爺卻是問：「紫晴又是誰？」

司徒蘭看著素顏，嘴角含著一絲譏誚和輕蔑，淡淡地說道：「是大少奶奶的陪嫁丫頭。」

那洪陳氏再也忍不住，突然就撞開了兩個粗使婆子，手一伸，將頭上的一根銳利的銀簪拔了，向素顏衝了過來——

第五十八章

素顏離得近，眼看著那洪陳氏如一頭發瘋的野牛一樣衝過來，手中鐲子彈開，一根細針在手，只待她衝過來時，偏讓過她的衝勢，再封她穴道。

一旁的紫綢和陳嬤嬤見了忙上前要攔，但那洪陳氏的衝勢太猛，一下將兩人撞開，人仍是向素顏衝去。紫綢心中大急，眼看著洪陳氏已然衝到了素顏的身前，突然她身子一僵，人像塊門板似地向後直直地倒了下去，掉在了地上，眼睛直愣愣地瞪著，似乎自己都沒明白，自己怎麼會渾身僵硬，摔倒在地。

素顏也愣住。她的手還並未伸出去呀，洪陳氏是鬼上身了嗎？

眾人還沒回過神來，門外如風般捲進一個身影，不過瞬間，素顏被摟進了一個帶著寒濕之氣卻又寬闊厚實的懷抱裡。

「娘子，妳……妳又受傷了？」葉成紹的聲音微顫，摟著素顏細細察看著她脖子上的傷口，當著一眾家人的面擁緊了素顏。

素顏一直全神貫注著眼前的事情，神經緊張，雖心中早有成算，但畢竟總被人謀算陰害，心裡早就滿懷怨憤和委屈，一下子被人擁住細心呵護，緊繃著的心就鬆了，人也軟了下來，既委屈又心酸的淚水便奔湧而出，堅強的心防瞬間倒塌，哭倒在葉成紹懷裡，一時忘了自己所有的苦楚全是因嫁他而來。

「娘子不哭，是我不好，我沒有及時回來，也沒有保護好妳，好娘子，不哭。」看著在懷裡哭成淚人兒的素顏，葉成紹的心像是被千根絲線纏繞、勒緊，攥成一團，疼痛又透不過氣來。

一旁的紫綢見葉成紹這一次還算回得及時，心中鬆了一口氣。有世子爺的保護，看這些人還怎麼欺負大少奶奶？一時又想起方才紅兒說的話，心裡又恨又疑，紫晴會是要陷害大少奶奶的人？不可能，自己與她自小長大，她雖有些小心思，心性兒高，但品性卻不壞，對大少奶奶也忠心，她們兩個都是陪嫁，害了大少奶奶，對紫晴又有什麼好處？

正胡思亂想著，就聽陳嬤嬤道：「世子爺，你還是放了我們主僕離開吧，這不過才回來一天，就又出了這麼大的事，大少奶奶先頭的身子還沒養好，如今又被人誣陷，這裡再待下去，不是要了大少奶奶的命嗎？」

葉成紹心中早就怒火萬丈，他是接到飛鴿傳書說洪氏死了，快馬狂奔回來的，果然，府裡人又將髒水往素顏身上潑，幸虧他回得及時，不然方才那瘋婆子只怕又傷了素顏。

「煩勞嬤嬤照顧好娘子。」葉成紹對陳嬤嬤道，並將素顏送到陳嬤嬤懷裡，轉過身來時，他的眼裡全是戾氣，陰沈狠戾地看向侯夫人。

侯夫人只覺自己頭痛得更厲害，儘量將聲音放得委婉。「這婆子發了瘋，為娘著人抓住她，沒抓得住，被她撞開了，兒媳的傷應該不重吧？」

「傷她一根汗毛，我便要揭人一層皮。真當我是泥捏的嗎？一再觸我底線，今天不將這事弄明白了，我就一把火將這侯府給燒了，我看你們還有什麼本事來害我娘子。」葉成紹雙目赤紅，恨自己大意了，以為侯夫人才被侯爺整治了一番，應該會消停一陣子，沒想到她這麼快就好了傷疤忘了痛，又對素顏下手了。這府裡，侯夫人當著家，她想要陷害一個人，還不同捏死一隻螞蟻一樣簡單？

話音一落，一掌輕飄飄地向地上的洪陳氏拍去，那洪陳氏立即慘叫起來，身子不停地抽搐著，像被雷擊中一般，臉上皺成了一團，痛得嗷嗷直叫，那聲音慘厲如陰魂在嚎，聽得人毛骨悚然。

在場的包括二夫人、三夫人都只覺得自己的寒毛根根豎起，頭皮發麻，膽顫心驚。她們早就知道葉成紹不著調，看過他耍渾耍賴整治人，但從沒有見過他發這麼大的火，整個人像變成了一頭發怒的獅子，隨時都會將她們撕碎了一般，一時，沒一個人敢回應葉成紹的話，垂了眸裝傻子。

那洪家老爺也被葉成紹的氣勢所嚇到，再聽到自家婆娘鬼哭狼嚎的聲音，已然嚇得瑟縮發抖，但他死了女兒，又分明是侯府毒殺的，世子爺便是權勢滔天，也講不過一個理字去。殺人償命、欠債還錢，女兒死了，妻子又正被人用著酷刑，他一個男人若這點子膽量和氣魄也沒有，不如一頭撞死算了，於是顫著音，卻又毅然堅決地說道：「世子爺，你們府上的丫頭作證，說是大少奶奶害死了小的女兒，小的婆娘也太過悲傷，才耍了潑，傷了大少奶奶。

您要為大少奶奶出氣，也得講些道理，難道大少奶奶是人，小的女兒便不是人嗎？總得給我們一個交代才是吧。」

葉成紹一聽府上丫頭作證幾個字，立即看向茯苓，冷聲問道：「可是妳作證，說大少奶奶指使了妳？」

茯苓先看到葉成紹進來，心中還安定了些，世子爺不過是被大少奶奶的外表蒙蔽罷了，等他知道大少奶奶的惡行，一定會嫌棄大少奶奶的，但沒想到，葉成紹一來便不分緣由一力護著大少奶奶，根本就沒有瞭解事情原委的打算，再見他對洪陳氏的狠戾，更是心跳如鼓，努力想著要怎麼組織言語，既不要再觸怒世子爺，又要能讓他信服。

聽葉成紹問她，她不由打了個哆嗦，緊閉著嘴，眼睛卻看向紅兒。

紅兒正渾身顫抖著往角落裡縮，紫綢看著便氣，這小姑娘不過十二、三歲，心眼就壞透了，竟然誣衊大少奶奶，幾步便走過去，拎起紅兒的領子提到葉成紹面前。「爺，她方才說是紫晴送了砒霜和銀子給茯苓，茯苓再讓她在洪姨娘的飯裡下毒的。」

紅兒已經哭了起來，大叫著：「爺饒命，不要打奴婢，奴婢說實話、奴婢說實話！」

「那還不快說！」葉成紹吼道。

「是……是茯苓姊姊給了奴婢銀子，讓奴婢這麼做的。」紅兒哭成了一個淚人，說話也一抽一抽的，偷偷拿眼瞄著茯苓。

「她根本就沒有在洪氏飯菜裡下毒。」偎在陳嬤嬤懷裡的素顏已經止了哭泣，突然說道。

在場眾人全都聽得一震，不解地看向素顏，不知道她為什麼會這樣說。

紅兒卻是淚眼婆娑地看了眼素顏，眼裡露出一抹驚喜和愧疚之色。

茯苓卻是震驚地看向紅兒，狠狠地瞪了紅兒一眼。一旁的司徒蘭卻道：「怎麼可能，仵作不是才驗出了洪妹妹的菜裡有毒嗎？那毒既然不是紅兒放的，難道……大少奶奶，妳又憑何說紅兒沒有放毒，她自己都承認了。」

司徒蘭自葉成紹進來後，便一直冷著臉，尤其是看到葉成紹對素顏的溫柔和維護時，臉色就更為清冷了，像是根本就不認識葉成紹這個人一般，眼睛再也不往葉成紹身上瞟一下。

葉成紹聽了司徒蘭的話，眉頭皺了皺，卻是出乎素顏意料，無奈地對司徒蘭說道：「妳怎麼也來了？這裡不是妳該來的地方，回自己院子裡去吧。」聽那語氣，竟頗有回護之意。

司徒蘭卻是看也不看他道：「我若不來，洪妹妹便被認定是自殺，而她的冤屈就要石沈大海，難道給人做妾，那命就該比畜牲還賤了嗎？」

葉成紹聽得眼神一黯，轉了眸，不再看她，柔聲問素顏。「娘子，妳怎麼肯定毒藥不是紅兒下的？」他雖剛進來，但憑這屋裡幾個的對話也對事情有些大致的瞭解，看來，自家小娘子對事情早有了些發現，只是她身單力孤，又被有心人陷害，沒法子自保罷了，看來以後得給她派個人到身邊來，總這麼著被人傷著可不好。

「因為，洪氏根本就不是死於砒霜之毒。」素顏轉了眸看著侯夫人，眼裡帶了一絲譏笑，又問侯夫人道：「夫人，您不知道洪氏是怎麼死的嗎？」

侯夫人震怒地看著素顏，她不喜歡素顏對她說話的這種表情，那眼神太過輕蔑，還帶著嘲諷，讓她很是惱火，更覺得討厭。她警惕地問道：「我何嘗知道？妳想說什麼？」

素顏卻轉了頭去對仵作說：「請你給洪氏驗屍，看她是否真死於砒霜。」

仵作一開始便只是驗了洪氏所吃的飯菜，得了結果後，這屋裡的人就全都鬧將了起來，根本沒有去驗屍體。他在侯府裡也待得有年分了，知道什麼是該做的、什麼是不該做的，府裡污濁的事情他也看得多了，懂得適時閉嘴和裝傻，如今看到世子爺對大少奶奶很是維護，心下才稍安，進了內室，仔細察看起洪氏的屍體來。

先前一臉得意的巧慧如今卻是眼神閃爍著，兩眼不時瞄向裡屋，頭上冒出細細的汗珠。

素顏冷冷地看著她，突然喚了一聲：「巧慧！」

巧慧嚇了一跳，下意識回道：「在，什麼事？」

素顏淡笑著走近她道：「妳在慌什麼？」

巧慧這才發現是素顏在喚她，心跳得怦怦直響，臉色也一陣紅一陣白了起來，垂了眼眸不敢與素顏直視，結結巴巴道：「沒……沒慌什麼。」又突然大著膽子道：「奴婢有啥好慌的，該慌的是大少奶奶吧！」

聲音未落，臉上就啪地一聲挨了一巴掌，一陣頭暈目眩，她好半天才站穩了，就聽葉成紹森冷的聲音在耳旁響起。「再敢對大少奶奶無禮，爺就將妳剮了。」

巧慧嚇得心驚膽顫，驚懼地看著葉成紹。素顏半挑了眉道：「我自然不用慌，一會兒仵作就會出來，妳還是老實些，實話實說的好吧。」

司徒蘭不解地看著素顏，問道：「大少奶奶怎麼篤定洪妹妹不是死於砒霜之毒？先前妳怎麼不說？」

素顏淡淡地看著她道：「有人不是正想看到我被人陷害嗎？那我就先如了她的願，看她如何露出自己的馬腳來呀。」

司徒蘭聽得莫名，轉眼看向侯夫人，只見侯夫人臉色鐵青，眼裡閃著陰狠之色，心下微動，嘴角也勾起一抹冷笑來。

過了好一陣子，仵作出來了，對葉成紹道：「世子爺，死者的確不是死於砒霜之毒。砒霜是死後被人灌進嘴裡的，只是傷了喉舌，嘴角流出的黑血不過是喉中所出，並非內腑。不過，死者應該還是被毒致死，只是這種毒很是怪異，因是被人傷及血脈，自脈流向心臟，心臟猝停而死。小的無能，查驗不出是何種毒藥所致。」

素顏聽得仵作那一番話，不由眼睛都亮了。她第一次仔細地打量起那仵作來，五十多歲的年紀，頭髮花白，穿著普通的布衫，長相也普通，說話時，眼眸垂著，並不與人對視，看起來很不起眼，可他一下子就看出洪氏是死於心臟猝停，並能說出是藥物所致，讓她不得不高看這仵作一眼。侯府藏龍臥虎，這仵作，怕是並不簡單呢。

侯夫人聽了仵作的話也皺起了眉頭，神情變得越發複雜起來，轉眼凌厲地看向巧慧，喝問道：「可是妳殺了自家主子，再嫁禍於大少奶奶？」

巧慧此時卻是笑了，對侯夫人道：「夫人，沒有證據，可不能誣衊奴婢，方才已然誣衊過大少奶奶了，難道一有事就是別人的責任嗎？」

這話說得很有問題，素顏聽了不由微瞇了眼看向侯夫人。侯夫人淡淡地回望著她，眼裡帶著一種莫名的情緒，讓素顏有些琢磨不透。

「放肆！既然紅兒沒有在洪氏飯菜裡下藥，那洪氏菜裡的藥又是從何而來？白日可是妳在服侍洪氏用飯的，妳這又作何解釋？」侯夫人收回目光怒喝巧慧道。

巧慧冷冷一笑。「紅兒說沒下毒就沒下毒？那道菜只是姨娘沒用罷了，東西都搜出來了，她們害怕不敢擔責，自然說自己沒有下毒，茯苓可是自己都承認了的。」

茯苓一聽，立即跳了起來罵道：「賤蹄子！我何曾承認過了？一直都是紅兒在說話，我根本就沒說過。」

紅兒聽了皺了眉頭，不可思議地看向茯苓，眼神黯了黯，又轉過頭看向素顏道：「大少奶奶，奴婢確實沒有在菜裡下毒，那砒霜奴婢是拿了，但是沒放，奴婢做不來那傷天害理的事情，奴婢以為真是您下的令，要……要害死洪姨娘……奴婢不敢不聽，但只做了樣子，沒真下毒啊！」

才不過十二歲的孩子，膽小心軟也是正常的，只是沒想到她在高壓之下還能保有一分天良在。素顏對她點了點頭，卻是問茯苓。「妳的事情，稍後再說。」

轉了頭對巧慧道：「那道菜分明就是動過的，而且，仵作只需剖開洪氏的肚子就能看出她是否吃過筍尖，所以，妳不要再心存僥倖了，實話實說吧，免得再受皮肉之苦。」

巧慧垂了頭不說，嗚嗚地哭了起來。葉成紹看著就不耐煩，手一揚道：「來人，拖出去打二十板子，看她說是不說。」

巧慧聽得慌了起來，撲通一聲就跪了下來。「世子爺饒命，大少奶奶饒命！奴婢說實話，菜裡的砒霜是奴婢下的。」

屋裡的人再一次被事情的發展震驚得無以復加。巧慧竟然在菜裡下毒，而洪氏卻又沒吃那有毒的菜，那洪氏嘴裡砒霜也是巧慧灌的，她究竟想要做什麼，只是為了陷害大少奶奶？

「快說，妳為何要在洪妹妹的菜裡下毒，做這種吃力不討好的事，妳瘋了嗎？」司徒蘭聽了怒聲對巧慧斥道。

「奴婢是害怕，太害怕了才想了這麼個法子。奴婢昨兒個服侍姨娘用過飯後，姨娘坐在床上跟奴婢說了好一會子話，又哭了好一通，約莫過了半個時辰才睡下，後來，晚香姊姊給姨娘送補藥來，奴婢又跟晚香姊姊說了會子話，晚香姊姊走後，奴婢就睡下了。結果，等奴婢一醒來，去床上看時，姨娘竟然沒了氣，奴婢就嚇壞了，好好的人突然就沒了，察看周身又沒有任何傷痕，奴婢也知道姨娘並無死志，心裡就害怕，怕主子們說是奴婢沒有服侍好姨娘，就想了這麼個主意。」

「一派胡言，就算妳主子死得莫名其妙，妳也不可能要灌砒霜給她吧，再說了，巧蘭呢？巧蘭就任妳這麼做？」司徒蘭冷笑道。

巧慧哭著又道：「奴婢一個下人，主子突然死得不明不白，府裡肯定會責怪到奴婢這些服侍的人身上去，不若想個法子說明姨娘是被害死的，奴婢的責任也能小一些。奴婢是一時鬼迷了心竅才這麼做的，正好奴婢提了飯盒回來時，在路上遇到紅兒，那紅兒眼神閃爍、小臉發白，說話也結結巴巴，不停地看奴婢提的食盒，神色很是怪異，姨娘死後，奴婢想著正好可以嫁禍給她，至於她真的藏有砒霜，奴婢可是不知，還真是湊巧了。」

葉成紹卻聽出了一點門道，皺了眉問道：「妳說洪氏死前，晚香來看過洪氏？」

巧慧似乎被點醒，突然就看向了侯夫人，想了一想又頹喪著臉道：「晚香姊姊也就到床邊站了下，看了眼洪姨娘就走了，她送的補品，姨娘也根本就沒來得及吃，不可能是晚香害的。」

司徒蘭聽了卻是冷笑起來，慢慢地走到侯夫人面前道：「夫人，晚香到洪妹妹屋裡也去得太巧了吧？那補藥是您著她送去的嗎？」

侯夫人聽得大怒，斥道：「不要忘了妳是什麼身分！妳竟敢用這種態度和我說話？巧慧也說了，晚香只是去看了眼洪氏，根本就沒有用過我著她送去的補藥，若那補藥有毒，也害不到她。」

司徒蘭聽了不置可否，卻是又踱到了茯苓身邊，戲謔地說道：「我也聽說，大少奶奶一來就貶斥了妳，按說妳對大少奶奶應該懷恨在心才對，又怎麼可能會為了區區二十兩銀子去為大少奶奶賣命？妳這毒藥和銀子真是夫人的丫頭給妳的嗎？就算夫人的丫頭想要害死洪家妹子，又怎麼不去找個自己信得過之人，而要找妳這心懷有異之人呢？難道她是傻子不成？」

茯苓聽得大急，哭道：「奴婢沒有說過，是紫晴送了藥和銀子給奴婢啊，都是紅兒說的！」

紅兒聽得氣急，嗚咽道：「茯苓姊姊，我奶奶病了，妳拿了二十兩銀子來讓我去下藥，妳說是紫晴姊姊逼妳這麼做的，我一是想要拿了銀子給奶奶治病，再一就是，我若不聽妳的，妳會饒了我這個三等丫頭嗎？我一個三等丫頭，又怎麼會存得了二十兩銀子，不是妳給我，又是誰呢，妳給我的砒霜我還留著呢。」說著，她拿出一個小紙包來。

素顏讓紫綢將那紙包遞給了仵作，仵作打開察看了一下，卻道：「這卻不是砒霜。」

紅兒聽得大驚，忙道：「不可能啊，那明明是茯苓給我的，讓我下在菜裡頭的！」

葉成紹越聽越奇怪，也聽得煩躁，走到茯苓面前道：「爺看在妳服侍過爺多年的分上，給妳一次說真話的機會，妳實話實說，爺還給妳一條生路，如若不然，爺會讓妳見識見識爺的手段，不信，妳大可以試試看！」

茯苓瞪大了一雙似水雙眸，痛苦而又幽怨地看著葉成紹。「爺也知道奴婢侍奉過爺多年？奴婢對爺可曾有過二心？奴婢自十歲開始，就貼身服侍著您，早將自己當成爺的人了，奴婢又怎麼可能會害爺？爺也不信奴婢嗎？」

「妳是不會害我，但是，卻保不齊妳不會害大少奶奶。不要以為爺不知道妳的小心思，可爺沒那興趣，妳還是早些死了那條心的好。快說吧，爺還想早些了事了，給大少奶奶上藥呢，大少奶奶才不過進門幾天，妳們就接二連三地來陷害，爺這幾日就是外頭死人放火了也不出門，便守著大少奶奶，將這府裡給清理乾淨了再說。我倒要看看，是誰想要一再害我娘子。」

葉成紹後面那句話是轉過身來，對整個屋裡人說的，他聲音陰沈，冰寒森冷，透著股狠絕與陰厲，整個屋裡的人都不由打了個冷顫。

第五十九章

二夫人和三夫人先是一副看好戲的心態，這會子卻是如坐針氈，後悔不該來蹚這趟渾水的。

茯苓被葉成紹無情的話打擊得面如死灰，絕望又痛苦地看著葉成紹，道：「爺……好狠的心啊，奴婢一個女孩子，與爺近身服侍，早就與爺有了肌膚之親，大少奶奶一來卻要將奴婢打發走，奴婢的名聲早沒了，爺不要奴婢，那奴婢今後還能跟誰去？奴婢沒有了清白的身子，還有誰會看得起奴婢？大少奶奶分明就是個量小善妒之人，洪姨娘就算不是她害死的，也是被她害得很慘。爺以前可從來都沒有打罵過姨娘們，卻為了她將您最寵愛的洪姨娘一頓好打，奴婢心中也憤然不平啊。」

素顏聽了茯苓之話，不由睇了眼看葉成紹。這廝可是說他自己還是清白之身的，還說讓自己試試……原來，早就與茯苓有了首尾，還最寵愛洪氏……果然男人的話是不能聽的啊。

侯夫人聽了茯苓的話眼裡閃過一絲戾色，凌厲地掃了茯苓一眼。

葉成紹聽得大怒，手一伸就掐住了茯苓的喉嚨，聲音像是從牙縫裡擠出來的一般。「爺從來都沒有碰過妳一下，妳再胡說八道，爺捏死妳。」

司徒蘭在一旁冷冷地說道：「世子爺最好不要惱羞成怒，還是讓這奴才將實情說出來的好，若捏死了她，大少奶奶可就要背黑鍋了呢。」

這話怎麼聽都帶著一股子酸味，葉成紹倒是鬆了些手勁，讓被掐得滿臉脹紅，眼珠子都快鼓出來的茯苓喘了一口氣，但葉成紹的手卻仍是掐著她。「快說，不要考驗爺的耐性。」

「那藥，就是大少奶奶吩咐紫晴給奴婢的，信不信由你，奴婢也和紅兒一樣，不是那心狠手辣的，不想害人，就拿了假藥去給紅兒做樣子，不過也是給人看罷了！那包砒霜不是被查出來還在嗎？」茯苓一副豁出去的樣子，大聲吼道。

紫綢聽了便著了人去叫紫晴過來。素顏聽得秀眉緊蹙，她私心裡自然是不信紫晴會做這種事，更不願紫晴做了這種事，畢竟是打小就在一起的，怎麼著都有了些感情，被自己身邊之人背叛的感覺可著實不好受。

一會子紫晴被帶來了，一聽原由，不由目眥盡裂，指著茯苓就大罵起來。「妳這賤貨，我何時給了妳這些害人的東西？我不過才來府裡兩天，又哪來這些東西？妳說，我是何時何地給妳的，又有何人看見、可以作證？妳自己怨恨大少奶奶趕妳出了內院，而我又罵過妳，妳就如此編排陷害我？我是豬啊，就算要害洪姨娘，也不會讓妳這個跟我不對盤的人去吧？妳就是要誣衊人，也要想個說得過去的理由才是啊。」

「哼，我是找不到證人和證據了，不過，當時妳說的話我卻還記得清清楚楚，妳說，大少奶奶被洪姨娘欺負得太狠了，妳心裡為大少奶奶不平，只想早些殺了洪姨娘才好，還說只要我肯做下這事，妳便到大少奶奶面前求情，讓我能留在內院裡頭，繼續在爺的身邊當差。

哼，舉頭三尺有神明，做過的事還是承認的好，免得死了進阿鼻地獄，被拔了舌頭。」

「我打死妳這賤蹄子！好啊，天上有神靈看著呢，妳這賤人恨我，就把髒水往我身上潑。世子爺早就下了令將洪氏趕出去，她一個妾室，被夫家趕出門了還有什麼活路，遲早也是個死，就算不死，下半輩子也沒什麼好日子過，她已經提了報應，我要動那個手做什麼？」紫晴跳著腳罵道，又轉過頭來對葉成紹道：「世子爺，這可是您身邊的人，她一再往奴才身上潑髒水，您要嘛就殺了奴才，要嘛就讓這賤人說實話，看是誰指使她這麼做的。這分明就是想害大少奶奶，奴婢可是大少奶奶的陪嫁丫頭，明知道她對大少奶奶不滿，還讓她做這種事情，難道就不怕她會告密，出賣大少奶奶嗎？如此一來，不是害了大少奶奶，奴婢瘋了才會如此傻吧！」

屋裡的人也覺得紫晴說得有理，她一個才進侯府的人，對府裡人事都不熟，又怎麼可能敢下這個手？就算想下手，也應該找另外能拿捏得住的人才是，茯苓的話真的沒法讓人相信。

紫綢在一旁也著實恨這茯苓，對葉成紹道：「世子爺，不若您也拍她一掌，也讓她受受這婆子的苦。」

洪陳氏早就叫得沒了氣力，身子像沒了骨頭一般癱在了地上，卻還是偶爾會抽一下，嘴裡時不時地痛苦低哼著。

茯苓一聽這話，果然臉色蒼白，乞求地看著葉成紹。葉成紹眯著眼睛，眼裡放著陰狠危險的光，讓茯苓打了個大冷顫，衝口就道：「夫人救我！」

侯夫人聽得一震，半晌才回過神來，眼神凌厲地瞪著茯苓道：「妳胡說些什麼？」

茯苓大哭了起來。「夫人，明明就是您讓奴才做這事情的，東西也是您給奴婢的……奴婢一個丫頭，哪裡能得來如此多的砒霜？您還說，只要奴婢做成功了，您就會給奴婢一個前程。」

侯夫人大怒，衝過來就要打茯苓，葉成紹卻是將手一格，道：「母親，她可是重要的證人，您不會是想要殺人滅口吧？」

侯夫人氣得胸口一陣血湧，捧著心口直喘氣，身子也搖搖欲墜，她身後的白嬤嬤連忙扶住她，同情地看著她。

一邊的二夫人和三夫人便發出一陣唏噓聲，兩人不約而同憐憫地看向素顏，素顏的臉色也很難看，她卻沒說一句話，只是有些發怔，似是若有所思，卻並不如二夫人幾個想像的對著侯夫人發怒。

司徒蘭卻是冷靜地對侯夫人道：「夫人，方才巧慧也說了，洪家妹子死時，晚香可是來過一趟的。洪妹妹既然不是死於砒霜之毒，那必然是另外有人下手了，如果不是巧慧下的手，那便只有晚香了。大少奶奶昨日雖是掌家理事，但卻並沒有來過悠然居，她的人也沒有來過，將洪妹妹的死怪在大少奶奶頭上，如今已然不成立了。夫人，您就不想讓洪妹妹的死真相大白嗎？」

侯夫人冷厲地看著司徒蘭，半晌才道：「妳與洪氏真的感情有如此之深？妳對此事如此積極，真的只是懷有正義之心？我也知道，當初讓妳以護國將軍之女的身分給紹兒做妾是委屈妳了，妳心中有恨，但此事也不能怪我吧，妳若行止端正，又如何會落得如此下場？」

司徒蘭聽得臉色煞白，身子晃了兩下才站穩了，清冷的眸子裡終於泛出一滴淚光。她強忍著怒火道：「妾身早就認命了，夫人何必揭人傷疤？不管妾身目的如何，如今要給人解釋的可是夫人，還請夫人給個明白於在座各位，及洪妹妹的父母吧！」

「帶晚香來。」葉成紹臉色鐵青地揚聲道。

侯夫人聽了身子又晃了兩下，似是腳都軟了，頹然地坐到了椅子上。

晚香很快就被帶到，葉成紹只問了一遍，晚香矢口否認自己害過洪氏，且大哭冤枉。葉成紹覺得問得煩了，直接一掌拍在了晚香的肩胛骨上，晚香痛得汗水淋漓，卻是老實招了。「奴婢是奉了夫人的命殺了那洪氏的，夫人給了奴婢一根毒針，奴婢趁巧慧不注意刺破了洪氏的手指，那針細得很，上頭有毒，見血封喉，卻又無色無味，剛中毒者便如睡著了一般，並無痛苦。」

侯夫人頹然地坐在椅子上，任葉成紹對晚香動手，卻沒作聲，似是無力阻攔，又似是覺得攔下去也是欲蓋彌彰，反而會讓葉成紹和素顏越發恨她。總之，她坐在椅子上，眼裡透著深深的悲哀和痛苦，還有一絲的絕望。

晚香說完後，她只是虛弱地說了一聲。「我是養虎為患啊，養了她十幾年，竟然如此輕易就出賣和背叛了我……」

司徒蘭冷笑著對侯夫人道：「夫人如今可還有話說？再狡辯怕是不能了吧。」又轉過頭，對葉成紹道：「爺，不管你對洪氏有幾分真心真情，她到底曾是你的女人，請你拿出做男人的氣魄來，給洪妹妹一個公道吧。」

二夫人此時也起了身，不陰不陽地對侯夫人道：「大嫂的手段可是越發長進了，這一石二鳥之計著實聰明啊，只是如今卻是敗露了，不知侯爺回來要如何處理呢？」又親熱地走過來抓住素顏的手道：「可憐的孩子，受盡了委屈吧？紹兒對妳倒是真心實意的，這事可怪不得紹兒，妳可不要又跟他鬧才是，難得紹兒肯對一個人用真心，你們兩個還是好生過日子吧。」

三夫人卻是皺著眉頭站起來，似是很擔心地說道：「唉呀，這可如何對宮裡的貴妃娘娘交代啊？還有太后那裡？唉，侯爺可又要頭疼了喔。」

葉成紹終於給洪陳氏解了刑，洪老爺老淚縱橫地去扶自家婆娘起來，那洪陳氏雖是被折磨得不成人形，看向素顏時卻是很不自在，但眼裡卻還是殘留著恨意，尤其面對侯夫人時，似是要撲上去撕咬她一般。

素顏卻是自始至終沒說一句話，只是不時地看向侯夫人。葉成紹要再對晚香動刑時，素顏卻是及時制止道：「將她好生看管起來吧，她可是個很重要的證人。」

侯夫人聽了眼神微閃，看了她一眼後，對晚香道：「方才茯苓說，舉頭三尺有神明，我究竟是什麼地方對不起妳，妳要害我？」

晚香的肩骨碎了，痛得汗流浹背，咬著牙道：「夫人，奴婢不過是您身邊的狗，生死都捏在您手裡，您要奴婢做什麼，奴婢敢不做嗎？晚玉死了，她也是您身邊的人，您讓她去送死，她還不也得去？」

侯夫人聽了一陣苦笑，悵然道：「妳果然是為了晚玉。妳們姊妹服侍我多年，我對妳們也頗多愛護，她的死只是個意外，妳卻怪到我頭上來，真正一石二鳥的是妳吧，既害了大少奶奶又害了我，妳所恨之人都受了懲罰，對嗎？」

「母親，兒子相信父親和族老們會給兒子和您兒媳一個交代的，您最好不要再輕舉妄動，不然，兒子會做出什麼事來，兒子自己都說不清楚。」

侯夫人聽了，臉色蒼白地讓白嬤嬤扶走了。

葉成紹又走到茯苓面前，眼睛危險地瞇起，揚手就是一個大耳刮子，打得茯苓暈頭轉向。

紫晴就在一旁叫好。她是氣茯苓冤枉了她，正好世子爺給她出氣呢。陳嬤嬤卻是冷冷地看著她。「紫晴，妳以後還是收斂一些的好，那些個不該有的心思，也趁早歇了吧。」

紫晴聽得一怔，隨即苦著臉，一副可憐兮兮地對陳嬤嬤道：「是，嬤嬤，我知道錯了，差一點就連累了大少奶奶。」

陳嬤嬤聽了卻凌厲地瞪了紫晴一眼，沒有再說什麼。

素顏最後沒同意打死茯苓，只是讓人將她和晚香一起關起來。葉成紹對她心存愧疚，自是對她百依百順，她說什麼，就是什麼。

巧慧被洪老爺帶了回去，洪家還會怎麼鬧，素顏也沒心思管，她脖子上的傷很痛，身心也疲憊得很，心頭疑慮仍在，秀眉一直舒展不開，葉成紹小心翼翼地將她扶回屋裡。

素顏懶懶的坐在床上，紫綢洗了帕子來給素顏清理傷口，葉成紹接過去，親自為素顏擦著脖子上的血痕，好在那洪陳氏身量矮小，只抓破了一點皮，只是將素顏的衣襟盤扣扯壞了兩顆。

可只這一點點的傷也讓葉成紹心疼心愧，也悔恨不已，不該太過大意的，明知素顏在府裡處得艱難，自己卻還放任她一人回府，身邊也沒派個護衛之人，這就是他的錯，怪不得素顏不理睬他。

「娘子，都是我不好，要不，咱們去別院吧，這裡住著委屈。」葉成紹小意地給素顏塗著藥膏，邊塗邊問。

「去了能不回府嗎？」素顏淡淡地看了他一眼道。

葉成紹聽了訕訕一笑，道：「父親為我做了太多，若是真搬出去——」

「所以，那就不去別院了。住在那裡，也不過是暫時的清靜，沒得又讓人說我矯情，我也知道，你有時也身不由己。」素顏又是淡淡打斷了他的話。

葉成紹黯然地垂了頭，握住素顏的手道：「娘子真的很通情理。我也知道，讓妳嫁給我是委屈妳了，可是，我是真的想跟妳好好過日子的。我確實有很多不能說的苦衷，娘子，我需要妳，妳聰明勇敢又沈著大膽，正是我葉成紹需要的賢妻，可跟著我，妳卻要受很多苦，我……我著實太過自私了，不該……」

不該後面沒有說出來。素顏瞪大了眼睛看著他，她知道他有很多秘密，以前是不在乎、不關心，也不想問他，感覺與自己無關，自己只需過好日子，想著法子與他和離算了，可經歷了昨天之事後，她發現，和離很不現實也太難了，以葉成紹的性子，也絕對不會同意和離，他會死纏爛打，會折磨自己來求得她心軟，她又是個吃軟不吃硬的性子，更是個理性的人，葉成紹肯在她面前伏低做小，肯尊重她、愛護她，如今換一個男人，怕是比他更不如。和離後的前景有太多不可預見的困難，她幾乎就打消這個念頭了。

所以，她如今想要瞭解他，瞭解他的秘密，只有瞭解一些前因後果，才能對府裡的事情弄清楚明白，才能對暗藏的危險採取防範措施。

「我們已經是夫妻了。」素顏認真地看著葉成紹道。

葉成紹正沮喪著，想著要用什麼法子能哄得素顏不生氣，不說那兩個令他心驚膽顫的字眼才好，猛然聽到素顏說了這麼一句話，幽黑的眸子瞬間像點燃了一簇小火苗一樣，燦然明亮了起來，結結巴巴道：「娘……娘子，妳說什麼？」

「我說，我們已經是夫妻了，就不要再說那些有的沒的了。你若想跟我好好過下去，就以誠來待我，我也會試著接受你，去喜歡你的。」素顏如水般澄淨的眸子明亮又透澈，明麗的臉上帶著嚴肅又莊重的神情，像是下定了決心一樣，眼裡有著果決和堅定。

葉成紹聽得欣喜若狂，一把將素顏攬進懷裡道：「好、好，娘子，我一定會以誠相待的。妳莫急，我會讓妳慢慢瞭解我的。」

她竟然說會喜歡他，就像一股涓涓細流的溫泉淌過葉成紹的心，溫暖又柔軟地撫過他的累累傷痕，熨燙著他冰冷多年的情感。這幸福來得有些突然，他有些不自信，又將素顏推開，仔細小心地又帶著一絲怯意，再問道：「娘子，妳……妳真的願意喜歡我嗎？」

素顏被他眼裡的情緒弄得有些不好意思。他的神情太過熾烈，也太過小心，小心得像一個還未得到就怕失去的孩子，她只是下了決心要去接受他，但最後會不會喜歡他，甚至愛上他，她也不知道，又怕自己的回答會傷害他，更不願意欺騙他，只好垂下眼眸，手繞著葉成紹胸前的一根流蘇，卻是說道：「我覺得，夫人怕是被冤枉了。」

葉成紹等了半天，等來的卻是這樣一句話，立即像洩了氣的皮球、打了霜的茄子，懊喪著臉看著素顏，無奈地賭氣道：「怎麼會冤？她身邊最得力的人都指證了她呢。」

素顏聽了半挑了眉，戲謔地看著他道：「你不是要以誠相待？」

葉成紹一聽，愣了一下，立即笑逐顏開，笑嘻嘻地說道：「娘子真聰明，原來妳也看出來了啊？」

第六十章

「看出來了又如何？」素顏挑著眉看著葉成紹，眼神變得冰寒冷漠。「看出來了，是不是我就該原諒她？」

葉成紹眼神裡閃過一絲凌厲，握住素顏的手道：「娘子，我知道妳受委屈了。」

素顏將手一拂，甩開他的手道：「你一再地說我受委屈了，可這委屈我卻還要繼續受下去，對嗎？」

葉成紹的手一空，心卻也跟著有些空，隨即又感到幾分雀躍，黑瞳閃亮起來，唇邊勾起一抹懶笑。「娘子可是有辦法讓自己不再受委屈？」

她在發火，這樣總比她漠然的好，至少她想改變現狀，想改變與他一起生活下去的現狀，是想要跟他繼續過下去，而不是逃避退縮，這也是一種進步，是他們之間關係的進步。

「皇后娘娘曾答應過我，如若我嫁你，便要封我為三品誥命，你可記得？」素顏坐在床頭，眼睛認真地看著葉成紹道。

「便是二品，那也是要得來的。我原以為娘子不在意這個，所以沒去求，這兩日又忙著外頭的事，過兩日娘子好些了，我便帶妳進宮討封。」葉成紹聽了笑得更加愉悅。這才是他想要的娘子，他不喜歡她面對府裡的陰謀時總是隱忍、受傷，他外頭的事情太多，暫時又不能帶著她搬離侯府，很難時時照顧到她，保護她的最好辦法，便是讓她自己變強，而且是她自己想要變強。

才嫁這幾天，他很為她憂心，偏又身不由己，諸多繁忙，明知道她會受傷，卻還是沒能護得她周全，心痛心愧都有，更多的也是心傷。她不是個軟弱的女子，她更不是個愚笨的女子，可不過兩、三天時間，就連受兩次陷害，也是她自己無心，她一開始便存著要和離的心，所以便放任著自己被陷害、被欺負，想藉機逃離開自己，去過她想要的生活，雖然如此清楚認清她的想法讓他的心一陣絞痛，卻也是不容他否認的事實。

終於她肯有要求，她肯要改變了，她肯努力讓她自己在這府裡過得更好了，他如何能不開心，不小心翼翼地帶上幾分雀躍？

「那就二品吧，而且，夫人今天所犯之事，二嬸、三嬸都看到了，我不可能平白就受此污辱的欺負，明日侯爺回來，我要為自己討回公道。即便她是被冤的又如何？她也是明知我被冤而冷眼旁觀著，甚至放任那洪陳氏打罵於我，放任巧慧誣陷於我，而且，她也是巴不得我被人冤枉，好得漁翁之利吧？只是不承想，人家是一箭雙鵰，連著她也一起算計進去了。有些事情既然做了，便要承擔後果。」

素顏的聲音淡淡的，語氣有絲冷漠，眼裡卻透著一股堅定，這樣的她讓葉成紹很是歡喜，他的身分需要一位堅強勇敢而又聰慧的女子做妻子，而不是那柔弱得如嬌小的花兒，風一吹就會折斷根莖，隨時還要他來保護著的小女人。

「娘子妳想如何都好，便是將這府裡鬧個天翻地覆也不要怕，有我在呢，妳只要護著自己不再被人打了，被人傷到了就好，哪怕闖出天大的禍事來，也有我給妳頂著，便是鬧到太后娘娘那裡，也不要怕，有我在，宮裡的幾位不敢將妳如何的，頂破天也就是小打小鬧，主要是，妳自己要能護著自己才行。」葉成紹的聲音柔柔的，帶著一絲沙啞的魅惑。

只要她膽子能再大一些，他相信，她能夠做得很好的。

素顏聽了，不由眉頭又挑了起來，歪了頭斜睨著葉成紹。「真的便是闖出天大的禍事，你也會幫我頂著？你頂得住嗎？」

她有些不太相信他，畢竟這是個皇權至上，講究禮儀孝道的時代，不敬父母公婆便是有違綱常倫紀，便會被人口誅筆伐的。

葉成紹聽得笑了，黑亮的眼睛裡閃著邪戾的光芒，卻是湊近素顏道：「只要娘子肯放棄那些賢達孝順的虛名，我就沒有什麼頂不住的。」

素顏聽了不由好笑。這廝這法子倒也好，他自己便是用這不著調來違反禮教，與人對抗並自保，不過她代表的不只是她自己，她的身後還有藍家。侯府可以不要名聲，但藍家女兒的名聲不能壞在她手裡，她要變得強大，但不能用葉成紹這種傷人一千、自損八百的法子，她是既要贏，也不能損了自己的名聲，裡子面子她都要，一樣也不能少。

「這兩日我要好生在屋裡養傷，很傷心地在屋裡養傷，任誰也不見。」素顏笑著對葉成紹道。

葉成紹眉頭微顫，寵溺地將她攬進懷裡道：「好，妳想怎麼養傷都行，這兩日我便在家裡陪著妳。」

素顏依在他懷裡，並沒有推拒，雖然她還不太習慣他的氣味、他的溫度，但是，既然決定了要試著接受，那便慢慢來吧，有了一次就有二次，再有三次、四次的，就會習慣了。

兩人在屋裡又說了好一會子話，眼看就到了飯前，素顏卻是揚了聲對外頭喊：「嬤嬤，妳在嗎？」

陳嬤嬤應聲進來，見世子爺和大少奶奶都偎在床上，她稍有些不自在，卻又感到欣慰。還好，大少奶奶這一回沒有對世子爺發火啊，要再發火，就算世子爺對她再寬容寵愛，也怕會生厭啊。幾個男人能永遠在娘子面前伏低做小？男人可是最愛面子的。

「大少奶奶您有何吩咐？」陳嬤嬤問道。

「嬤嬤，您去與楊大總管說，將苑蘭院的用度直接從公中劃過來，自今兒起，苑蘭院就自行開伙了。我身子不好，受傷太重，又怕被人毒害，不敢去上房用餐了。」素顏淡淡吩咐陳嬤嬤道。

葉成紹聽得一怔，全府都去上房用飯這是侯爺定下的規矩，而侯夫人也正是用這規矩在二房和三房面前擺大房的譜，更沒少給臉子給二房和三房看，二房、三房更是早就鬧著要分開吃，只是畏於吃穿用度都是大房出的，捨不得失了這便宜才一直忍著，只要苑蘭院這一次將口子開了，只怕那兩房都會有樣學樣了。

不過，他早已不想讓素顏去上房用飯了，她是新媳婦，一桌只要坐了幾個長輩，她便不能同桌同時用餐，還要給侯夫人立規矩，如此正好可以減少侯夫人欺負她的機會。

只要她喜歡，他就會支持。

陳嬤嬤聽了有些擔憂地看著素顏，大少奶奶這麼做可有影響一家子和睦團結之嫌，只怕侯爺會不喜呢，哪有新媳婦一過門就鬧著單過的？便是在藍府，如今大夫人用飯也是要去上房陪著老太太一起吃，還是要立規矩的，這是做媳婦的本分啊。

葉成紹見陳嬤嬤一臉的不贊同，便笑道：「嬤嬤儘管按娘子說的去做，若有人不同意，妳便來說與我聽就是。」

陳嬤嬤見葉成紹如此護著素顏，心下才算安定了些，轉身正要出門，葉成紹又道：「嬤嬤只說是我的意思便是，還有，讓內管事將府裡的帳簿拿來給大少奶奶看，我苑蘭院的每月用度多少，得讓大少奶奶心中有個數。」

陳嬤嬤聽了眼裡就有了笑意。世子爺果然還是寵著大少奶奶的，明知大少奶奶這要求有些逾矩，卻還是一力支持她，不只如此，還將責任都攬了過去，連用度銀子都考慮到了，以後按著規制來，就算世子爺不在府裡了，大少奶奶心裡也能清楚，有沒有被人剋扣了用度，又剋扣了多少。

陳嬤嬤走後，素顏便說要歇息，冷冷地看著葉成紹。那意思很明白，她要休息，請某人自覺離開，不要打擾了她。

但某人對於這一方面最是不自覺，臉皮也厚到了城牆程度，嘻皮笑臉地就偎到了素顏面前，抖了被子將她蓋好，自己挨挨蹭蹭地也鑽進了被子裡，只是沒有過分的動作，老實地睡在一邊，但很快，均勻的呼吸聲就響起，竟是比素顏睡得還要快。

素顏忍不住瞪了他一眼，卻看到了他眼下的一圈黑印和臉上淡淡的倦意。這兩日，他在外頭怕也奔波得辛苦吧？聽說他是百里加急才趕回來救她的……看著眼前安靜的俊顏，她莫名感覺有些踏實了，緊繃著的心也不知不覺地鬆弛下來，很快也進入了夢鄉。

午飯時，陳嬤嬤小心地看了看屋裡，見兩個主子睡得正香，便招手讓紫晴和紫綢兩個不要吵醒他們，讓他們好生休息。

但最多睡了一個時辰之後，陳嬤嬤不得不在外頭喚：「大少奶奶，外頭鬧起來了，夫人沒法子，來請大少奶奶您去理事呢。」

緊接著，就聽到二夫人的聲音。「姪媳，妳看這事鬧的，咱們連飯都吃不成了，這兩日妳可還擔著家事呢！」

素顏在床上聽得就覺得煩，翻了個身，又縮進被子裡。她理事才一天就出了人命，還差點被人指認成殺人凶手，她才不要再理事了呢。

接著又聽到二夫人在外頭道：「陳嬤嬤，您得去請了大少奶奶起來。我也知道這事難為她了，可是如今夫人一個人可真招架不住了啊，難道真要讓那婆娘死在侯府裡頭？這事可不能鬧大了呢。」

葉成紹也被吵醒，張了嘴對著外頭就罵道：「吵什麼？有人鬧，送官府去不就得了？」就聽二夫人大喊道：「紹兒啊，這可不成，怎麼說咱們也是一家子，夫人出了事，咱們可都得受影響，真要將那事那麼著鬧到外頭去，你幾個弟弟妹妹還要不要議親了？」

素顏聽得眼波一轉，倒是起了身，葉成紹小聲道：「娘子，何必去？讓他們鬧騰去，別一會子又將髒水潑妳身上了。」

「我進門以來，就是別人在看戲，這次總算是人家演戲我來看，為什麼不看？」素顏拿了衣服在手，瞥了眼葉成紹又道：「你不是在家嗎？我怕什麼，真有髒水來了，你不得給我潑回去？」

葉成紹聽這話有意思，也一坐而起，伸手捧著素顏的臉，親暱地用鼻尖抵著她的鼻尖，嘻嘻笑道：「娘子總算知道我的好處，要用到我了？走，咱們一起看熱鬧去！」

突然就被他捧住了臉，濕熱的氣息噴在臉上，有些不適應，素顏伸手擰住他的耳朵，罵道：「把你的豬鼻子拿開，臭死了！」

葉成紹立即哇哇大叫，也不顧耳朵被擰得生痛，死命地往素顏臉上湊。「噴香的翩翩少年郎啊，娘子妳太不識貨了。」趁著素顏閃躲之際，偷偷地又香了一口，然後立即跳下床去，一副小人得志的樣子站在床邊忍笑。

素顏被他弄了個大紅臉，又羞又惱火，但心中的鬱氣卻是被他這一胡鬧給弄沒了，心情也爽快了許多。

紫綢在外頭聽到屋裡的聲音，進來給素顏梳洗，芍藥也默不作聲地進來了，默默地服侍著葉成紹。紫綢的神情還算好，但一會兒進來的紫晴卻是斜了眼瞧著芍藥的，也不管葉成紹也在，不陰不陽地說道：「這會子倒是來獻殷勤了。大少奶奶遭罪時，也不知道溜到哪兒去了，唉，也是啊，人家可是只顧著自己的主子呢，可沒拿大少奶奶當主子呢。」

芍藥聽得臉色發白，眼圈就開始紅。素顏也覺得紫晴過分了些，瞋了一眼紫晴，剛想開口，卻聽葉成紹道：「芍藥，以後爺的事妳少管些，好生服侍著妳大少奶奶才是正經，爺給妳加月錢啊。」

素顏聽得怔住，心中就有氣。什麼意思？這是怪自己對他的丫頭不好？要她忍氣吞聲？芍藥聽了葉成紹的話才心中舒服了些，但一瞥眼，看到素顏臉色不好看，忙道：「爺，奴婢就跟紫綢姊姊她們一樣就好，月錢就不用加了。」

「要加的、要加的，算是爺給妳這個忠心護主的賞錢。沒妳使了人去報信，內院的事傳不出去，等爺辦了事再回來，還不知妳大少奶奶被人欺負成什麼樣子了呢。」葉成紹含笑說道。

素顏聽得微怔，不由看向芍藥，芍藥有些不好意思，紅了臉垂著頭立在葉成紹身邊。

素顏心中微動，這才明白為何葉成紹回得及時，真誠地對芍藥道：「謝謝妳，是紫晴幾個冤枉妳了。」

芍藥聽得心慌，忙上前來就要行禮。「大少奶奶言過了，這是奴婢應該的。大少奶奶剛到府裡來，人生地不熟，奴婢自小在這兒長大，熟門熟路的，幫不了多大的忙，但使個法子幫著送個信給爺還是能成的。」

紫晴聽素顏都道歉了，也只好沈著臉給芍藥道歉。「芍藥姊姊，是我誤會妳了，我是個直腸子，嘴快，妳不要見怪啊。」抬起頭時，看芍藥的眼裡卻是閃過一絲怨恨。

芍藥沒有注意到她的眼神，只見她過來道歉，便忙回了禮，兩個丫頭算是和好了。

外頭，二夫人見素顏總算起來了，忙道：「姪媳啊，那二嬸先去前頭看著了啊，你們快來。」

素顏收拾停當，卻沒有及時到前頭去，而是吩咐陳嬤嬤擺飯。自早上起來到現在，根本就是粒米未進，餓死了，前頭鬧著，戲是要去看的，可沒鬧到最凶時，那便不急。

陳嬤嬤拿了食盒來擺飯，邊擺邊說：「奴婢去找過楊大總管了，楊總管說，這事得等侯爺回來了才行，他不敢作主，又說侯爺已經得了信，在往回趕了。今兒廚房裡的採買已經完了，就是要將苑蘭院的分開，也只能等明天才行。」

素顏早就知道自己想要單過沒這麼容易，輕輕一笑，挑了眉看葉成紹一眼，低頭吃飯。

葉成紹拿起筷子卻道：「一會子我去找他，父親回也好，不回也好，只要娘子願意，咱們就分開吃。」

素顏抬起頭，卻是對葉成紹笑道：「若是我連這件事也辦不到，那以後還有得被人欺負的時候。」

葉成紹笑得兩眼彎彎，討好地將一張俊臉又湊到素顏面前。「那我以後能不能吃到娘子親手做的菜啊？」

素顏瞋了他一眼，沒理他，埋頭吃飯。

吃飯的當中，二夫人又使了人來催，看樣子像是很急了。陳嬤嬤就嘮叨著。「也不知道非要請大少奶奶去做什麼？先前可是拿咱們大少奶奶當殺人凶手呢，這會子真凶找到了，該如何便如何就是。害人前，就該想到事敗了得如何善後嘛，這會子收不得場了，叫大少奶奶去又能做什麼？難道還想要大少奶奶頂扛不成？」

素顏聽了就問：「洪家老兩口不是回去了嗎？怎麼又來鬧了，按說他們要鬧，也是到貴妃娘娘那裡去告狀吧，怎麼在這兒死磕？」

陳嬤嬤聽了就看了葉成紹一眼，嘴角噙了絲冷笑。「奴婢才聽說，是夫人下了令將洪家兩口子攔住了，不讓他們回去，說是想私了。奴婢看怕是要給筆錢當贍養吧，其實那洪陳氏像是應下了，只是洪老爺不肯，不想要錢，只想要給洪氏討公道，那洪陳氏也乘機跟著鬧，想多榨些錢去。」

素顏也早料到了侯夫人不可能會就此放洪家兩老回去，畢竟洪家兩老可是親耳聽到了，是夫人對洪氏下的手，他們一回去，勢必會往宮裡頭鬧，而這又是以陷害自己為由的，這一鬧上去，就不只是貴妃娘娘和太后會震怒，怕是皇后娘娘也會很生氣。皇后娘娘可是非常寵愛葉成紹的，對自己這個姪媳婦也算是滿意，好生生地被夫人陷害了，她自然也會生氣。

侯夫人這一回可真是把自己陷進泥坑裡，想乾乾淨淨地出來，怕是要脫一層皮去？她不禁又佩服幕後那雙黑手，那人對人心的揣測可是到了極致，一石二鳥，此計真是絕了，先是設計陷害自己，若自己是個愚笨老實的，那黑鍋就自己背了，而葉成紹又是個渾的，他回來，可不管是不是自己的錯，要知道自己受了委屈，挨了罰，一定不會善罷干休，一定會在府裡頭鬧。

而他更知道，侯夫人就算發現那些指認自己的罪證有疑點也會不聞不問，任由人家陷害，只當看戲。

而自己若是個聰明的，能洗脫罪責，他又乘機陷害了侯夫人，讓侯夫人在毫無防備之下被拉下泥坑——

第六十一章

侯夫人院裡，正房中，洪陳氏正一屁股坐在地上大哭大鬧。

「你們侯府是黑了心肝啊……我好好的閨女嫁進來，就這樣被你們給害了，如今不給個說法不說，還拘著我們老兩口，不讓我們回去……今兒我就死在你們府裡頭，看你們能逼死多少人，任你們權勢滔天，也躲不過一個天埋去！」

侯夫人坐在正廳裡，臉黑沈如鍋底，一手支著頭，眉頭緊皺，一副頭痛欲裂的樣子。素顏瞄眼看去，心想她這回怕是真犯了頭痛病了。

劉姨娘正恭謹地立在她身邊，一副很擔憂的樣子。

侯夫人一見素顏，陰翳的眼眸一亮，起了身便向素顏走來，素顏還沒有明白過來時，她已經拉了素顏的手便往東廂房走。

素顏想要掙扎，卻聽侯夫人小聲道：「我與妳說幾句話。」

素顏心中冷笑，跟著侯夫人走。葉成紹毫不猶豫地跟在後面，白嬤嬤見了就去攔。葉成紹眉頭一挑道：「我不放心，誰知道會不會又是要打我娘子一頓？」

白嬤嬤聽了這話哪裡還敢再攔，只好訕訕站到一旁去了。

侯夫人倒是覺得葉成紹到了現在還沒有大吵大鬧，還沒做出出格的事，怕是被素顏給拘著的緣故，倒是邊走邊謝了素顏一句。「多謝妳了，看來，他對妳確實是上了心的。」

素顏不置可否，跟在她身後進了東廂房，侯夫人坐下後，見素顏還站著，忙道：「坐吧。」

素顏聽了笑道：「婆母面前沒有媳婦的位置，媳婦還是站著的好。」

「我請妳坐的，妳還是坐著說話吧，妳看這外頭鬧的，兒媳啊，妳是個精明的，可有法子解決？」侯夫人臉上有些不自在。「那事著實不是我做的，洪氏死了，對我可一點好處也沒有啊，我拉妳進來，就是跟妳說清這事的。」

素顏聽得一聲冷笑道：「母親跟兒媳說有什麼用？如今是人證已在，大夥兒都聽到的，而且指證您的可不只是晚香一個人，還有茯苓呢。殺洪氏對您沒有好處，可是您自來就不喜歡兒媳，能讓兒媳背黑鍋，您還是很樂意的，對吧？」

侯夫人聽得好不自在，她著實是存了這份心的，所以才會任由這事鬧得那麼大，早知道那人的後手是要害自己，她應該早就將事態化小了，至少，不會讓洪家二老當面聽到整個事件過程，如今也是騎虎難下，收不得場了，真是搬石頭砸了自己的腳啊，只恨那人手段毒辣，令自己防不勝防啊。

「為娘哪裡知道這些，這兩天我的頭痛病犯得厲害，府裡頭的事情就管得少了，真的不知道她們要設計陷害妳啊。那晚香是晚玉的姊姊，晚玉臨死前總說是妳對她下了暗手，晚香就懷恨在心了，才設計出來。妳也知道，前兒我只是打了妳幾下，侯爺就對我大發脾氣，我哪裡敢再這樣對妳？那不是自尋死路，送了錯處給侯爺罰我嗎？」侯夫人的聲音有些沙啞，神情也很哀怨，眼裡蘊著濃濃的憂傷，沈鬱得使人觀之壓抑。

「晚香不過是個丫頭，她哪裡能有那麼大的本事設出這個計來，母親，您就不要再推託了，我是晚輩，您要打我罰我，秉著一個孝字，我也只能受著，可連著殺人這麼大的一頂帽子也要壓到我頭上來，這也太過分了些，便是您再不喜歡我，便休了我就是，又何必將我往死路上逼呢？」

素顏心中冷笑。早知如此，又何必當初？侯夫人但凡存有一絲良善，對自己公正一些，也不至於落到現在這個下場，自己既然能看出侯夫人是被冤的，自然也是有些緣故的，如果侯夫人不是冷眼旁觀，甚至推波助瀾，自己大可以乘勢追查下去，找出最後的真凶來，幫侯夫人洗清罪名的。

侯夫人見素顏仍是誤會她，不肯信她，只好又看向葉成紹，乞求地喚了一聲。「紹兒，娘真的沒有害你媳婦，娘是被冤枉的。」

葉成紹冷笑一聲，走近侯夫人道：「母親，兒子知道不是您親生的，又得占了世子之位，您心裡不舒坦，但兒子怎麼也是叫了您一聲娘吧，這麼些年來，您是怎麼對兒子的，兒子也不屑再說了，便是皇后娘娘處，兒子也從未分說過您半句，皇后娘娘對您的賞賜也從未少過。可是您呢，是如何對兒子的？兒子這麼些年，倒也習慣了，反正名聲也敗壞了，早就成了京城有名的浪蕩子了，也不在乎人家怎麼評我。

「只是，兒子好不容易正經八百地娶個媳婦回來，您對她也是百般刁難。上一回，兒子就沒怎麼鬧您，算是回報了您這十幾年來的養育之恩，這一次，您倒是變本加厲了，想逼死她對吧。您明知道，兒子雖有滿園子的女人，但正室不生，妾便不能生育，所以見不得兒子娶正妻回來，要嘛就要趕走她，要嘛就想逼死她對吧，這才是您害我家娘子的真正目的。」

葉成紹雙目赤紅地看著侯夫人，眼中怒火灼燒。他雖明白侯夫人這一次是受了冤的，但有些怨氣與隔閡是早就埋在心裡頭，他不說，不代表不明白，不代表他不恨，不代表他沒感覺，這一回，正好將他心中的鬱氣一併吐了出來，也是一種警告，他對侯夫人不會再忍讓下去了。

侯夫人聽得臉色煞白，眼中悲又痛，更多的是怨恨，淚水漫過眼眶流了出來，衝口便道：「我早就知道你恨我，可是，你又可知我有多無奈，你知不知道你弟弟病成什麼樣子了？如果不是你，他怎麼會落到那步田地！都是你，你這個……這個……」後面的話卻是沒再說下去，眼裡的恨意卻是更深了。

葉成紹聽得一震，慌忙問道：「二弟的病不是自小就有了的嗎？那與我又何干？」

侯夫人卻是自知失言，不肯再說，只是捂住嘴，失聲痛哭起來。葉成紹滿腹疑慮，眼眸深深地看著侯夫人，好半晌都沒有說話。

外頭洪陳氏的聲音又越發大了，呼天搶地地鬧著，又傳來幾個丫鬟婆子的規勸聲。

侯夫人身子一震，抹乾眼淚抬起頭道：「今兒這事，你們信不信我都是一句話，這個局的確不是我布的，這個人，既想害兒媳，又想害我，我們只能聯著手來將他揪出來，不然，以後兒媳還要在這府裡繼續過日子，保不齊，他又會對兒媳下手的。」

素顏聽了淡淡一笑，對侯夫人道：「您這話聽著有些意思，不過，兒媳只相信眼睛看到的、耳朵聽到的事實。這一次，您確定是犯了大錯了，外頭的事情，您還是想法子好生了了才是，家裡還有幾個弟弟妹妹未成婚呢，您可要斟酌些處置了，別鬧到最後，侯府的名聲全被您葬送了，那可就得不償失了。」

說著，便要起身，侯夫人急了，連忙拉住她，又求葉成紹。「紹兒，為娘雖對你不是很好，可這麼些年，你還是平安長大了不是？娘最終也沒有……沒有對你下過狠手。大宅深院裡頭，真想要一個繼子死，也不是那麼難的事吧，紹兒，看在這麼些年母子情分上，你幫幫娘啊！」

葉成紹聽得眉頭一皺，凝了眼看向侯夫人。侯夫人的話倒也有幾分真切，自小到大，想要他死的人很多，而且那些人的手段權勢都不是他一個小孩子防範得住的，但他著實好好活下來了，還活得恣意妄為，除了名聲以外，也沒什麼損失……可是，這也不能代表侯夫人就對他好吧，只能說明她還沒到喪盡天良、心狠手辣的地步。

「兒子可是一直尊您一聲母親的，若不是看在這些年的母子情分上，兒子又豈會明知是您陷害娘子，而不找您鬧的？兒子是什麼德行您是最清楚的了，如今外頭的人，只是小打小鬧，若是換了兒子來，可就不是這麼點事了，只怕整個府裡都要被兒子翻了個去。」葉成紹這話也算是說得誠實，他可也確實看了侯夫人面子的，可一轉頭，看到素顏脖子上的傷痕，心中又是火星直冒，冷聲對侯夫人道：「就算這次不是您的指使，可是您也是幫凶，您看看，您兒媳身上，可是舊傷未除又添新傷，她嬌滴滴的一個大家閨秀，怎麼到了咱們家來了，就見成天被整得不成人形了呢？看來我是得好生鬧他一場了，不然，這些人還真沒將我放在眼裡。」說著，甩袖就要出去。

素顏也跟在後面，就聽得後面撲通一聲，兩人回頭，卻是看到侯夫人跪了下來。素顏大驚，忙偏過身子去扶侯夫人。「您這是做什麼？這不是要折了我們的壽嗎？快快起來。」

侯夫人哪裡肯起來，她這會子是真慌神了，洪家在外頭鬧得不可開交，侯爺就要回府了，若不儘快查出幕後凶手，還她一個清白，侯爺怕是要生吃了她去，就算念在以往的情分，念在葉紹揚的面上，不休了她，怕也會將她關佛堂了，那不是就更遂了那些個人的心了嗎？不行，兒子還沒治好病，女兒還未找到好的婆家，自己一定不能就此垮了……

「素顏，娘錯了，娘不該妳一進門就針對妳，更不該任人陷害妳而冷眼旁觀，娘求求妳了，妳弟弟還病著，妹妹還沒出嫁，娘不能丟下他們不管的，妳幫幫我吧，妳那麼聰明，一定有法子幫娘洗脫罪名的……」

看著淚流滿面的侯夫人，素顏是又氣又憐。侯夫人想要保護自己一雙兒女的心她能理解，可不能將自己兒女的幸福建立在別人的痛苦之上吧，就算想要護著紹揚和文嫻，也可以用其他的法子啊，何必非要耍陰謀、弄手段，一家子人，謙讓友愛一些不行嗎？非要弄得劍拔弩張、兄弟成仇了才甘心？

「您這不是逼我嗎？好了，我不氣您了，您起來吧，有話好好說。」素顏第一次真心地去扶侯夫人起來。她也不是鐵石心腸的人，看在侯夫人還有一片慈母之心的分上，先扶了她起來，至於幫忙，那便要看侯夫人這次認錯的誠心有幾分了。

侯夫人見素顏語氣鬆動，便順勢站了起來，含淚乞望著素顏。「兒媳，這一次，真的不是娘給妳下的套啊，妳要信我。」

素顏點頭。「不過，您卻是早發現了可能有人要出么蛾子吧？不然，您也不會非要逼著兒媳出來理事了，您是想借病躲著，不論家裡出了什麼事，都可以一股腦兒地往兒媳身上推，對吧？」

侯夫人聽得臉色窘紅，訕訕地站著不好接話。素顏又道：「這個府裡太過複雜了，您管著這家，也著實很累——」

素顏的話沒說完，侯夫人聽了就猛地抬頭，戒備地看著她，眼裡露出一絲恨意來，素顏淡淡一笑又道：「我呢，是個懶人，不想管家，更不想多扯是非，您若真覺得對不住我，我便求您給個恩典，以後讓兒媳自行開伙吧，自己過自己的小日子吧。兒媳年輕，真的怕與一大家子混在一起，哪天又有髒事鬧到兒媳頭上來。」

素顏想要分開單過的事情，侯夫人一早也知道了，楊得志的那番話還是她讓他說的，她沒想到素顏會在這會子提出來。在一起用飯，原是侯爺定的規矩，她也不好違背，可是……

若不答應，素顏定然是不會肯幫她的，少不得侯爺回來，自己與侯爺求個情去。

想了想，侯夫人便道：「這事我就應了你們，你們自己開伙也好，我跟侯爺說，想教妳管家理事，第一步讓妳自己管著自個兒的院子，要是管得好，將來再多交些事情給妳，慢慢練著，等將來我老了，整個府裡都給妳也能放得下心。」

素顏也不管侯夫人後頭的話是真心還是假意，她只要自己單過的目的達到了就好，便笑著謝了侯夫人，又道：「母親，這以後我與相公單過了，那悠然居裡的，既然也都是相公屋裡的，我便一併接手過來吧，她們的吃食、用度，也都撥給兒媳管著，那院子裡的人多事也多，兒媳幫您分些憂去，您的頭痛病也能少犯一些不是？」

那一園子的女人也沒幾個是好惹的，如今雖是死了個洪氏，今天見了面的那個司徒蘭也不是個好相與的，自己想要在這侯府好好過下去，總得有能拿捏她們的權力在手才行，不然又來個洪氏打到她們前去，她難道又要哭回娘家去？

侯夫人聽得怔住，眼裡露出一絲忿恨。那幾個女人可也是侯夫人手裡的棋，能撥弄時，她也想撥弄撥弄，她們的吃穿用度都在自己手上，她們想要過得好，就得巴結著自己，可這會子藍素顏竟然將這權力一併要去，這讓她好不生恨。可是，如今燃眉之急便是怎麼洗脫謀殺洪氏、陷害兒媳罪名，不然，侯爺一回來，為了給宮裡一個交代，將自己一貶，什麼權力也沒有了，全是白搭。

一咬牙，便應道：「那原是紹兒屋裡的人，由妳管著也是說得過去的，只是妳二嬸子和三嬸子那邊怕是又會鬧騰，她們想單過想很久了啊，她們那兩房也是有幾個妾室呢，這一起吵下來，這府裡還不散了去？侯爺怕是會生怒呢。」

素顏聽得淡淡一笑。「這點母親大可放心，二嬸子、三嬸子想要分開也好，二叔、三叔也都是拿俸祿的，每月的祿米也沒交過公中，兩房都有自己的田莊鋪子，每年的收成也都是他們自己得了，分開過，他們也應該衣食無憂了就是，只是侯爺心疼叔叔們，捨不得親情，不過日子久了，應該就會習慣的了。」

侯夫人聽得無奈。二房、三房雖是想分開過，但他們的情形可跟葉成紹不一樣，畢竟是隔了房的，真要分開了，長房就沒有再管他們什麼用度的道理，只要一提這個，那兩個弟媳就會同時閉嘴，更不會鬧了。

這個兒媳倒是懂得打蛇打七寸，她再沒理由推託，也只好應下了。

素顏心中高興，又說了要將分開內院帳簿的事也說了，侯夫人雖是氣，但也只能忍著。藍素顏將所有她能拿捏的路子都堵死了，帳簿一分開，苑蘭院和悠然居的用度銀子直接自外院拔下來，根本經不了她的手，她便再也不能剋扣多拿了，遲發拖延這些法子都用不上去。

幾件事談妥後，素顏恭敬地扶著侯夫人出了東廂房。

洪陳氏倒是沒鬧了，坐在地上呼著氣。她原本就挨了葉成紹的酷刑，雖沒傷她的筋骨，但也是好痛了一場，如今又鬧了好一氣，年紀也大了，便失了氣力，只能坐著呼氣，好養精蓄銳，一會子再來。

二夫人和三夫人都坐在正堂裡，兩人也是一臉憤色，見侯夫人總算出來，三夫人首先沈不住氣了。「大嫂，今兒這可是您沒理好，這洪家兩口子鬧了一上午了，洪氏已經死了，妳也給他們一個說法吧。看這鬧的，咱們的午飯可都沒吃呢，一會兒還讓人將廚房裡採買的東西分一分，我們兩房人拿回去自己開伙吃了吧，明兒再來食東西就是。你們長房的事情，我們也不摻和了，你們慢慢理清楚。」

侯夫人聽得大怒。二夫人、三夫人兩個分明就是怕惹禍上身，但她們可是看熱鬧看得津津有味的，自己出了這麼大的事，她們不說幫，還趁火打劫，想乘機拿著長房的錢米過自己的輕鬆小日子，哼，門兒都沒有。

她正要說話，素顏卻是開了口道：「二嬸、三嬸，真是不好意思，倒讓您兩個長輩及弟妹們餓著了，廚房裡飯菜早就備好了，便讓人先提了食盒用過飯再說吧。」

二夫人、三夫人聽這話說得好，忙點了頭，就要走，素顏又道：「夫人身子不好，這兩日是我管著家，我年輕不懂事，有什麼做得不好的，兩位嬸子一定要多多擔待一些。」

葉成紹就立在堂裡，二夫人和三夫人哪裡會再說素顏什麼，先前素顏被洪陳氏打，她們兩個也只是看戲的，沒一個人說要攔著，有人誣陷素顏時，她們更是樂得看戲，巴不得府裡越亂越好，這會子素顏又說得客氣，忙都一個勁兒地誇素顏能幹知禮。

素顏聽得輕輕一笑，見二夫人、三夫人就要掀簾子走人了，她又朗聲道：「一會子二嬸子、三嬸子吃飽了可要記得過來，可得給姪媳做個見證啊，姪媳可是受了不少冤屈，您兩位也是親眼見著了的，可不能不管姪媳。」

兩位夫人聽得怔住，臉上就有些為難起來。這事牽扯得肯定很大，她們是不敢再看戲了啊……

兩個各懷心思卻由不得推託，只好應下了。

第六十二章

侯夫人見素顏幾句話就將二夫人和三夫人搞定了，臉色也緩和了一些，不過，看著直呼氣的洪陳氏，和怒目瞪視著自己的洪老爺，她的頭又痛了起來。

洪陳氏一見侯夫人終於又來了，她也歇了好一會兒，又起勁了，爬起來就要往侯夫人身上衝，兩邊的婆子一下子就按住了她，讓她動彈不得。素顏看著就瞇了眼，想著上午時，也是這兩個婆子守著洪陳氏的，那會子她們可沒怎麼下力氣啊，哼，這些個下人，也是見眼色說話的，自己初來乍到，沒什麼威望，她們自然是只聽侯夫人的。總有機會給她們一點顏色瞧瞧，好讓這屋裡的人知道，欺負自己的下場。

洪老爺見他婆子被制住了，便開口道：「侯府也不能太過分了，以勢壓人，今天要嘛你們就將我們兩口子都殺了，要嘛，咱們公堂上見。」

素顏聽了正要說話，就聽外頭一個洪亮的聲音由遠至近。「什麼事要公堂上見？」

抬眼看去，竟是侯爺回來了。

侯爺龍行虎步地走了進來，當看到地上的洪陳氏和洪老爺時，眼中精光電閃，轉眸凝視侯夫人，侯夫人臉色立即蒼白，有些不敢與侯爺對視。

洪陳氏沒有見過侯爺，她不過只是個妾室之母，不是侯爺的正經親家，又是小門小戶，自然想見侯爺一面很難，但她這會子眼力卻好，葉成紹與素顏的恭謹、侯夫人的怯意她都看到了，心下便明白，這個正走進來的男人肯定便是寧伯侯了，她立即便大哭起來，掙扎著要往侯爺跟前衝，哭著道：「侯爺，您可要為老婦作主啊！您家夫人殺了老婦人的女兒，如今鐵證俱在，老婦人要向侯爺討個公道啊！」

洪老爺倒是認識侯爺的，見了侯爺雖然滿面怒容，但還是上前行禮。

侯爺在路上就知道了一些情況，這會子再聽洪陳氏說得嚴重，心中一沈，先是對洪老爺抬了抬手，然後對他道：「還是請這位夫人先不要鬧，有話好說，也別再坐在地上了。來人，好生招呼洪夫人。」

兩個婆子便扶了洪陳氏起來，將她扶到椅子上坐好。

侯爺說話和氣，但面容嚴峻、不怒自威，只是往太師椅上一坐，便有股凜然之氣，洪陳氏見了倒生了幾分怯意，不敢再大哭大嚎，難得老實地坐在了椅子上。

侯爺便轉而問侯夫人。「本侯不過出去兩天，家裡怎麼又出了如此大的事故，究竟是何緣故？」

侯夫人垂著眼眸，心裡直打突，根本就不知道該如何與侯爺細說才好。如今確如洪陳氏所說，所有證據都是指向她的，她已是百口莫辯，明明冤屈，偏這冤還不知道如何解釋才能說得明白，更不知道自己說出來，侯爺會不會相信，又能信得幾分？

侯爺看著侯夫人的樣子卻是更氣了，卻又不好當著小輩和外人的面罵她，便只是橫了侯夫人一眼，看向葉成紹。葉成紹歪靠在椅子上，見侯爺看過來，斜了眼侯夫人道：「父親還是找白嬤嬤來問的好，兒子也是半路趕回來的，只來得及救了您兒媳婦，沒讓她被人害死，前頭的事情兒子也不知道。」

侯爺聽得震怒。他在外頭，只是聽說洪氏被害，而且與侯夫人有關，如今這內裡怎麼又扯上兒媳，還差一點連兒媳也害了？

這個妻子如今是越發糊塗愚笨了，她究竟是想做什麼？難道就因一個世子之位，要將整個侯府置於死地嗎？太不知輕重了！侯爺放在膝上的手不自覺的緊攥著，手背青筋直冒，極力克制著心頭的憤怒，掃了白嬤嬤一眼。

白嬤嬤被那冰寒刺骨的一眼刺得心頭一緊，額間冒出細汗來，硬著頭皮躬身道：「侯爺，事情的緣由奴婢也不是很清楚，奴婢只能將看到的與您稟報。」

接著，便將如何發現洪氏，她又是如何稟了侯夫人，侯夫人病體欠安，又是如何去請了大少奶奶來主事，主事當中，大少奶奶如何被巧慧冤枉，導致洪陳氏如何打傷大少奶奶，後來又如何請了侯夫人親自主事，最後大少奶奶又是如何查出晚香才是殺人凶手等等，揀那緊要的細說了一遍。

侯爺一直鎮靜地聽著白嬤嬤的訴說，臉上不動半分聲色。等白嬤嬤說完，他便問侯夫人。「到了這種地步，妳要作何解釋？」

自侯爺進來，侯夫人就頹然地坐在椅子上，垂著首，不知道在想些什麼，侯爺發問時，她抬了頭定定地注視著侯爺，嘴角扯出一絲苦笑，道：「侯爺您看呢，您也相信是妾身所為嗎？」

侯爺聽得心頭火直冒。這個蠢女人，如今可是來與他訴怨的時候嗎？他讓她說，便是想讓她自辯，她卻如此發問，倒讓他下面的話不知如何開口了。他忍著怒火，對那洪老爺道：「此事還需細查，賤內雖說糊塗，但畢竟是有誥命在身，她做事向來還知分寸，絕沒有要加害一個妾室的道理。洪氏之死，於她並沒有半分好處，怕是有人想在侯府裡挑起事端，好從中漁翁得利，還請親家稍安勿躁，給本侯幾天時間，本侯一定給親家一個說法，到時，如若查出真是賤內所為，本侯會將賤內交由太后娘娘處置。」

一聲親家叫得洪老爺心頭舒坦，要知道洪氏只是個妾，再被冠上更貴重的出身，位分也只是比奴才高那麼一點，能得侯爺親呼一聲親家，那便是將洪家抬得很高地位了，他也知道，自己的女兒不過是貴妃娘娘手中的一個棋子罷了，原就不是什麼嫡系親人，貴妃娘娘想的不過是她自己的利益，女兒的死如果能給貴妃娘娘帶來好處，或許，貴妃娘娘會為女兒申冤報仇，若是好處不大，貴妃娘娘又怎麼會為了一個遠方的甥女得罪位高權重的侯爺？

侯爺既是肯給一個答覆，那就多等幾日也行，洪老爺眼珠子轉了幾轉，正要開口應下，洪陳氏卻是先他一步開口道：「侯爺您這是緩兵之計嗎？再過幾天，您好將罪證抹平了，再製造一個證據來，讓一個不起眼的人來頂扛，好為夫人洗脫罪責？哼，門兒都沒有，今天老婦人就要坐在此處看著，請侯爺當面查清事實真相，給老婦人一個交代！」

洪老爺聽得氣急。這個婆娘平素可沒這個腦子能想到這一層，可如今是女兒已經死了，如此跟侯府死磕，遭殃的還是自家，不如給侯爺一個面子，讓侯爺對洪家心懷愧疚，留得一份人情在，侯爺以後必定會對洪家大加體恤；如今非要將事情逼到牆角，不留半點轉圜的餘地，那只會弄個魚死網破，就算是侯夫人犯了錯又如何，女兒只是奴身，大周律法，妾便如奴，而主家對奴才原就有處置權，便是賣、打都是由人的，而侯夫人，也最多是受些責罰失了名聲罷了，難不成，真的會讓一個誥命夫人給一個小妾賠命？

就算貴妃和太后會為女兒作主，宮裡頭不是還有皇后娘娘嗎？那可是侯爺的親妹子，她能不幫著侯爺？

如此一想，洪老爺大聲喝道：「妳少說兩句！」

洪陳氏這會子卻像是打了雞血一樣，跳著腳，赤紅著眼睛回罵道：「你個老不死的，一心只想著榮華富貴，想拿著女兒換前程嗎？也不想想你多大年紀了，只是個什麼貨色，若非伴著我娘家與貴妃娘娘有親，你真以為他們會拿你當親家看？作夢吧你！」

洪老爺被她罵中了心事，不覺臉一紅，又羞又氣，卻也不好再說什麼，只能氣鼓鼓瞪著洪陳氏，心裡卻是訝異，不知道這婆子又打了什麼鬼主意，她先前還只是想得些錢就算了的，這會子侯爺回來了，倒是比自己鬧得更凶了，不如任她鬧著，一會子等她鬧得收不了場了，自己再出面說合，只推說她婦人短識，不明事理就是。

洪陳氏見罵得自家男人不作聲了，那氣焰又起來了，對著侯爺道：「侯爺，這事可是禿子頭上的蝨子，明擺著的事，還是請您給個決斷，好讓我兩口子早些將那苦命的女兒葬了，入土為安吧！」

侯爺沒想到這洪陳氏如此難纏，不由濃眉緊鎖，心裡千頭萬緒，對這案情也是不知道要從何下手，幾個動手的人都作證是夫人指使的，現在推翻，總得找到疑點才行啊，或者這事真的就是夫人所為？

他不禁又看向侯夫人，心裡將整個事情翻了個遍，明白侯夫人是想嫁禍素顏……她終是不接受成紹的世子身分，想從中作梗，又加上紹揚那奇怪的病，她更是對成紹有恨，在無法對成紹下手的情況下，便對兒媳下手。

如此一想，侯爺倒是真的信了幾分了。

只是，難道就真的將夫人送到太后娘娘處，任由太后處置嗎？侯府的名聲壞了不說，到底是十幾年的夫妻，又知道她受了不少委屈，心中還是不捨也不忍的。一時，侯爺只覺心亂如麻，手汗如漿，怔坐著半天沒有說話。

一旁的劉姨娘很乖巧地給侯爺斟上一杯熱茶，道：「侯爺，喝點茶吧。」

細語款款、柔情脈脈，眼前美人如玉，婀娜纖秀，賞目又解語，侯爺接過茶，溫柔地看了劉姨娘一眼。「不是說身子也不好嗎，怎地也在這裡？回去歇著吧，妳最是不喜這些俗事的。」

劉姨娘婉然一笑，嬌顏如曇花幽放，美得令人眩目，眼波瀲灩，流轉間柔情萬千，優雅地對侯爺福了一福道：「妾身不累，夫人心頭難過，妾身陪著，雖然不得用，也能看顧一二。」

侯爺聽了心中如溫泉淌過，只覺這個妾身比之那正妻來不知要強了多少倍，不由又橫了侯夫人一眼。

侯夫人冷冷地回望著侯爺，突然冷笑一聲道：「侯爺也不用為難了，如今妾身百口莫辯，為了侯府的名聲，您不如給了妾身三尺白綾，讓妾身死個乾淨，也還侯府一個乾淨吧。」

侯爺聽了又氣又無奈。這個妻子，遇到無法開解的事，便只會這一招，以死相逼，又明知自己對她還有幾分情意在，絕不可能真的看著她去死，便將所有的麻煩全推到自己這裡來，真真氣死他了。

洪陳氏眼見著侯爺半天沒有答覆，又嗚嗚哭了起來。「我那苦命的兒啊……」

正在此時，外頭有人來報，說是宮裡貴妃娘娘派人來了，侯爺聽得一驚，忙起身大步走了出去。

洪陳氏頓時更加得意起來，斜著眼橫了在座的眾人一眼。

幾刻鐘後，侯爺面沈如水地走了進來，無奈又憤怒地看著侯夫人道：「妳做的好事，如今太后娘娘已經知道了，下了口諭，給本侯一天時間徹查，若查不出結果來……」

後面的話，侯爺沒說。如今皇上不在京城，宮裡太后最大，太后原就對自己心存不滿，正愁找不到機會卸自己手中之權，正好家裡出了這麼檔事送了把柄出來，太后豈能輕易放過？她與貴妃聯手，就算皇后娘娘想要幫襯，也是獨木難支啊！

侯爺不由頭痛煩躁，求助地看向葉成紹。葉成紹聳聳肩，一副愛莫能助的樣子，看侯爺臉都青了，才幽幽道：「也許，真的不是母親所為呢，當時，巧慧和茯苓不是一口咬定是我娘子嗎？最後還不是查出來是另有其人了？」

葉成紹這話裡可是有話的，侯爺聽得眼睛一亮，轉頭問素顏。「兒媳，妳對這案子可還有別的看法？」

素顏聽得侯爺問她，恭謹地回道：「兒媳長於深宅，見識淺薄，只怕說出來，會惹得父親和長輩們笑話。」

侯爺一聽她這意思竟是有法子可解，不由喜出望外，忙道：「無妨，妳且說說看，若有理便聽之，若無用，也只當是個建議罷了。」

素顏便站了起來，走到正堂前，給侯爺施了一禮道：「謝父親。」

洪陳氏聽得好不耐煩，大吵道：「大少奶奶先前不是已經被冤了一次嗎？這會子好不容易洗清了，如今又要來出頭，莫非那事原就是妳做的，妳們婆媳互相攻訐，只拿我女兒當靶子做棋子？依老婆子看，妳們兩個都不是什麼好東西，這會子看事情沒法子過去了，又要找個替死鬼來吧？」

素顏聽得眉頭緊皺。她方才正要轉身，不經意看到了劉姨娘正看向洪陳氏，眼裡閃著莫名的光芒，緊接著洪陳氏就對自己發難起來，莫非……

「妳住口！這是什麼地方，哪裡容得妳個潑婦在此放肆？你們早將洪氏送與世子爺為妾，她便是侯府的人，人說嫁出的姑娘潑出去的水，侯府如何處置洪氏，由不得妳這個婆子來置喙！」素顏突然大聲對洪陳氏喝道。

洪陳氏被她喝得一懵，沒想到嬌嬌怯怯的侯府大少奶奶身上竟然也有一股威嚴凜然的氣勢，不由被怔住，但隨即又跳起腳來要罵。素顏大聲對一旁的婆子道：「將這擾亂侯府的婆子給我打上二十巴掌。」

兩個婆子早就受不了洪陳氏的囂張，聽了素顏的話，毫不遲疑地左右開弓，洪陳氏立即便被打得噭噭直叫，片刻後，便是臉腫得如包子一樣。她待還在嚎，素顏一眼瞪去。「妳再吵，便將妳拖出去打四十板子，不信妳試試看！」

洪陳氏終是打怕了，不敢再鬧，只是一雙死魚眼狠狠地瞪著素顏。

洪老爺雖恨洪陳氏太過潑婦丟人，但自己婆娘被打，也是心火直冒，憤怒地對侯爺道：「侯爺，侯府怎可以仗勢欺人？我女兒被侯府害死，難道你們還想打死我兩口子？」

「誰說你女兒是被侯府之人害死的？她明明就是自取滅亡的。」素顏不等侯爺說話，冷冷地對洪老爺喝道。

洪老爺聽得大怒，鬚髮皆張，指著素顏道：「妳……妳簡直就是胡說八道！」

素顏冷笑一聲道：「我奉勸洪老爺，最好注意言行，本世子夫人可是有品級的，你不過一個白身，也敢指著本世子夫人大罵？大周律，庶民污辱官妻，會是受什麼刑罰，你可知道？」

洪老爺聽得臉色一白，卻是氣得不敢再說，狠狠地瞪著素顏。葉成紹見了，緩緩走了過來，手掌慢慢揚起，邪笑著對洪老爺道：「你可還記得尊夫人先前受過的刑？要不要，你也試試？」

洪老爺嚇得身子一哆嗦，人便頓坐在椅子上了。素顏便輕聲勸道：「洪老爺，本世子夫人既是敢說，定然是有證據的，不會空口白話地唬弄你。如今你們兩老最大的心願便是找出殺害洪氏的真凶，給她討個公道，你們且好生坐著，看著就是，如若沒有提出可信服的證據，你們再鬧也不遲。」

洪老爺聽了這才冷靜下來，點了點頭，沒有再鬧。

素顏便揚了聲道：「請仵作來。」

仵作很快就被請上來，素顏很恭敬地對那仵作道：「老先生，請問洪姨娘是死於什麼？」

仵作垂頭答道：「毒，不是砒霜，而是一種中原罕見之毒。」

侯爺聽得一震，而洪老爺也是聽得詫異，兩人齊齊看向仵作。

素顏又道：「據您所知，這種毒侯府可有？或者，京城中什麼地方可能會有這種毒？」

仵作抬起頭來，淡淡地看了素顏一眼，眼中閃過一絲欣賞。「此毒侯府應該沒有。據小的所知，此毒乃出自北狄，無色無味，又見血封喉，身體處不見被毒跡象，卻能讓心臟猝死，殺人於無形，只怕出自北狄國師之手。」

素顏笑了，對侯爺道：「侯爺，想母親深居深宅大院，一介婦孺，又怎麼可能會有此種毒藥？也不知道洪妹妹出嫁前是何種身分，怎麼會惹上了北狄人，令北狄人對她下手了？」

洪老爺聽得又驚又氣又怕，怒道：「此毒不是晚香下的嗎？或許，侯夫人就與北狄有瓜葛，指使晚香下毒的呢？」

「那就帶晚香來問個清楚吧，還有，巧慧也一併帶來。」素顏不緊不慢地吩咐道。

第六十三章

沒多久，巧慧和晚香一併帶了上來。

晚香跪在地上，侯夫人怨恨地看著晚香，恨不能親手撕了她才好。一個養在身邊多年的人，竟然是條反咬她一口的白眼狼，這能不讓她憤恨嗎？

晚香看了侯夫人一眼，又垂下頭去，臉色平淡無波。素顏便問晚香：「殺死洪姨娘的那毒針是從何而來的？」

晚香冷笑一聲道：「不是早說了嗎？是侯夫人給奴婢的。」

素顏聽得笑了，又問：「妳是拿了毒針後，便從侯夫人屋裡去了悠然居的？只是不知，妳將毒針放在何處藏帶著過去的。妳去看洪姨娘時，手裡提著禮盒，據我所知，那禮盒根本就沒有打開過，妳不可能放在盒子裡吧？」

「自然是將毒針藏在袖子裡，再偷偷去扎在洪姨娘手上的。」

「妳可知道，那針是見血封喉的，妳藏在衣袖裡，就不怕會不小心刺破妳自己的手嗎？若妳用布包著，那妳到了洪姨娘房間後，想要當著巧慧和洪姨娘的面不露痕跡地拿出來，又要小心怕針刺中，真不知道妳是如何能做到的？還有，據我所知，此毒應該是見風會散的，只要將毒淬於針上便要立即用掉，不然片刻之後，針上的毒便會消失，不知道晚香妳拿著毒針，從侯夫人屋裡走到洪姨娘身邊，是如何保持那毒性不散的？」素顏偏著頭，嘲諷地看著晚香說道。

晚香聽得滿頭是汗，抬了頭，四處張望起來。素顏身子一閃，攔在她面前，俯近她小聲道：「妳在找妳的主子嗎？」

晚香聽得一震，臉色煞白，衝口道：「什麼……什麼主子？」

素顏直起身道：「妳還沒解釋我的問話呢。說，妳是如何保證那毒性不散的，又是如何當著巧慧和洪姨娘的面下手的？若有半句假話，便先剁了一根手指頭再說。」

晚香眉間閃過一絲戾色，冷笑道：「那藥是奴婢自己下的，奴婢都不知道那會見風就散，大少奶奶不要危言聳聽，胡攪蠻纏了。」

素顏聽得哈哈一笑，自紅袋裡拿出一個小布包來，就在晚香面前攤開，遞到晚香面前道：「妳雖大著膽子殺了人，卻沒有清理現場，留下不少證據喔。」

晚香一看那布上的東西，不由臉色又是一變，伸手就要奪，素顏手一縮，退後一步，伸手拈起一根繡花針來高高舉起，在堂中打了一個圈。「請細看，就是這根針殺了洪氏。我早上去察看洪氏屍體時，在墊被邊上發現的，她殺了洪氏後，心中太慌，連針都沒有拿走。」

大家眼睛都看著素顏手中的針，正想著素顏究竟要說明什麼的時候，素顏突然拿起那針，捉了晚香的手就扎了下去。晚香雖是吃痛，卻並不害怕，只是縮了縮手。

素顏笑道：「妳看，妳自己都對這毒針一點也不害怕，自然是知道針上的毒已然散盡了。」

晚香聽得臉上一陣紅、一陣白，衝口道：「用過一次了，自然無毒了。」

這話就牽強了，既然是見血封喉的毒，哪怕針上只餘留一點，也會死人的，晚香既是知道那毒的厲害，又怎麼不怕素顏扎她呢？當然是知道那針是無毒的。

「還要狡辯？來人，剁了她一根手指，看她說不說實話。她方才可是說了，這毒針是侯夫人淬了毒後給她，她再拿著去行凶的，這毒明明見風就散，妳又如何能用無毒的針頭殺死洪氏？分明就是說謊，這毒根本就不是侯夫人給的，而且，她還是在洪氏屋裡餵毒，臨時淬好毒針，臨時用上去的。」素顏大聲說道。

一時，便有兩個婆子拿了刀走上來，真的就將晚香的手指按在地上，刀高高舉起，就要剁下去，晚香不過也只是個十五、六歲的小姑娘，哪裡見過這等陣仗，那明晃晃的刀寒光四射，刀沒下來，人就嚇得直叫：「不要啊！不要剁我的手指！」

素顏手一揮，兩個婆子便停住，刀卻拿在手裡晃著。

素顏嚴厲地瞪著晚香道：「還不快快說實話，不然，將妳十根手指全剁了。」

晚香整個身子都委頓了下來，眼睛瞄了眼前方不明處，垂了頭道：「毒著實不是侯夫人給的，而是……」

素顏正等著她的下文，晚香卻是不可置信地瞪著眼睛看著前方，那雙漂亮的大眼裡，閃著恐懼和不甘，瞳孔卻是逐漸放大。

素顏不解地看著她，葉成紹卻是突然閃了過來，一把將她攬進懷裡，臉色蒼白地問道：「娘子，妳有沒有受傷？」

素顏被問得莫名，再看晚香，卻是突然身子向前一跌，撲在了地上。

素顏這回真是嚇壞了。眾目睽睽之下竟有人行凶，而且是就在自己眼前不到兩尺的地方，若是那人對自己動手，那自己豈不又要穿越一回？

葉成紹額頭冒著細汗，對素顏上下檢查了一遍，才鬆了一口氣，卻是將素顏抱得更緊了。

侯爺大怒，揚聲道：「侍衛何在？包圍整個院子，將這院子裡所有的僕從全都關起來，一個一個地細查！」

侯夫人也是一陣後怕，臉色蒼白地頓坐在椅子上，劉姨娘嬌怯地躲到侯爺身旁，身子微微發抖，侯爺愛憐地拍了拍她的肩膀。「無事的，不用怕，有本侯在。」

劉姨娘聽得眼圈一紅，哽咽著嗯了一聲。

素顏卻是推開葉成紹道：「應該不是有人動手吧，她身上怕是早就被人下毒了。」說著，又看向仵作。

仵作點了點頭道：「待小的查驗一番。」

葉成紹卻是將素顏又摟進懷裡，舉起手裡的一根細針給她看。「娘子，妳不要再問下去了，咱們回去。」

素顏心中震了震，幽幽地看著葉成紹，葉成紹不由分說抱起她道：「這裡的水太深，妳不要再管了，管他是誰殺了洪氏，他們愛罰誰罰誰去，妳心腸好，不計前嫌，為這個家脫罪，就怕人家立馬會好了傷疤忘了痛，哪一天又要尋妳的不是，來找妳的麻煩了。」

侯爺聽得心中一震，無奈地喝了聲。「紹兒——」

葉成紹回過頭，定定地看著侯爺道：「這明顯就是個陰謀，如今也證明不是母親下的手了，晚香已死，這幕後之人手段如此厲害，我可捨不得我的娘子再陷到這深淵裡去，她若再受傷，我就帶著她離開京城。」

侯爺聽了無奈地柔聲道：「媳婦受了苦，為父是知道的，為父怎麼會讓她平白受屈？先把事情查完了，為父給宮裡一個交代後，再來處置家裡的事情。」說完，侯爺轉過頭又瞪了侯夫人一眼。

侯夫人如今心裡最感激的就是素顏，若非是她，自己被冤不說，怕還要被扯到更大的漩渦裡去，難得地開了口道：「侯爺，以後就讓媳婦幫著妾身管家吧，妾身頭痛病犯得厲害，人也糊塗了好多，兒媳聰明賢達又細心精明，有她幫著，府裡也能清明和睦一些。」

侯爺聽了臉色這才緩了一些，點了頭道：「兒媳啊，妳事情還得繼續查完，妳所做的一切是為了整個侯府，為父也不是那不通情理之人，今後，妳有什麼要求，儘管提出來，該給妳的，都不會少妳的。」

素顏聽了忙推開葉成紹給侯爺和侯夫人行禮，溫婉地笑道：「父親母親言重了，兒媳才進門幾天，還有很多事情不懂，以後還要請二位多加教導指點才是。」

侯爺對素顏的態度很是滿意，對侯夫人道：「妳既是頭痛，那就好生休養半年，把府裡的事情交給兒媳管著，等身體好了再說。」

侯夫人臉色一白。她已經退了一步了，沒想到，侯爺竟然得寸進尺，這麼快就將她的權力全給奪走了，她是感激藍素顏，但也沒感激到要將掌家權全交的分上啊！不由又鬱悶又急，但這當口，她卻是半點也不敢反駁侯爺，只能點著頭應了。

洪老爺聽到這裡，也著實嚇得心驚膽顫，想起了素顏先前說的，洪氏的死是她自取滅亡的話來，他不由後怕地看向巧慧。按素顏的話說，晚香下毒時，應該就是在洪氏屋裡備的毒針，那巧慧又怎麼會不知道？她灌砒霜到洪氏嘴裡，果然是欲蓋彌彰了。

巧慧可是他洪家的家生子，若查到她聯合外人來謀害洪氏……

「洪老爺，這裡有洪姨娘戴過的一只耳環，另一只還在她的耳朵上，不知道您細瞧過沒？這耳環上，可是有個奇怪的圖案呢。」洪老爺正在尋思，就聽得素顏又道。

一抬頭，就見大少奶奶手裡拿著一個小小的吊墜耳環，那耳環是銀製的，上頭鑲了一小顆紅色的寶石，看著卻是眼生得很，便看向巧慧。巧慧自晚香死後，就嚇得面無人色，兩眼發直，嘴唇不停地抖著，哪裡看到洪老爺的神情？洪老爺見巧慧的樣子，心中更是懷疑起來，也不管那耳環了，衝過來便對著巧慧就是一巴掌，大罵道：「賤婢！是妳合著夥害死了妳家小姐嗎？」

巧慧被打得暈頭轉向，一抬眼，就看到大少奶奶拿著一個吊墜耳環在她眼前一晃，嚇得尖叫了起來。「小姐，不能怪我，不能怪我啊！是晚香要殺妳的，我沒有殺妳！」

素顏拿著吊墜問：「妳叫什麼？看清楚，這可是妳家小姐的東西？」

巧慧糊裡糊塗地瞄了一眼，點頭如搗蒜，邊磕邊道：「小姐，妳別怪我，別怪我啊……我不想這麼做的啊，妳已經瘋了啊，她們說妳瘋了，瘋了就沒用了啊！」

說著，竟是拿了巴掌搧自己耳光，邊搧邊罵，口裡一陣胡言亂語。洪老爺無奈地嘆了口氣罵道：「妳才瘋了呢……」卻是老淚縱橫，心中一陣抽痛，人像是突然變得蒼老好多。

素顏收起那吊墜耳環，對洪老爺說：「洪老爺，您可還要侯府給您交代？這事情，可還要繼續查下去？」

洪老爺看了一眼威嚴端坐的侯爺，痛苦地閉了閉眼道：「給侯爺添麻煩了，還請侯爺好生厚葬了我那可憐的女兒，小的會知道如何對宮裡人說的。」

侯爺對洪老爺的知趣很滿意，對洪老爺道：「此事發生在侯府，本侯還是會查個究竟的，不過，親家的女兒已經死了，人死如燈滅，有些事情便不會再牽扯開去。」

洪老爺聽了，感激地對侯爺一揖，扯過猶自忿忿不平的洪陳氏便往外走。

侯爺又道：「親家且回去，侯府該給的撫恤絕不會少了你們。」

洪陳氏這才轉了頭，老實地跟著洪老爺身後走了。

侯爺看著廳裡晚香的屍體，怔了半晌，揚了揚手，讓楊得志著人來，將屍體拖走了。

侯夫人正要退走，侯爺卻是叫住她道：「妳不是頭痛得厲害嗎？那這半年就好生在這院子裡養病，不要踏出這松竹院一步去。」

侯夫人聽得怒火直冒。這是要變相的禁她的足？她已經讓出掌家權了，侯爺還要禁她的足，這讓她在晚輩面前如何能抬得起頭來，就是在京城貴婦人當中又有什麼顏面？被一個才進門幾天的兒媳，不費什麼力氣就奪走了掌家權，還被禁了足，說出去，她真不要活了。

侯爺看她還是一臉怨懥，不由怒道：「不然妳是想同我一起去面見皇后娘娘，或者去給太后請罪？」

侯夫人聽了立即垂了頭，老實地自行去了裡屋。

劉姨娘忙上前扶住侯夫人，邊走邊輕言勸慰著。

第六十四章

素顏與葉成紹一同回了屋，一進裡屋，素顏便如小鳥睇人般歪了頭看他，清澈的眸子裡閃過一絲狡黠，對他勾了勾手指頭。「相公，你究竟有多少秘密呢？會不會就連身世也是有秘密的？」

她的樣子半是調皮、半是挑釁，葉成紹被她弄得心癢癢的，但她的話卻讓他眼神一黯，垂了眼眸不與素顏對視，卻是扯著嘴皮道：「總之明天帶妳去個有趣的地方，不過，不知道娘子敢不敢去？」

他的話果然轉移了素顏的注意，難得興奮地攀住葉成紹的肩膀，斜倚著他道：「哼，只要你去得，我就去得，天下還沒有藍大姑娘不敢去的地方。」說著，還邪笑著伸了根手指托住葉成紹的下巴，俯近他，挑著眉道：「有如此俊俏的公子陪著，本姑娘哪裡去不得？就算是遇到了那搶財劫色的，最多把你給抵押了，本姑娘拍拍手走人就是。」

葉成紹歪著頭，像看怪物一樣地看著素顏，臉都有點青了，結結巴巴道：「妳……妳……還是我娘子嗎？不會……也跟巧慧一樣，中邪了吧？」

素顏白了他一眼道：「你不是成天都在扮痞子嗎？本姑娘還不是為了跟你合拍，也來這麼一回。呿，一點也不合作，掃興。」說完，將葉成紹一推，施施然自己去了內室。

葉成紹有一瞬的呆滯，隨即大叫起來，風一般往內室捲去了。「娘子啊，咱們一起痞啊……」

等到進門，素顏已是端莊地坐在繡墩上，手拿一本書，正翻開來。

葉成紹笑嘻嘻地蹭到她跟前，眸子閃閃發亮，興奮地說道：「娘子，我真的長得很俊俏嗎？那個……妳是不是，其實也許是有一點點喜歡我的啊？」

素顏優雅地放下書，起了身對他斂衽一禮，恭順問道：「相公相貌堂堂，俊逸非凡，長得自然俊俏，身為人妻，豈有不喜歡自己相公的道理？」

葉成紹被她這突然溫婉端莊的模樣弄得好不適應，一時又呆住了，愕然地看著素顏，好半晌，才想著雙手作揖，回了一禮，吶吶地道：「喔，娘子是真的喜歡啊，可是……」可是怎麼看不出一點喜歡的意思來呢，還不如方才在外頭嬌嗔的模樣可愛，他一時有些失落，斜看素顏的表情。

素顏淡淡直起身，又回到了繡墩上坐著，拿起書看了起來，就當葉成紹是空氣一般。

呃……這是什麼狀況？

葉成紹搬了個繡墩挨著素顏坐了，嘟了嘴小聲道：「娘子，妳是不是在生氣？」她這一會子變了好幾副模樣，他實在有些摸不著頭腦，不管是先前的嬌嗔玩鬧，還是方才的溫婉端莊，都比現在這個當他是空氣的好。

素顏自顧自地看著書，根本就不理他，也不再答他的話，任他在一旁急得抓耳撓腮，不知所措。

葉成紹想跟她說話，偏又怕說多了惹得她煩，坐在繡墩上好不自在，左挪右轉，實在是沒法子了，深吸一口氣，覥著臉道：「娘子，為何突然不理我了嘛？」

素顏這才抬起頭，正色地看著他道：「我剛才也沒怎麼理你啊，相公，你是不是誤會了？」

「明明就是不理我了嘛，一會子像個……像個浪蕩的……呃……」他也不知道要怎麼形容素顏先前調戲自己的模樣，那可只是花花惡少才有的行為，自家向來溫良賢達的娘子卻是學了十成十，差點就沒讓他將眼珠子掉出來。

「一會子像個惡少，一會子又是良家婦人對吧？」素顏忍著笑，看他一臉尷尬，想說又不敢說的樣子，自己幫他說了。

葉成紹立即點頭如搗蒜，眼睛明亮地看著素顏，帶著一絲委屈和不安。

「是不是覺得很不適應呢，會不會覺得看不透我，不知道我究竟是什麼樣的人？」素顏斂了笑，正色地對葉成紹道。

「嗯，是的，娘子妳剛才讓我無所適從，都不知道哪個才是真實的妳。」葉成紹立即從善如流地說出自己的感覺。

「那你呢？自我認識你來，你一會子是個浪蕩公子，一會子又像個毛頭小子，一會子又像個溫良公子，有時又是一副痞賴的模樣，哪一個又是真實的你？我又要如何適從？你既是說要與我坦誠相對，那便不要對我有太多保留，如今我們已是夫妻，有些事，不知道原委，便不知道如何防範，你瞞得我越久，我在這府裡受到的危險就越大，你……可真是想要真心待我？」

葉成紹被她說得心中震撼。他不是不想說，更不是故意瞞她，一是他們成親才不過三、四天，素顏先前是一副拒他於千里之外的樣子，不知道她會不會願意瞭解他，二是有些東西，他實在是怕嚇到了她，怕她知道後，會更不願意跟他生活下去。他喜歡她，娶了她便是想要給她平靜幸福的生活，想把她護在他的羽翼下，不讓她受半點傷害，但他又是如此力不從心，那些明的暗的風刀霜劍讓他防不勝防，外頭的，他可以全擋得住，可是府裡的，他卻有顧及不到的時候。

看她受委屈，他也有愧，更多的是悔、是痛，是不能保護的無奈和無助，難得見她肯正視和他的關係，真正拿彼此當夫妻一體來看，他又覺欣喜若狂，一時心裡像打翻了蜜罐子，又甜又黏，一雙漂亮得像黑曜石一樣的眼睛傻傻笑著，一句話也不說。

素顏不由瞋了他一眼，伸了手指去戳他腦門，罵道：「看吧，又裝傻相。」

葉成紹不等素顏將手縮回去，一把捉住，就勢一扯，將她拉進懷裡，火熱的唇便覆了下來。有了前幾次的經驗，他一下子就銜住了她的唇瓣，伸了舌細細描繪了一圈她的唇線，不等素顏拒絕，又立刻撬開了她的貝齒，熱烈而滾燙的吻裹著他炙熱的激情，滿懷期待，還有小小的試探，一股腦兒地便湧至唇舌之間，只是輕輕一捲，便捉住某個正在躲閃逃跑的小舌，輕挑慢吮，由不得她退縮，由不得她閃躲，捉住便不放開，溫柔、激烈，甚至略帶侵略地宣洩著他的情感。

這個小女人，她還在指責他，她不知道他有多麼想她，又多麼心疼她，她卻總是看不到他的心，不明白他的真誠，好不容易她肯放開心懷，他又怎麼捨得不一抒自己的心懷？

素顏突然被葉成紹襲擊，他厚實的胸懷散著淡淡的青草香味，鑽進了她的鼻間，嗯，很好聞、很清新，可是，他的吻也太激烈了吧，腦子像是被雷擊中了一般，突然便閃過一道白光，裡面全是一片空白，只感覺心像是被充滿了氣的氣球給帶著飛了，慢慢飄向天空，在空中打著轉，迎風飛舞又浮浮沈沈、起起落落，那感覺美妙又新鮮。

她不是沒有被他吻過，也知道自己這具身體對他很有感覺，可是，心靈的觸動，這還是第一次……

她不由喟嘆一聲。如此美好的感覺，就順從了吧，不要再抵制和抗拒了……被欺負了多時的小舌一勾，便反攻那肆虐著的長舌，只輕輕一舔，便感覺葉成紹的身子果然一僵，摟著她的雙臂便又加了幾分力道，耳畔聽到他輕輕的呻吟，她的心也跟著震顫了一下。誰說這廝還是處男來著，剛才那一聲，可是能將人的神魂都勾了去呢……

小舌又是一吮，葉成紹整個身子都震顫起來，再也忍不住，兩手一抄，便將素顏抱起，疾步向床上走去。下一刻，他修長又偉岸的身子就覆在她身上，嘴唇仍是緊貼著她的，只覺得要將這一吻吻到天荒地老。

素顏究竟是敵不過他，感覺胸腔裡的最後一絲空氣都要被他榨乾時，葉成紹終於放開了她，親吻著她的耳垂，在她耳邊柔聲呢喃。「娘子、娘子，我好喜歡妳。」

素顏聽得耳紅臉熱，身上某處已經被一隻大手襲擊，葉成紹掀開她的衣襟，如魚一樣的鑽進小衣裡，攀上了一座峰，在頂端輕輕揉撚起來，她只覺一股酥麻感迅速傳遍全身，快感陣陣襲來，她忍不住張嘴輕嗯了一聲。

猶如蛟龍遇水、烈火添油，葉成紹的整個人都異常興奮起來，火熱的身軀不自覺地在素顏身上廝磨著，高昂的某處便頂著素顏的下身，她終於清醒了一下，費力地伸了手，想將葉成紹推開。

「娘子、娘子，我想……我好想，妳……妳給我好不好？」這話太過曖昧，素顏聽得羞不自勝，咬著牙讓自己清醒一些，硬著心腸道：「不……不要，我……我還沒有準備好，我……我害怕。」

葉成紹可憐地將素顏的手捉住往自己身下探，哀求道：「娘子，妳看，那裡好痛……妳……」

素顏被他強制地將那物塞到手裡，立即像被燙著一樣，就要縮手，葉成紹又再一次吻住了她，手在她身上遊走，時輕時重，四處點火，素顏整個身子像要燃燒起來一樣，又像被丟進了大海裡，浮沈不由她，起伏更不由她。葉成紹乘機笨拙地解著她身上的衣扣，心裡像堵著一把火，不噴發出來，便會因此灼燒至死。

正在此時，外頭傳來紫晴一聲喚。「大少奶奶，午飯是擺在屋裡還是在正堂？」

素顏立即清醒過來，奮力推著葉成紹，咬著牙罵道：「你……你這……混……」究竟是沒捨得將那兩個字罵出來，聲音柔媚得讓她自己聽了都覺得羞。

葉成紹頭腦還是熱的，紫晴那一聲喊讓他如當頭被澆了一盆冰水一樣，雖冷卻些，卻哪裡能退得那樣快，不捨地按住素顏嘟囔。「娘子……別管她，娘子……」聲音炙熱中帶著哀求，大手仍不安分地在素顏身上遊走著。

「起來吧，相公，那個……大白天呢。」聽著他沙啞而魅惑的聲音，感覺到他那小意的乞求，素顏的心柔得快要化成一灘水，怎麼也提不起勁來罵他，只得好言相勸。

葉成紹慾求不滿地抱著素顏又親了一會子，才依依不捨地起身，眼神委屈又滿含期待，嘟了嘴道：「天怎麼還不黑呢？」

素顏好笑地伸出白嫩的食指，連連戳著他的額頭道：「整天都想著些什麼呢？平素是不是大白天的也在悠然居裡鬼混來著？」

葉成紹的頭被她戳得如小雞啄米似的，一點一點的，這回反應卻是快，立即正色道：「娘子冤枉，除了妳，我從沒跟人親親過。」

素顏撇撇嘴，根本就不信他，人卻已經溜下了床，逕自整理著被他弄亂的衣服和頭髮，對著外頭喊了聲：「飯就擺在正堂吧。」

外面傳來紫晴歡快的聲音。「好咧！」就聽到她又大聲道：「大少奶奶說飯擺在正堂，她和爺一會子出來用飯。」

紫綢看她一臉得意，忍不住就拿起手裡的繡繃子敲她。「死妮子，都不知道妳在想些什麼，如今是大少奶奶對妳好，念著舊情呢，妳再這樣，小心自尋死路。」

紫晴不屑地看了眼屋裡，小聲嘟囔。「我這不也是為了大少奶奶好嗎？才不過進門三、四天，就被人欺負了好幾回，哪裡能夠就這麼好了？怎麼也得懲罰懲罰爺吧，我可聽我娘說，男人啊，得到了就不會珍惜。」

紫綢被她說得面紅耳赤，啐了她一口道：「毛都沒長齊呢，妳知道些什麼？也不知羞。方才就我一個人見著也就罷了，以後可不興再這樣了啊，別看世子爺沒對妳怎麼著，那是看著大少奶奶的面上，給妳留著情分呢，妳要再不知趣，小心打發了妳出去。」

紫晴聽了臉色稍變，小意地挽住紫綢道：「我就知道妳會對我好嘛，好姊姊，我以後再也不敢了，妳且饒了我這一回。」又瞄著內堂小聲道：「可千萬別讓陳嬤嬤知道了，她會剝了我的皮去。」

紫綢瞋了她一眼，沒說什麼，一時見素顏和葉成紹穿戴整齊出來了，紫晴忙上前去扶了素顏坐在正位上，將燒好的手爐放到她手裡，垂了頭道：「王昆家的來報，小廚房裡今兒晚上就可以開伙了，楊大總管把咱們院裡的食材都讓人送過來了，顧余氏正好做了第一頓吃的，爺和大少奶奶一會子就可以嚐嚐她的手藝了。」

素顏聽得有些詫異。沒想到侯夫人動作如此之快，今兒這也算是幫了她的大忙，為她洗清了嫌疑，卻將她手裡的掌家大權都奪了過來，只怕她心裡恨多謝少，不會就此干休吧？

想到這裡，她又嘆了一口氣。只希望侯夫人能明白些，不要總將矛頭對準自己，若她能對自己好個三分，自己便以正經婆婆待她，對她敬以十分，如若不然，下次，她不會再如此好心了。

吃過飯，葉成紹被侯爺請到書房裡去了。洪氏的死，侯爺親自去了一趟宮裡，報給太后娘娘和貴妃娘娘說是她著了魔症，自盡而亡的，侯爺又找人送了一萬兩銀子給洪家，洪老爺嚴令洪陳氏封口，不許她對外胡說八道。

洪陳氏得了一萬兩銀子，還有侯爺送來的不少補品綢緞，也知道再鬧對自家沒有好處，便也不再鬧騰了。

且不說洪陳氏如何打的主意，洪氏的死因傳到侯府裡頭，司徒蘭聽了很憤怒，午飯吃過後，她便帶著自己的貼身丫頭來到了苑蘭院。

守園的婆子有了上一回洪氏的教訓，立即守住院門不讓司徒蘭進去，司徒蘭大怒，卻也想起了洪氏一開始與大少奶奶鬧事的起因，便強忍著屈辱，好言跟守園婆子說道讓她進去報信。

素顏正歪在大迎枕上，聽著葉成紹介紹他的小妾們，素顏最想知道的就是司徒蘭，她相貌清雅秀麗、個性孤傲清冷，又是護國侯府的小姐，便是庶出，也不可能給葉成紹做妾才是啊？

葉成紹也著實想與素顏說說這府裡各人的背景、來源，但沒想到素顏一開口便是問司徒蘭，看著素顏墨黑而又清澈的眸子審視地看著自己，他便有種做賊被抓的感覺，垂著頭，窘了半天，被素顏盯著躲不過去了，才道：「那個……我是對不住她的，她那樣的人，哪裡能看得上我？我一時氣憤，就……就……」就了半天，也沒敢往下說。素顏的眸子太過純淨清澈，那樣的注視下，讓他有種無地自容之感，好半晌，知道躲不過去，才深吸了一口氣道：「那時我常去護國侯府玩，跟小敏關係倒是好的，玩得也來，可小敏的這位大姊，每次看到我就用那種很輕蔑的眼光，還當著我的面訓斥小敏，讓她不要跟我這種人走得太近。娘子，妳不知道她那樣子有多討厭，一副高高在上，誰都不放在眼裡，好像她是天上的雲朵，人家都是地上的塵泥。我就看不得她那種不可一世的樣子，所以，所以就混帳了一回，有一次趁她換衣服的時候，突然出現在她的閨房裡，還拿走了她的……她的小衣。那天，正是護國侯家的老太君五十大壽，我在席上跟人打賭，說一定能娶了護國侯府的大小姐，人家自然不信，我就拿了那小衣出來玩……」

說到此處，他又偷偷地看了眼素顏，見她臉色越發陰沈，他小聲道：「娘子，我那是年紀小不懂事，家裡又……總之我正是想要將自己的名聲弄得更臭的時候，做事便渾無顧忌，如今想來倒是害了她，她是無辜的，若不是我，或許她如今也嫁了一個門當戶對、性情相投的好郎君了。」

「你當時怎麼沒有娶她為正妻？」素顏可以想像得到，葉成紹當時有多麼可惡，為了想要壞了自己的名聲，小打小鬧不行，便以壞大家閨秀的名聲來成全他自己。那時的司徒蘭怕是氣得要死吧，以她那性子，怎麼能忍受得了別人的如此污辱？她沒氣得自盡又活了下來，竟然還給葉成紹做了妾室，可真是個奇蹟。

葉成紹撇了撇嘴，臉上又顯出那吊兒郎當，痞賴無忌來。「她當時尋死覓活，不肯嫁與我為妻，小爺……喔，我就怒了，將她的小衣拿到衣鋪裡當了，偏生還要告訴別人，那是她的衣服，弄得京城裡不少花花太歲都到那當鋪裡以睹護國侯府大小姐的小衣為快，她的名聲就徹底給我毀了。那時，護國侯氣得跟侯爺吵了多次，我那時便一口咬定是司徒蘭自己將小衣送與我的，她與我是有首尾的，護國侯便沒法子了，只能讓我娶了她，我卻偏不肯娶，要納了她為妾……最後，也不知道她是怎麼想通的，竟然就同意了。」

「她是護國侯府的嫡長女？護國侯會肯將嫡長女送與你為妾？護國侯的臉面不也給你丟盡了？」素顏有些不相信。護國侯雖說不如寧伯侯權勢大，卻也是掌著軍權，也深得皇上寵信的，怎麼可能就……

葉成紹聽了唇邊勾起一抹譏笑，眼裡卻是滿滿的自信與傲氣，身上隱隱就顯出一股渾然天成的高貴霸氣。「他倒是很願意將女兒嫁與我呢，至於只能做妾，他雖遺憾，卻也沒有太多的不滿。」

素顏疑惑地看著他。他雖沒明說，那意思也很明顯，司徒蘭還真是護國侯府的嫡長女，怪不得她會有那樣清高孤傲的性子。

看著自己眼前這個正笑得一臉討好，又不時小心翼翼看著自己的俊美少年，她不由長長地嘆了一口氣，無奈地對他道：「我也不逼你，等你覺得合適的時候，再告訴我你究竟是誰吧。」

葉成紹聽得一震，嘴角勾起一抹苦笑，卻是邪魅地挑了眉看著素顏。「若我的身分會給妳帶來更大的不幸，娘子，妳會如何？」

素顏起了身道：「不如何。兵來將擋、水來土掩，已經嫁了，就是你的人，便是我想與你劃清界線，又是能劃得清的嗎？」

葉成紹聽得雙眼一凝，深邃的眸子裡閃過一絲欣喜，隨即又𢤱賴地一笑，兩手一合，身子便像沒有骨頭似地掛在了素顏身上，嘻皮笑臉道：「娘子就是喜歡多想，我不就是個人見人厭、花見花謝的浪蕩花太歲嗎？可憐的藍家大姑娘，一生是毀了喔。」

素顏知道他在玩笑，卻也板起臉來，回頭瞪著他道：「你可是真的怕毀了我？若真如此，那便寫和離書吧！」

又來了、又來了，葉成紹立即垮了臉，老實地垂著頭，身子也立了起來，嘟了嘴，小聲道：「娘子，咱不說那兩字了好嗎？我說過，會慢慢讓妳瞭解我的，如今全告訴妳，怕妳一下子接受不了，而且有些事情沒有明朗，我也不能說，總之我對妳的心，絕對沒有半點假，妳一定要信我。」

素顏不置可否地瞥了他一眼，自行走到正堂去了。

就聽紫雲在外頭稟道：「司徒姨娘過來了。」

葉成紹早就在悠然居裡下了令，幾個姨娘不許隨便出悠然居，也不需要每天給大少奶奶請安問好，司徒蘭這會子過來，怕還是為了洪氏的事吧？

素顏如今知道她與葉成紹的那些舊事，實在很好奇，她是怎麼會同意嫁給葉成紹做妾的，就算護國侯同意，她的名聲被毀，難道除此一途，再無他法了嗎？

知道了她的身分，又知道了她的性子，素顏倒是對她存了幾分同情，也知道不能像對待洪氏一樣地對她，便對紫晴道：「請司徒姨娘進來吧。」

第六十五章

司徒蘭被紫晴請了進來，見素顏一身素淨繡茉莉花對襟小夾襖，粉白色的碎花羅裙，淡雅又嫻靜，靜謐中又透著溫婉，令人觀之可親卻又不可褻瀆，心中暗凜，那廝倒是有眼光，娶了個相貌才情都絕佳的正室，轉而一想到自己的身分，一口銀牙又差一點咬碎。

素顏淡淡看著輕移蓮步，正緩緩走來的司徒蘭，她端坐如鐘，神情淡雅地等著司徒蘭來給她行禮。

司徒蘭果然眉頭稍皺了皺。她在侯府雖是妾室身分，但上自侯爺，下至管事娘子，無一人敢真只當她是個妾室看，畢竟她出身高貴又是名門，比起眼前的女子來還要高貴不少，連侯爺和侯夫人都不在面前擺譜，這藍素顏卻給她擺起了主母架子。

她不由抿了抿嘴，輕揚了下巴，過來草草給素顏行了一禮。

素顏眉頭微挑，卻也沒說什麼，只是稍抬了抬手道：「不知道姨娘此時到訪，可是有事？」

邊上就有繡墩，卻不讓她坐下，司徒蘭惱火地站著，冷冷地回道：「妾身過來，是想問一問洪妹妹的死，可曾有個說法？」

素顏聽了淡然一笑道：「侯爺不是說了嗎？洪氏可是自盡死亡的，她身邊的人都說她瘋了，犯了魔症，一個瘋了的人，自然是什麼事情也做得出來的。啊，司徒妹妹，這種事情自有侯爺和夫人作主，我們這些做晚輩的，還是少操心為好。」

這意思便是，妳只是個小小的妾室，有些事情，妳無權過問也無權管。

司徒蘭聽得臉色稍變了一下，嘴角倔強地抿了抿，抬起頭來，眼神犀利地看著素顏道：「大少奶奶，妳明知道事實不是如此，當時妳我可都是在場親眼所見，親耳所聞的，我原以為妳會是個正義公道的女子，沒想到，妳也跟他們一樣……」

素顏聽得眉挑一挑，凌厲地看著司徒蘭道：「一樣如何？」

「齷齪下流、同流合污，我……錯看妳了。」司徒蘭被素顏那略帶輕蔑的神情震怒，衝口便道。

素顏聽了，端起桌上一杯茶向司徒蘭擲了過去，茶水濺了司徒蘭那條粉紅色的素色長裙，怒道：「大膽！當面辱罵主母、污及長輩，司徒蘭，妳想找罰嗎？」

司徒蘭昂然俏立，輕輕嗤笑一聲道：「罰？這府裡，敢罰本小姐的人怕還沒出生呢。」

好狂妄的語氣，仗著侯爺和侯夫人對她懷有愧疚，又仗著娘家勢大，葉成紹也對她禮讓幾分，便在自己面前行下馬威，真以為洪氏能欺自己，她也能欺嗎？

素顏冷笑一聲，眼裡閃過一絲陰厲，一揚聲道：「來人，司徒姨娘口出狂言，污辱主母和長輩，掌嘴五下。」

她還是給了她護國侯府嫡長女面子的，不然這掌嘴定然是二十。

司徒蘭聽得大怒，見果然有兩個婆子走了進來，想要拉她，她不由大聲喝道：「藍素顏，妳今天敢打我，明天我就要讓妳後悔！」

素顏笑著手一揮道：「好，我拭目以待。」

兩個婆子上前來要拖司徒蘭，司徒蘭一甩胳膊，對著裡屋大喊了一聲。「葉成紹你個混蛋！還不出來，真讓人欺我至此嗎？」

素顏聽了唇邊笑意更深。她也想看看，葉成紹會如何對待她與司徒蘭之間的衝突，那廝口口聲聲說心裡只有她一個，但面對一個被他連累過，又害了終身的女子，他會如何做呢？

葉成紹施施然、一搖三晃地走了出來，大聲嚷嚷道：「吵什麼，爺的耳朵都快被震聾了，誰又在惹大少奶奶生氣呢？」

素顏聽了覺得好笑。這混蛋又在裝呢？

司徒蘭氣得兩眼直冒火，一見葉成紹出來，便冷笑一聲道：「我當你是聾子呢，不過一牆之隔，便縮在屋裡不敢出來，你還是怕面對我嗎？」

葉成紹撓了撓自己的耳朵，嘻笑著走到素顏面前，與她並排坐下，一抬眼，似乎才看到司徒蘭一般，臉上立即綻了個陽光又俊逸的笑臉，討好地對司徒蘭道：「蘭妹妹，妳怎麼來了？來時也不跟哥哥說一聲，我好去扶妳。」

明明看司徒蘭立在堂中，卻也沒要說聲讓她坐，只是嘻皮笑臉地說些有的沒的，語氣裡倒確實對司徒蘭禮讓得很。

「哼，不敢當，你只要別讓你老婆騎我頭上作威作福就行了，她方才還要打我呢。」司徒蘭臉色微黯，眼中怨忿更深，卻又不好明說出來，只是咬了牙冷笑道。

「啊，妳說誰要打妳？娘子嗎？怎麼可能，妳家大少奶奶最是講道理，賢淑溫婉，她怎麼會隨便打妹妹妳呢？不過，她身為苑蘭院的主母，要管著妳們幾個姊妹，一些規矩還是要講的，無規矩不成方圓嘛，對吧？司徒妹妹。」葉成紹一副吃驚的樣子，看了素顏一眼，又對著司徒蘭嘻嘻一笑道。

「我著實下了令要打司徒妹妹，她方才出言不遜、目無尊卑，我不過小懲大誡罷了，相公，你可是有不同意見？」素顏笑得很甜美，眼神也是淡淡的，看不出半分怒氣。

葉成紹卻是覺得脖子後頭被她最後一句話問得涼颼颼的，覥著臉對素顏笑道：「哪裡、哪裡，這院子裡，娘子妳的話就是規矩，我怎麼會有不同意見？沒有，絕對沒有。」

司徒蘭一聽這話，氣就不打一處來，伸了手，指著葉成紹的鼻子就罵道：「葉成紹你個混蛋，你敢讓她打我！」

素顏聽了突然便起身，走近司徒蘭，揚起手來，啪地一個耳光打了過去。司徒蘭猝不及防，被她一巴掌打得火辣生疼，捂著臉，憤怒地看著素顏，揚起手來便要還手，葉成紹身如閃電一般閃了過去，一下便捉住了司徒蘭的手，輕輕一甩，司徒蘭便摔到了地上。

素顏緩緩走到司徒蘭面前，眼神冰寒如刀，聲音也冷若冰霜。「妳記住了，我的相公，除了我之外，任何人也不能罵他混蛋，不信，妳再罵一聲試試！」

葉成紹聽得大喜，一轉身就抱住了素顏，半是撒嬌，半是感動。「娘子，妳對我真好，以後有妳護著，一定沒有人敢欺負我了。」

素顏聽得起了一身的雞皮疙瘩，一把推開他道：「你的司徒妹妹摔地上了，還不去扶她起來？」

「不扶，以後不管是誰，只要敢冒犯妳，都休怪我翻臉無情。」後面那句話說得陰森森的，聲音像是地獄裡傳出來的一般。

司徒蘭不可置信地看著葉成紹，眼中蘊著深深的悲哀和痛苦，眼淚一下子便湧了出來，憤怒地看著葉成紹。

素顏嘆了口氣，親自上前去扶她。她手一甩道：「不用妳假惺惺，妳也別得意，妳如今不過是還新鮮，等他玩膩了，同樣會這樣對妳。」說著，又對葉成紹大聲罵道：「葉成紹，我恨你！」

葉成紹聽得身子微微一僵，轉過頭來，臉上的憊賴之色盡去，對司徒蘭道：「我知道當初是我對不起妳，我……會想法子補償妳，但娘子是我的底線，任誰也不能傷她一根汗毛，不管是誰，只要是對她不利，哪怕天王老子，我也會跟他拚命。所以，妳最好記住這一點，妳在侯府的地位不變，我仍是會敬著妳，但是，最好不要有別的企圖。」

司徒蘭怔怔地看著葉成紹，像是第一次認識他一般。她從沒見過他如此維護一個女人，後園那裡的那些女人，他有時會跟她們玩鬧，但總是花叢中穿過，卻不留片葉沾身。她發現這一點時，心中很是觸動，也以她敏銳的眼光看出，他頑劣的外表下那顆深不可測的心。

曾經以為他不會為任何女子動心，原來，是她錯了嗎？

「起來吧，地上涼，妳若不信我先前的話，我便帶妳去見那巧慧可好？」司徒蘭眼裡的痛苦讓素顏有些不忍。她不知道司徒蘭對葉成紹究竟懷著恨，還是有別的心思，總之，一個高高在上的侯府嫡長女，突然成為了令人鄙夷的妾室，著實也挺悲哀。自己教訓她，只是想讓她認清自己的身分，也要確立自己在幾個妾室面前的地位，這是她必須要做的，但她還是不得不同情眼前這個孤傲清冷的女子，對她的身分也很無奈。如果，她對葉成紹沒有男女之情，她倒是可以想法子幫幫她，讓她在侯府過得好一些的。

司徒蘭就著素顏的手，起了身，疑惑地看著素顏，冷冷道：「何必在我面前裝大方，如今這院裡便是妳最大了。」

素顏皺著眉頭一笑道：「是爺最大，妹妹這話說得可是不對了啊。」

司徒蘭聽了，狠狠地瞪了葉成紹一眼，甩袖便要走，素顏無奈地喚道：「妹妹這脾氣還是改一些的好。妳要相信，性格決定人生，妳若不是這性子，又怎麼會落到如今這個地步？」

司徒蘭聽得身子一震，熱淚忍不住又奔湧而出。素顏的話正觸到了她的痛處，多少個日夜，她也曾痛苦反省，為什麼自己會落到如今這步田地？高傲如她，高貴如她，竟然只是給葉成紹這個混蛋做了個低賤的小妾，連側室都不是，她丟盡了父母的臉，丟盡了司徒家的臉。自從嫁入寧伯侯府，她便再也羞於出門，便是連娘家也不好意思回去一次，更別說與以前的小姊妹們見面，她怕別人笑，她也不在人前亮相，心枯如死，就連自家妹妹要來看她，她也不肯，只帶了信去說，當她死了吧。

如果，當初她不是那麼孤傲不可一世；如果，當初葉成紹嘻皮笑臉地跟她說話時，她不是那鄙夷的態度；如果當初他要娶她為妻時，她不是大吵大鬧，以死相逼；如果……沒有如果……所有的一切，只剩下悔恨和心痛，而如今，這個傷疤陡然被藍素顏揭開，她憑什麼？憑什麼揭自己的傷疤？聽說她也是為了救父才肯嫁給葉成紹的，聽說她原是有一段更美滿婚姻的……她比起自己來，不過只是多了一個止室身分而已，她又憑什麼教訓自己？

司徒蘭猛一轉頭，眼中迸出一道凌厲如霜的寒光，映入眼簾的卻是葉成紹正拿了塊帕子在幫藍素顏擦著手，那情景頓時刺痛了她的眼，心猛然一顫，像一把尖刀正戳中了她的心尖，疼痛是那麼明顯。

那隻手方才正甩過自己一巴掌，自己長這麼大，哪怕被迫下嫁給人為妾，也沒有挨過人一巴掌，而那個害了自己一生的人，正在細心呵護那隻打了自己的手，多麼可笑的諷刺啊……她不禁踉蹌了一下，身子搖晃著，差點摔倒，從牙縫裡擠出幾個字來——

「葉成紹，我恨你。」

葉成紹正將素顏手上的茶水擦掉。先前素顏將茶水摔在了司徒蘭面前，杯裡的茶甩了出來，她的手背紅了一塊，正想給她拿燙傷藥來塗，莫名地聽到司徒蘭的一聲怒喝，詫異地抬頭看她，苦著臉問道：「妳不是要走嗎？又怎麼了？」

「你還敢問我是怎麼了？我……我被你摔傷了腳，走不動了，送我回去。」司徒蘭的語氣硬邦邦的，帶著股頤指氣使的味道。葉成紹皺了皺眉，瞥了她一眼，又轉過頭來，看著素顏。素顏微嘆了口氣道：「相公，既是司徒妹妹身子不舒服，那你就送她回屋去吧，我本想跟她一起去看看巧慧，讓她明白洪妹妹的死的真相，她……看來不舒服，那就算了吧。」

「妳看她那樣子像是要吃了我似的，我才不去扶她。琴兒，快快扶妳家姨娘回屋歇息去，身子不好，還出來做什麼？沒得加重了病呢。」葉成紹嘟了嘴，揚了聲，對司徒蘭的丫頭喊道，自己卻一轉身，施施然進了內室。

司徒蘭氣得直跺腳，聲音都在抖。「葉成紹……你……你……」本想又罵混蛋，但想起了素顏那一巴掌，強忍著沒罵出來，卻是氣得一張清冷的俏臉脹得通紅，美眸中又泛出淚花來。

看著進去了的葉成紹，和外頭氣得直跺腳的司徒蘭，素顏的心有片刻的驚慌，她對這種突如其來的感覺很莫名，也很惱火。她晃了晃頭，丟開這種不舒服的感覺，走上前去對司徒蘭道：「司徒妹妹，我扶妳吧。」

司徒蘭彆扭地想推開素顏，卻是被素顏眼裡盈盈的笑意給激起了一些鬥志。自己也是大家閨秀出身，憑什麼就要讓藍素顏表現得大度賢慧，而自己卻像個無知潑婦呢？葉成紹那個混帳東西，怕就是讓藍氏這假惺惺的樣子給迷惑住了吧，那一巴掌，她終究是要討回來的。

如此一想，司徒蘭就斂了怒氣，生硬地對素顏道了聲謝。「那我便隨大少奶奶走這一遭吧，看大少奶奶又能找出什麼讓人信服的證據來。」

素顏哂然一笑道：「那就走吧。」

到了悠然居，司徒蘭一馬當先就要進洪氏的屋子，素顏在後頭喚住她。「妹妹不急，那屋子裡，如今怕也沒什麼好看的了，咱們去看看巧慧吧，那丫頭可是很重要的證人。」

司徒蘭聽了也沒說什麼，轉而跟著素顏到了洪氏所住院裡的一間偏房內，只見門外有兩個粗使婆子在守著，見素顏來了，忙屈身給素顏行禮。

素顏問道：「巧慧可曾再鬧？」

其中一個粗使婆子答道：「沒鬧了，只是坐著發呆，大少奶奶可要進去看？」

另一個討好地說道：「大少奶奶還是不要進去的好，就在外頭掀了窗簾子瞧瞧吧，就怕巧慧發狂，會傷著大少奶奶呢。」

司徒蘭聽得微怔，也不等素顏發話，便對那婆子道：「妳且打開窗簾子我瞧瞧。」那婆子卻只是看了她一眼，臉上謙卑地笑著，卻沒動，垂了頭在等素顏的示下。司徒蘭氣得一滯，卻是無奈，這才反應過來，有素顏在的時候，無人會聽她的調擺。

素顏對那婆子點了點頭。「快按司徒姨娘說的去做。」

那婆子依言掀開了窗簾子，裡面不過是間十平方公尺不到的小屋，窗簾一掀開，光線便透了進去，照見正坐在床榻邊的巧慧。司徒蘭抬眼看見，只見巧慧頭髮散亂，目光呆滯，嘴裡喃喃地念叨著什麼，她便喚了聲：「巧慧？」

巧慧聽到有人喚她，轉過頭來看窗外，因光線太強，她有些不適應，不由眯著眼，但片刻後，她突然就叫了起來。「不是我，是晚香！姨娘，不是我殺的妳，我真的沒有，晚香說妳要瘋了，瘋了就沒用了，妳……妳不要來找我，不關我的事啊……」說著，整個人便抱成了一團，瑟瑟發著抖，縮進了床榻裡。

司徒蘭看著不由嘆了口氣，嘴角緊抿了一線，讓那粗使婆子放下窗簾子，自己轉身便走。

素顏也不叫住她，只是悠悠地說道：「這裡面的水有多深，相信妹妹也看出一二來了。如今那幕後的凶手並未真正找到，侯夫人卻的確是冤枉的，如今此事牽連甚大，洪家自己也認了洪妹妹乃是自盡而亡，我們又說得了什麼？」

司徒蘭聽得怔住，卻也知道素顏這話是好意，是讓她不要管得太多，以免攪進渾水裡，對她不好，而且，若真如素顏說的那樣，那幕後之人在侯府怕是有些勢力，而且本事不小，可致人於瘋，殺人於無形，自己也著實不要摻和的好。這番話未嘗沒有保護的意思，她心中雖動，卻仍是抵抗，只當素顏在刻意拉攏她，想討好她。想她一介五品小官之女，竟然動手打了自己這個侯府嫡女，雖說立威，但打完後，心中也是後怕的吧，出身擺在那裡，便是自己為妾又如何？藍家還敢得罪了護國侯府不成？

她不過是打一下給個甜棗，自己又豈是那見識淺薄、任人拿捏的人？如此一想，司徒蘭纖腰一扭，頭也不回地繼續往前走了。

素顏笑了笑，又說了一句。「司徒妹妹好走，明兒一早，還是叫了幾位妹妹一起，來苑蘭院見個面吧，還有好幾位妹妹姊姊我都不認識，往後在這府裡，抬頭不見低頭見的，別見著了，誰是誰都不清楚，那便不好了。」

果然見到司徒蘭身子一僵，佇足片刻後，才繼續往前走。

素顏笑著帶了紫晴往回走，紫晴一雙眼睛笑彎了。

那司徒蘭再狂再傲又如何？大少奶奶這一招可是將她的傲氣打到底下去。以前，大少奶奶是不屑見這幾個妾室，如今已經打定主意要在妾室面前立威了，又怎麼可能放任司徒蘭繼續狂傲下去？

只是來個每日晨昏定省，就能讓司徒蘭那一身的孤傲給剁個零零碎碎，而且，讓她與那幾個妾室一同來，那更是將她看成了普通妾室，在主母面前，以前出身再高，如今不過也只是個半奴半主的身分了。

但想到自家主子在侯府一步一步站穩腳跟，紫晴微微垂了眼眸，掩去眼中的一絲無奈，神情又落落寡歡起來。

第六十六章

那天晚上，素顏還是沒有讓葉成紹得逞，某個慾求不滿的男人委屈地只穿著一件單薄的中衣，瑟縮著身子，蹲在屋裡牆角處聽老婆大人的訓斥。

「你滿園子的妾室，早就萬花叢中過了不知道多少遍了，渾身脂粉氣，還想攏我的邊？葉成紹，我告訴你，我白天受了氣，心情不好，明兒個還要打起精神接待你的小三、小四們，沒心情理你。」

葉成紹如受訓的學生，老實地蹲著，想反駁，又怕更惹惱了老婆，眼巴巴地看著老婆掀開被子睡覺，他一聲也不敢吭地蹲了好一會兒，看她像是睡著了，便挨挨蹭蹭地也過來了，人還沒上床，就見素顏轉過頭來，眼神凌厲如冰刀，不由一哆嗦，可憐地道：「娘子，牆角冷……」

「那不許碰我，老實地睡一邊去。」素顏轉過頭去，嘴角偷笑。沒想到這廝看著渾，還有怕老婆的潛質。自己不過是不想這麼早與他圓房，不想太早將自己交給他，故意找茬罷了，最主要的是自己這身子太沒用了，讓那廝挑逗幾下便會意亂情迷，她實在是怕與他挨得太緊，自己會抵擋不住，真失了身就不好了。

葉成紹一聽老婆大人鬆了口，嘻嘻笑著就爬上了床，很自然地就鑽進了老婆的被窩裡，將老婆方才的命令忘到了九霄雲外，但手還沒碰到那柔軟香膩的身子，大腿處就傳來一陣痛。「哎喲，娘子，好痛！」

「說了不許碰我，你拿我的話當耳邊風呢？」素顏兩指一錯，掐住某人大腿外側的皮肉便不撒手。

葉成紹苦著臉連連道：「娘子，我保證不亂動，絕不亂動……好痛啊，娘子，我不動就是了。」

素顏轉頭看他額頭都快出汗了，心一軟，忙鬆了手，眼神卻仍帶了怒色，小聲道：「早些安置了，我明兒個還要接見你那一堆子小三、小四呢。」

葉成紹不懂她說的小三、小四是什麼，不過，也知道這會子還是別再惹她的好，老實地躺在被窩裡，一動不動，嘴裡嘟囔道：「好的，娘子，妳歇著吧，我也睡了。」

素顏見他果然老實了，便放下心來，安然睡了。

葉成紹聽著身邊人均勻而安詳的呼吸聲，悄悄仰起頭，偷偷地看了一眼，見素顏沒有反應，膽子又大了一些，側過身子，手支在頭上，眼睛含笑看著睡眠中的人兒，眼裡滿是憐惜之情。

嫁給他不過幾日，她過得有多艱難、有多辛苦，他心知肚明，好在她身上有股韌勁，壓力越大，她越是堅強。自己確實沒給她創造一個安寧祥和的生活環境，還讓她在風口浪尖、矛盾衝突的頂端奮鬥，這讓他心裡好生愧疚。可是，身為他的妻子，這是必須要承受的，如今還不過是在這府裡，將來……她還會承受更大的壓力，他想幫她，但卻不能將一切都掃平，他的妻子必須要久經磨礪才行，將來才能成為他堅強的後盾，讓他再無後顧之憂。

他伸出手指，卻不敢碰她，便隔一點距離在她臉上輕輕描繪著她臉部柔軟的線條，秀氣而又靈動的眉毛，筆挺又俏皮的鼻子，還有……那紅豔豔，如玉般光滑柔軟的唇，他不由喉嚨發乾。品嚐過她的美好後，他便食髓知味，時時刻刻都想要將那美好擷取，伸出舌，輕舔了舔自己發乾的唇，想著她明日真的還有好多的事情要做，還要面對很多複雜的人事，微微嘆息一聲，躺回被子裡，輕輕將她摟進懷裡來，手擱在她的腰上，閉上了眼睛。

她怕冷，雖然每晚入睡前都要與他鬥智鬥勇一番，又嚴令他不許靠近，但睡到半夜時，那小小的身子便像貓兒一樣蜷進自己的懷裡。今晚的氣溫尤其寒冷，睡在她身邊，能感覺到她的身子涼涼的，被子裡也沒什麼熱氣，便憐惜地將她摟進懷裡，她果然又像小貓兒一樣，在他懷裡拱了拱，找了個舒適的姿勢，趴在他懷裡睡了。

第二日素顏起得早，昨兒個雖知會了司徒蘭一聲，後來還是讓紫晴給悠然居裡的所有妾室都通報了一遍，今兒個那幾個妾室都要來給她請安敬茶，她得早些打扮了才是。

葉成紹還睡得正香，素顏不由捅了捅他的腰，罵道：「懶人，起來啦，一會兒你的小老婆們都要來了，你也不見見嗎？」

「見她們做甚？沒得惹了妳自己不痛快，娘子，再睡一會兒吧。」葉成紹就著素顏的手一拖，又將她扯到被子裡，身子一下子就覆了上來，眼神幽黑如深不見底的深潭，頭貼近素顏的脖頸，碰上那細瓷般的肌膚，輕輕咬了一口。

素顏吃痛，也著實沒工夫與他鬧，伸了兩根纖纖素指在他眼前一搖，咬牙切齒地威脅道：「再不滾下去，我讓你吃絞肉！」

葉成紹身子一彈，便自素顏身上跳了下來，嘻嘻笑道：「還沒洗漱呢，有肉還是晚上再吃的好。不過，娘子，晚上我們不吃絞肉，吃別的好嗎？」

素顏聽出他話裡有話，不由羞紅了臉，垂著頭不與他搭腔，顧自穿著衣服。

一切收拾停當，素顏便要出去，葉成紹卻是將她一拉，道：「那些個人，就算來了，也讓她們等著就是。妳可是主母，不要急著去見她們，別慣著她們了。來，娘子先跟我來。」

素顏聽得詫異，正要斥他，見他眼裡含著寵溺的笑，那笑意暖暖如春風拂過心底，讓她的心軟軟綿綿，人便順從地跟在了他身後，自房間處轉到了內堂。

一名身材纖秀的女子正垂手肅立在內堂裡，一件素色、兩襟繡青竹的緹花箭紅短襖，腰半繫著一根淡藍色的絲絛，下著一條素色百花碎花裙，長齊腳踝處，頭上綰了個半月髻，只斜插了根銀色雙比蝴蝶簪子，整個人看起來清爽俐落。因是垂著頭，看不清長相，不過她只是輕輕地立在那裡，渾身便泛起一絲冷峻的寒意，一副生人勿近的樣子。

「青竹，來見過妳家大少奶奶。」葉成紹聲音懶懶的。

那名喚青竹的女子聽後，猛地抬起頭來，素顏便看到了一個相貌清麗的女子，五官精緻而婉約，但眉眼間蘊著一股肅殺之氣，眼神也凌厲如剛出鞘的刀鋒，正用審視的眼光看著自己。

素顏眼裡就帶了一絲欣賞的笑意，靜靜回望著那女子。

青竹微微一怔，隨即兩手一疊，恭敬地給素顏行了一禮。「屬下見過大少奶奶。」

原來是葉成紹的手下，會不會是司安堂的人？素顏心中微動，笑著上前親手托住青竹的身子。「不知如何稱呼？可是相公的同僚嗎？」

青竹聽得臉上一熱，垂了眸道：「奴婢青竹，見過大少奶奶。」

素顏聽了嘴角笑意更深，拉了她的手道：「不必如此客氣，妳看著像是比我大兩歲，不如，我便喚妳青竹姊姊吧。」

青竹聽得一怔，猛地抬頭看了葉成紹一眼。葉成紹眼中一片幽黑，深不可測。根本看不出他的意思。她的手顫了一下，立即縮了回去，垂著頭道：「奴婢不敢，爺吩咐奴婢來服侍和保護大少奶奶的，大少奶奶儘管使喚奴婢便是。」

素顏便看向葉成紹。葉成紹雙眉一揚，笑嘻嘻地將素顏拉了過去道：「娘子看著可還滿意？以後有青竹在妳身邊護著，我就是出了門，也能放心一些。妳別看她這瘦不拉幾的樣子，一身柔輕小短打卻是了得，尤其擅長聽風辨器，如果有人對娘子隔空施針什麼的，有她在，便不用擔心，且她的一手暗器功夫也很是不錯，殺人於無形，那也是不在話下的。」

素顏聽得暗喜。那日晚香死得蹊蹺，她也不知道葉成紹背後去查了沒有，不過，看著那針發得突然，若沒有葉成紹在，不知道自己會不會遭了毒手呢。

只是，這位青竹姑娘的來歷底細自己全然不知，她如今只是聽命於葉成紹，就怕不聽管教和調擺，那就難辦了。

葉成紹見素顏對青竹還算滿意，便對青竹道：「自今兒起，妳便跟在大少奶奶身邊，這府裡府外，不管是誰，想要傷害大少奶奶，妳都給我護嚴實了，除了大少奶奶的話，任何人也不得指使妳，妳可聽清楚了？」

青竹聽得身子微微一僵，眼神灼灼地看了眼葉成紹，隨即響亮地應了聲是。

「走吧，娘子，我肚子可是餓癟了呢，一大早該死的肉沒吃著，好饞啊，好饞。」葉成紹又恢復了一身痞賴相，拉著素顏的手又往耳房裡轉，嘴裡不著調地亂嚷嚷著。

青竹還在呢，這廝就胡說八道，也不怕人家笑話，素顏氣惱地暗中拿手捅了下他的腰眼，葉成紹吃癢，身子像猴兒一樣竄了起來。「娘子，不帶這樣的，妳搞偷襲啊？」

素顏被他那誇張的模樣弄得更不自在，不由瞄了青竹一眼，只見那冷豔的女子正眼睛盯著腳尖前，一副眼觀鼻、鼻觀心，萬事不見的樣子，不由心中微讚，這女子的心性還不錯呢。

青竹也跟著素顏到了正堂，素顏和葉成紹坐在正位上，青竹便立在素顏左側。一旁的紫晴和紫綢看得兩眼瞪得老大，紫晴微皺了眉，瞟了青竹一眼，青竹眼睛直視前方，對一旁投過來的打量眼光一概視而不見，紫晴撇撇嘴，到底被青竹渾身散發的肅殺之氣給鎮住了，不敢胡亂造次。

一時紫雲進來稟報。「大少奶奶，兩位姨娘都已到了，站在穿堂入口等您的召見呢。」

「請她們進來吧。」素顏聲音淡淡的，有些慵懶，還帶著幾分不經意。

一時，司徒蘭領頭，後面跟著另一個女子。

葉成紹輕咳了一聲，清了清嗓子道：「本是不想妳們來打擾大少奶奶的，不過，大少奶奶說以後大家得和睦相處，便說要見上妳們一見，既然大少奶奶要給妳們這恩典，妳們以後便要好生地服侍著大少奶奶，可聽清楚了？」

司徒蘭鼻孔朝天，像沒聽到一樣，另一個女子卻是怯生生地應了。

「那便開始吧，每人自我介紹下，免得大少奶奶下回見了妳們，還叫不出名兒來。」葉成紹懶懶地歪在了椅子上，隨手捏了塊點心丟進嘴裡，吃了起來。

司徒蘭氣得臉色鐵青。進來這麼久，葉成紹根本就沒多看她一眼，更沒說要給她坐，不僅如此，還讓她與其他妾室一同對藍素顏行主母大禮？葉成紹，你這個混蛋，你竟如此辱我……

司徒蘭立著一動不動，下巴高揚，眼神清傲，漂亮的丹鳳眼死死地瞪著葉成紹。另一個偷偷地看著她的臉色，也沒動，似乎大有看司徒蘭臉色行事的意思。

素顏也不急，靜靜坐著，手裡端起一杯茶來，輕輕抿了一口，又放在了桌上，眼神卻變得凌厲起來。

「婢妾長孫氏見過大少奶奶，大少奶奶萬福金安。」

素顏微垂了眸，細看了長孫氏兩眼，見這女子溫婉而老實，眉眼柔順長相雖美，卻比不得司徒蘭的美豔高貴，也比不得洪氏的柔媚風情，卻勝在溫婉賢淑，自有一副大家閨秀的氣派，不知葉成紹又是從哪裡混騙來的小妾。

那長孫氏見素顏對她的行禮沒有回音，不由微抬了頭，看了素顏一眼，卻觸到大少奶奶眼中的一絲憐意，不由心中一震，疑惑地看著素顏，素顏這才回過神來，讓紫晴拿了荷包給她，並扶她起來。

長孫氏恭敬地接過荷包，謝過賞後，便退到了一邊去。

司徒蘭昂然傲立，沒有半點要請安行禮的意思。素顏嘆了口氣，揮了揮手道：「今兒也只是請妳們來見個面，大家認識認識，一會子我還要去上房回事房裡管事，妳們就先退下吧。司徒妹妹且留下，我有事與妳相商。」

司徒蘭看素顏竟然讓了步，沒有非讓自己當眾給她磕頭，心裡便有幾分得意，淡淡地站在了堂中，算給了素顏幾分面子，並沒有甩袖而去。

那長孫氏退下後，素顏便看了葉成紹一眼，葉成紹揚了揚眉，正要對司徒蘭說話，素顏卻是搖了搖頭道：「相公，你若是有公事，便先去忙吧，我與司徒蘭姊妹二人說幾句話便是。」

葉成紹卻沒有聽素顏的，而是看了司徒蘭一眼後，皺眉對她道：「不管我曾經是如何待妳，如今我也給妳一條路，妳若是願意，我便立即去辦。」

司徒蘭聽得微詫，隨即冷笑一聲道：「事情到了如今這個地步，你還能給我什麼路？看我對藍氏不敬，便要送我走嗎？哼，我告訴你，葉成紹，請神容易送神難，我司徒蘭這輩子被你毀了，我也不會讓你好過。」

葉成紹聽得一陣苦笑，伸了手，拂了拂鼻子，眼神卻浮出一絲狠戾來。「司徒蘭，想必我是什麼人，妳應該早就清楚了才是。妳以為我真會對妳存下多大的愧意？我葉成紹在京城裡欺男霸女的事情做得多了去了，也不在乎多禍害妳一個，不要給妳三分顏色，妳就開起染坊。我今天給妳一條路，便是看著我家娘子面上，她對妳有三分不忍，我才提出來的。妳願意好，不願意，妳今兒就跟我老實地給大少奶奶磕頭行禮，不然我棄了妳回護國侯府，是做一個妾室好，還是做個棄妾，妳自己掂量清楚了。」

素顏不由被葉成紹的話給震住，轉眸看著葉成紹，只見他痞賴中帶了幾分陰狠，眉間蘊著幾絲煞氣，令人不可輕視。

司徒蘭沒想到一向對她好言軟語的葉成紹說話竟是如此硬氣狠戾，不由震得睜大眼睛看著他，嘴角微扯了扯道：「你……你敢，你敢棄了我，我便死給你看！」

「死吧，洪氏死了又如何？還不是一口棺材埋進土裡而已，妳看我是少了根頭髮，還是斷了根指甲？妳死了，我便送妳一個側室的名分，想必護國侯爺對此高興得很。妳的死，也總算給護國侯府挽回了一點顏面，他會大鬆一口氣的。」葉成紹毫不留情地冷笑著回道。

司徒蘭聽得眼中熱淚奪眶而出，哽著聲道：「你……你為何要對我如此狠心……當初，你可是要娶我為正妻的，我既肯下嫁於你為妾，你竟然……」

「竟然沒有好生將妳當神供著？哼，司徒蘭，是妳將自己看得太重要了，妳幾時見我對小妾們動過真情？我若是真喜歡妳，又怎麼會捨得妳做妾？」葉成紹不顧素顏的阻止，繼續口吐毒蛇。

司徒蘭聽得臉色煞白，整個人都要委頓了下去，身子連連後退了幾大步，咬著牙道：「誰讓你喜歡了？不過一個花花太歲，一個流氓而已。」

素顏聽得眉頭稍皺了皺。不過，葉成紹這廝對司徒蘭著實過分了些，害得人家侯府嫡女給他做妾，毀了她的一生不說，還連一絲感情也不曾放在她身上，是個女人都會受不住的，將心比心，若是換了自己，怕是會拿把刀子殺了葉成紹才好。

「好，我原就是個花花太歲，也是個流氓，如今我再給妳一次機會，我去想法子給妳澄清名聲，說妳司徒大小姐全是被我陷害所致，妳品性高潔，到了侯府後又守身如玉、潔身自好，深陷泥沼而不污，讓皇后娘娘給妳個嘉獎，只當是被我這無賴毀了名聲，再還妳個好名聲就是。我再送妳回護國侯府，妳雖說難以再嫁公侯，但找個清白人家的好人嫁了，還是可以的，總好過妳在侯府做妾，咱們相看兩相厭的好吧？」葉成紹的聲音放軟了些，臉上的痞賴之相一掃而淨，神情認真而鄭重。

司徒蘭聽得又倒退了兩步，淚眼迷濛的丹鳳眼幽幽地看著葉成紹，眼淚默默地流著，好半晌都沒有說話。

素顏對葉成紹這主意倒是贊成得很，這也許是對司徒蘭最好的打算了，她不由也真誠地勸道：「司徒妹妹，相公這話說得也算有理了，妳不如多想一想，讓他試試看，若真能還妳個好名聲，一是給妳伸了冤，二便是妳將來也不致孤淒，三嘛，自然是也還了護國侯府一臉面了，相公這也算是自毀自身來救妳了。」

「妳住口！他要送走我，妳自是求之不得，妳這假惺惺的惡毒女人！」司徒蘭衝口便罵道。

素顏搖了搖頭，對司徒蘭的心思很是難以理解。不是說她原是個才女嗎？不是說她也清高好潔嗎？看來，傳言實是不能全信的。

葉成紹聽得司徒蘭罵素顏，一閃身就要跳起來，素顏忙扯著他勸道：「她這一時半會兒的還沒想清楚，你且讓她回去好好思量思量吧，別逼她，過幾日她便想通的。」

葉成紹的脾氣她實在清楚，他那眉頭一挑，便是要對司徒蘭動手的徵兆，不是自己心善得過分，而是只要司徒蘭真的肯答應葉成紹的安排，自己也能少個麻煩，人家現在也是個受害者，正處於弱勢，便是讓她一讓又如何？

第六十七章

松竹院裡，侯夫人正側躺在床上，劉姨娘正拿著美人拳給她輕輕敲著腿，白嬤嬤立在一邊站著，正說道：「大少奶奶今兒還沒有來回事房，幾個管事娘子都聚在廳裡頭了，只等您和大少奶奶一齊去理事。」

侯夫人微睜了眼道：「喔，她不急著從我手上拿權，這會子在做什麼？」

「回夫人的話，奴婢著人去看過了，說是正讓一干妾室見禮呢。」白嬤嬤躬身道。

侯夫人嘴角就露出了一絲譏笑來，隨意地問道：「也包括司徒氏和長孫氏？」

「回夫人的話，司徒姨娘並未給大少奶奶磕頭，但是長孫姨娘是恭敬地給大少奶奶磕過頭了的。」白嬤嬤嘴角含了笑道。

「那長孫氏可是皇后娘娘親自賜下來的，她也肯給藍氏磕頭行禮？」侯夫人身子轉了過來，將劉姨娘的手一推，自己又坐了起來。

劉姨娘聽了笑道：「長孫氏倒是個聰明的呢，如此不是更合了皇后娘娘的意嗎？娘娘將她賜給了世子爺，可是讓她來服侍世子爺的，不是讓她給世子爺添亂的。太聽話的女子，才是最不好相與呢。」

侯夫人聽得眉頭微挑，眼裡閃過一道厲光，淺笑著對劉姨娘道：「妹妹說得是，太聽話的，其實才是最不好相與的。妹妹也是很聽話的、很賢淑的一個人啊。」

劉姨娘聽得臉一白，臉上立即堆了笑道：「夫人這是在誇婢妾嗎？婢妾服侍您十多年了，婢妾是什麼樣的人，您還不清楚？」

侯夫人斂了眼中的精光，笑著拍了拍劉姨娘的肩。「那倒是，妹妹性情溫婉又知情知趣，侯爺喜歡，我也是極喜歡的。不過，如今我沒有了掌家之權，怕是連妹妹也要連累呢，我那兒媳可是個厲害的，以前有妳幫襯著我管著家，園子裡的花草奇石可都由著妹妹來主理，那裡面的油水，妹妹心裡自是明白，藍氏接過手去，可是定然會安插自己的人手，妳手中那點權力，怕是要被收回了呢。」

劉姨娘聽得眼光微閃，卻是笑道：「婢妾吃穿用度都是府裡有規制的，真要沒有了那差事，有夫人在，總不至於讓婢妾餓著吧。」

侯夫人聽她說得口不對心，冷哼一聲道：「我呀，怕也顧不著妳喔，妳還是跟侯爺去吹吹枕邊風吧，侯爺自來最是心疼妳，妳的話，侯爺還是會信得幾分的。唉，我這可是過了時的人喔。」

劉姨娘聽了臉上浮出一絲苦笑，見侯夫人又躺了下去，便又拿起了美人拳，給侯夫人輕輕捶著腿，目光卻有些發飄，下手便有些不知輕重了，侯夫人像是被敲疼了，突然起了身來，反手甩了劉姨娘一巴掌，罵道：「賤人！想我死嗎？怕是沒那麼容易呢！」

劉姨娘被打得歪坐在床榻上，眼中泛起一絲濕意，垂了頭，恭順地立即認錯求饒道：

「夫人，婢妾不是故意的，求您饒了婢妾吧。」

侯夫人眼中閃著深深的恨意，卻很快便收了，又笑著拉起劉姨娘道：「喔，妳不是故意的啊，那妳的心是向著我的嘍？」

劉姨娘垂著頭，眼中閃著惶恐道：「婢妾自然是向著夫人您的。」

「那妳說說，我得用個什麼法子，才能將這掌家之權奪回來才是呢？唉，妳看如今，侯爺是連這院子的門都不許我出了，便是我想做些什麼，也是力不從心啊。妹妹妳可不同，侯爺寵信著妳，幾個晚輩、妯娌又都跟妳關係好，妳一定能有辦法的對嗎？」侯夫人笑得和藹溫厚。

劉姨娘聽得卻是一陣發抖，垂了頭道：「夫人，侯爺只是讓您將掌府之權交給大少奶奶管半年，若是大少奶奶在這半年之內，犯幾件大錯，又將府裡鬧騰些不愉快，到時候，侯爺定是會再想到夫人您的能幹賢達，會將掌家之權交還給您呢。」

侯夫人聽得眼睛一亮，笑著問道：「是嗎？真的會是如此嗎？妳不是說好聽的話來哄我吧，唉，就算是真的又如何，我這裡可是既無人又無權，諸事不便啊，不便。」

劉姨娘聽得眼裡閃過一絲凌厲，笑道：「夫人若是信婢妾，婢妾便盡力地幫夫人就是。只是，成良如今正在學著管理庶務，每日奔波辛苦，婢妾心疼那孩子，不想將他青春全浪費在這些雜事上，若是他也能讀上幾年書——」

「成良都十四歲了吧，妳以為，他便是讀書，還能讀得出來？」侯夫人不等她說完便打斷了劉姨娘的話。

劉姨娘痛苦地閉了閉眼，軟聲求道：「夫人，成良也是您的兒子，您就讓他讀幾年書吧，便是只識得幾個字也好，將來就算是管著庶務，也能看得懂帳務，不會太給侯爺丟臉啊。」

侯夫人緩緩坐了起來，眉頭微蹙地看著劉姨娘，嘆口氣道：「當初可不是我不讓那孩子讀書，那孩子也不知道是怎麼著，一上學便頭痛，身子又不好，請了幾個先生都被他趕走了，侯爺這才死了讓他入仕這一途。如今妳這麼說，倒像是我誤了那孩子似的，我這做嫡母的，可真是難啊。」

劉姨娘聽了，忙驚慌垂首道歉。「夫人，婢妾怎敢怪您，婢妾知道是成良那孩子不爭氣、不懂事，可他如今大了，也明白些事理了，與楊大總管在外頭跑了這麼多年，也懂得不讀書的壞處，如今他是真心實意地想唸些書到肚子裡去，求夫人成全！」

侯夫人聽了目光流轉，越過劉姨娘的頭頂看向窗外的寒梅，眼裡閃過一絲陰狠之色，改了口氣對劉姨娘道：「既是如此，那便讓成良每半月跟著紹揚去西席讀書，另半月還是不要誤了庶務，繼續跟著楊大總管學習吧。」

劉姨娘聽了微默了默，似在考量著什麼，侯夫人輕輕哼了一聲。

她立即點頭道：「謝夫人，一切聽從夫人安排，一會子，婢妾讓成良來給夫人磕頭謝恩。」

「嗯，妳下去吧，這裡不用妳服侍了。」侯夫人擺擺手，示意劉姨娘下去。

劉姨娘看侯夫人有些懨懨的，便關切地問道：「夫人早膳還沒用吧，不如婢妾給您燉點八珍養生粥來，給您暖暖胃吧。」

侯夫人聽得眼睛一亮道：「那就有勞妹妹妳了。」

劉姨娘忙道：「為夫人效力是婢妾的本分，婢妾但求夫人身體健康，便是婢妾的福氣。」一說完，便恭敬而優雅地退了下去。

侯夫人等她走後，眼裡的慵懶一掃而空，眼裡滿是戾氣，對白嬤嬤道：「真是好笑，她那兒子都十四歲了，啟蒙就比別人差，又過了這麼些年，難不成還能考個秀才不成？」

白嬤嬤聽了陪著笑道：「可不？其實，三少爺大可不必唸書，他學醫經商都是把好手，劉姨娘她是著相了，雖說萬般皆下品，唯有讀書高，但也要因材施教，三少爺就不是那讀書的料，咱們後院子裡的那些藥材，在他的侍弄下，可是長得非常好呢。」

「他種的那香果倒是有鎮痛的作用，妳這兩日盯著些，看那果苗子長得好不好，多寶格裡存著的果子可不多了，也不知道能不能等到來年結新果，紹揚……他這個月倒是能挺過去，就怕下個月，他病發了，藥……卻沒有。」侯夫人吩咐白嬤嬤道，說到後面，聲音哽在喉嚨裡有些發不出來，鼻子一酸，眼圈就紅了，想到兒子每月必受的那一次痛楚，侯夫人的心便如刀宰割，雙手緊緊地揪扯著錦被，差一點，就要將一床上好的富貴連年的錦被給撕扯開來。

沒多久，聽得外頭的晚榮來報。「夫人，大少奶奶給您請安來了。」

侯夫人眼珠子一轉，道：「快讓她進來吧。」

自己卻是躺回了床上，白嬤嬤很見機地給她蓋上被子，又在她身後塞了一個大迎枕，讓她坐起來一些。

素顏被晚榮請進了侯夫人的內室，她緩緩走了進來，見白嬤嬤立在床邊，便小聲問道：「母親身子不爽利嗎？可有請太醫看過了？」

白嬤嬤躬身回道：「還是老毛病，頭痛病原就沒好，又遇著了洪氏這事，更添重了些。」

素顏聽了便走近床邊，看侯夫人微閉了眼似是睡著了，便柔聲喚道：「母親，兒媳給您請安來了。」

侯夫人裝作才醒的樣子睜開了眼，臉上就帶了笑。「是素顏來了？快，到床邊上坐著，妳的身子骨也還沒好爽利呢，脖子上的傷不疼了嗎？」

語氣溫和關切，像是很關心素顏的樣子。

素顏脖子上的傷，被葉成紹連著塗了好幾回藥，倒是好得差不多了，她也不知道葉成紹那廝哪裡來那麼多的好藥，塗上一點，那傷口就癒合得很快，如今也只剩下一些紅痕了。

「多謝母親關心，兒媳感覺好多了，只是牽掛著母親的傷，特來給母親請安。」素顏應景地說道。

侯夫人聽了便拍了拍素顏放在床邊的手道：「娘正要多謝妳呢，若不是妳幫娘，娘這一次還真要被人冤死了，妳這孩子果然是個聰明又善良的，娘先前對妳……做的那些事情，妳千萬不要放在心上，如今娘也看明白了，妳就是個好的。」

素顏聽了便謙遜幾句。「看您說的，做晚輩的豈能眼睜睜看著長輩受冤？便是不能立時查明真相，自己扛，也不能讓母親您受苦啊。」

素顏說完這句，自己都覺得身上的雞皮疙瘩掉了一地，可侯夫人卻似乎很是受用，眼圈紅紅地對素顏道：「嗯，娘知道妳的心，娘也不是那不知好歹的，如今娘身子不好，侯爺又罰了娘不許出門子，偌大個府邸，就要兒媳妳來操心了。一會子，白嬤嬤幫我將幾個管著重要差事的管事娘子喚進來，娘把府裡的鑰匙和對牌都交予妳，妳可要幫娘好生管著這個家，再不能出什麼紕漏了。」

素顏聽得微詫。原以為侯夫人會對移交掌家之權很抗拒，沒想到她肯如此配合，不用自己開口，便主動提出來交權，心下微動，眼裡的笑也帶出幾分真誠來。「兒媳還年輕呢，哪裡就真能一下子把府裡調擺得合貼？很多事情，還是得向母親請教，兒媳也就幫您管這些瑣事，大事還是得母親您拿主意才是。」

侯夫人聽了眼神一閃，雙目如電一般看向素顏，素顏笑得坦然，神情淡定自若，侯夫人的眼眸不由凝了一凝，笑道：「妳這孩子就是謙虛，以妳的才幹，過不了一、兩年，便是有些經驗了，只是侯府究竟是皇親，府裡的規矩有不同一些，妳且先管著，真遇到拿捏不定的，便來問娘就是，娘必定是有問必答，盡力幫妳。」
素顏得了這句話，似是鬆了一口氣，又與侯夫人聊了些其他的事情，沒多久，劉姨娘端著一碗八珍養生粥進來了，看到素顏也在，微微錯愕，不好意思地說道：「不知大少奶奶也來了，婢妾只端了一碗來，大少奶奶可要用一些，婢妾這就再去端一碗給您？」
素顏聽了這話，眼前立即就浮現出後院偏門裡的那畦植物來，眼神一肅，看向那碗熱氣騰騰的粥品。遠遠地，一股清香撲鼻而來，令人聞著食指大動，不過，她心裡想著這粥裡可能添加的東西，背後便一陣涼風颼颼而起，笑了笑道：「唉呀，早知道姨娘這裡有這麼好的東西，方才我才不那麼傻吃胡塞了，這會子肚子撐著，嘴饞著想吃，卻又實在吃不下了，可惜呀。」
侯夫人聽得大笑，對劉姨娘道：「妳看這丫頭，說起好聽話來，那是一套一套的，妹妹妳以後可得多疼著她些，再煮了東西，一定要給她送一些過去，免得她心裡怪我這婆婆小氣，只顧著自己吃，沒分她一些。」
素顏聽了嬌嗔地對侯夫人道：「母親，看您說的，我哪敢啊？只是母親這口福，兒媳倒是想分享一些，不過，姨娘究竟是長輩，哪裡能隨便煩勞她呢。」
劉姨娘溫婉地笑道：「只要大少奶奶瞧得上婢妾的手藝，婢妾下次給夫人做時，便多用些料，多煮一些就是。不過是件小事，哪能就讓咱們大少奶奶給饞著了。」
一時屋裡氣氛難得地輕鬆愉快，素顏含笑看著劉姨娘端起碗，輕輕吹了吹，才餵了一匙給侯夫人，侯夫人嚐了嚐，眉眼立即全是笑，誇道：「嗯，粥燉得綿軟，稠而不膩，裡面的幾味補藥沒有藥味，妹妹如今的手藝可真是越發好了。」

說著，又張口接了一匙。素顏眼神微凝地看著侯夫人，心中懷疑，卻又沒有證據，更不好提醒侯夫人。侯夫人與劉姨娘相處也有十幾年了吧，侯夫人看著糊塗愚笨，實則又似深不可測，她有些難以摸清侯夫人的真實心思。以侯夫人的手段，又怎麼會不知道劉姨娘會在她的吃食裡動手腳呢？

她們兩個表面上和睦融洽，內裡怕也是鬥了個你死我活吧，自來就沒有妻妾能真心相處的，侯府這一對，她更是不信她們表面的和諧。

侯夫人很快便喝了半碗，卻是閉了嘴，不肯再喝了，劉姨娘便笑道：「夫人您飽了嗎？餘下的，就賞了婢妾吧。」

侯夫人笑著點了頭，一點也沒有為劉姨娘這個要求感覺詫異。劉姨娘拿了帕子給侯夫人拭了拭唇，過後，自己真的當著侯夫人的面，吃起那剩下的半碗粥來，半點也沒有覺得吃了侯夫人剩下的食物而羞憤，反倒一副很榮幸的樣子，神情自然。

素顏驚得兩眼發直，差點就呼出聲來，不過還是強忍住了，臉上的驚詫也只是一閃而過，面上並不太顯。

心中卻是恍然明白，怪不得侯夫人敢吃劉姨娘為她做的吃食，原來如此，這劉姨娘也不知是太過老實小心，還是太過心機深沈，竟然能在侯夫人面前做到如此地步，便是半點尊嚴也不要了嗎？

不過，劉姨娘這樣做派倒是全然地保護了她自己，若真在侯夫人的吃食裡下了藥，她事先或是事後吃下解藥便是，如此還能讓侯夫人更加信任她……侯夫人比起她來，怕是還差上那麼一色呢。

侯夫人笑咪咪地看著劉姨娘喝完了碗裡剩的那半碗粥，心情舒暢地對素顏道：「素顏啊，說起這管家之事，妳姨娘可一直是我的左膀右臂呢。如今娘身子不好，也幫不得妳多少忙，前頭幾個月，就先讓妳姨娘幫妳吧！她也是個能幹的，只是性子綿軟了些，辦事卻是再穩妥不過的，妳多向她學著一些就是。」

劉姨娘聽得眼神微動，忙向素顏道：「我是個笨的，也幫不了什麼忙，不過夫人既是說了，那便幫著大少奶奶打打下手。大少奶奶有事，您儘管吩咐就是，但凡婢妾能做的，斷不敢推辭。」

話說到這分上，素顏還能不答應嗎？侯夫人與劉姨娘在對待自己時，向來是一唱一和，她原也沒想到能順利地管家，有劉姨娘看著，侯夫人也許更能放心一些吧？如是，笑了笑道：「那便有勞姨娘了，我還正說怕自己年輕不懂事，會把事情搞砸呢，有姨娘幫著，我便放心多了。」

管家自然不是一帆風順的，不過，劉姨娘倒是個精明又懂得分寸的，在素顏跟前也小意奉承著，在素顏懲處了幾個興風作浪的刁奴之後，接下來的管家日子也還算太平。

這日一大早，素顏還沒來得及去給侯夫人請安，便聽紫雲來報，說是宮裡太后娘娘召見，要她即刻進宮。

素顏聽得嚇了一大跳。葉成紹一早就上朝了，自己這會子連個商量的人也沒有，好端端的，太后找自己進宮做什麼？

一時有些六神無主，紫晴、紫綢幾個聽了也是急，只有青竹仍是一副氣定神閒的樣子，素顏忍不住就對青竹道：「一會子妳跟我進宮去吧，那地方，我雖去過一次，可是想想還是很磣人。」

青竹詫異地看了素顏一眼，沒想到素顏會在她面前示弱，她豐潤的紅唇輕輕一勾，臉上綻出一朵漂亮的笑顏，淡淡地說道：「奶奶莫怕，即便是有刀山火海，奴婢也能將您帶出來。」

素顏聽她說得輕描淡寫，不由懷疑地苦笑道：「大姊啊，若只是刀山火海也就罷了，那可是太后娘娘呢，她要讓我死，我還能說個不字？」

青竹仍是淡淡地看著素顏道：「這個世上，除了爺，青竹不會讓任何人傷害大少奶奶。」

一時，外面有人在催，素顏無奈地穿上朝服。

那二品的誥命還沒下來，就要進宮面對這個世界裡權力最大的女人，要她心中如何能安定啊……

第六十八章

帶著青竹坐上宮裡的馬車，素顏自來熟地歪在了青竹身上，唉聲嘆氣。

青竹實在忍不住。「大少奶奶，您實在不像是個擔心的人啊？眼前事情未明，您怎麼就如此擔憂？這實在不像您的性子啊。」

素顏聽了，賴在青竹身上道：「我就是個膽小如鼠的人，就是個怕死的，平時那樣子都是裝給別人看的啊。」

青竹聽了，不可思議地看著素顏，半晌，臉上突然綻開一個溫柔的笑來，眼裡柔柔的，竟是有一絲的憐惜，一伸手，攬住素顏道：「那大少奶奶就在奴婢這裡歇歇吧。」

素顏嘻嘻笑著將頭擱在了青竹肩上，突然，馬車停了下來，青竹掀開簾子去看，不由眉頭一皺道：「這不是往宮裡的路，這是何處？」

一個溫潤的聲音在馬車旁響起。「大妹妹，請下車吧。」

素顏聽得一陣詫異，那聲音太過熟悉，心中一驚，抬頭看青竹道：「這是哪裡？他怎麼會在？」

青竹眼神複雜，目光有些發冷。「他是誰？與大少奶奶很熟嗎？」

「一條大尾巴狼而已！」素顏皺著眉頭道。

青竹聽了眼神這才有了暖意，噗哧一聲笑道：「既是條大尾巴狼，那奴婢替您打走他就是了。」說著身子輕輕一縱，就要下馬車。

就聽外頭那人又道：「大妹妹，多日不見，妳怎地還是如此調皮？素日戲耍之言，妳還記得嗎？」

素顏聽了不由直翻白眼，明明就是罵他的話好不好，這廝非要說得曖昧不明，真是臉皮厚到家了。

青竹果然頓住身子，回望素顏一眼，眼裡閃過了絲猶豫，素顏皺了眉頭道：「妳下去瞧瞧，那來接我們的宮人去了哪裡？」

明明是太后娘娘召見自己，上官明昊怎麼出現了？素顏心中滿是疑惑，窩在馬車裡不肯出去。自己可是已婚婦人，與外男見面，可是不合規矩。

青竹下去後，卻是半晌沒有上來，素顏心中有些發冷，忍不住掀了簾子去看，卻見馬車正停在一處幽靜清雅的園子裡，空氣中泛著淡淡的梅花香味，清新撲鼻，青竹正在不遠處與一名宮人交談著，而上官明昊正微笑著執扇而立，目光溫潤可親，靜靜注視著她。

「大妹妹，此處可是皇家別苑，太后娘娘正在此處賞梅，妳還不下來嗎？」上官明昊聲音裡含著一絲揶揄，眼中帶了絲戲謔，扇子在手中輕搖，長身玉立、俊逸脫塵，若素顏是第一次認識他，必然會被他飄逸脫俗的氣質所折服，可惜如今的她，看到上官明昊只是將秀眉緊皺著，鼻間輕哼了一聲道：「多謝上官公子提點，不過，既是太后娘娘召見小婦人，自有宮中之人帶路，怎敢勞動上官公子費心？」

「為大妹妹效力，為兄很是樂意。大妹妹請下車吧，不要讓太后娘娘久等。」說著，身子半退一步，一時，便有名宮裝女子走上前來，掀開了車簾子。

素顏見果真是宮女來了，無奈地下了馬車。上官明昊仍是如月中桂一般立在一旁，見她下了馬車，溫潤的眸子裡笑意融融，優雅地做了個請的手勢，那名宮女在前頭帶路，素顏只好跟在宮女後頭走著。

一回頭，見青竹也看到了她，她便駐足道：「妳還不過來，是想偷懶了嗎？」

青竹聽得微怔，匆匆與那宮女行了一禮後，忙走了過來。

上官明昊看了青竹一眼，眉頭幾不可見地蹙了蹙，臉上笑意依舊，優雅地跟隨在素顏身後三步之遠。

園子裡，小徑通幽，一樹樹梅花傲然綻放，陽光下，朵朵花兒迎風向上，在枝頭顫動著，更顯俏麗明妍，微寒的春風吹過，片片花瓣飄撒，人在當中行走，宛如置身仙境。素顏被眼前的美景迷住，竟是忘了還有個討厭的人在身旁，忍不住伸了手去，托住一片飄落的梅花，看到另一片落下，又伸了手去接，臉上忍不住綻開一朵清麗的笑容，如一個涉世未深的孩子，神情天真可愛，更像脫離凡塵的仙子。

眼前花如海、人如仙，上官明昊失神地看著飄飄墜落的花瓣雨中，如精靈般婀娜輕盈轉動的倩影，靜靜地立在一旁，連呼吸都放輕，生怕打擾了眼前的人兒，怕是難得一見的美景會驟然消失了。

素顏笑著連接了幾片梅花瓣，又輕輕一吹，將手中的花瓣吹走，一抬眸，觸到上官明昊那幽深灼熱的眸子，心一涼，回過神來，垮了臉繼續往前走。

上官明昊微怔了怔，眼神黯淡下來，收了手中摺扇，靜靜地跟在素顏身後。

此處梅林比壽王家的更要大上了好多，梅花也開得早些，林中也一樣錯落建有幾座花亭、茶水屋。

宮女在一間較大的茶水屋前停下，對素顏躬身一禮道：「請世子夫人進去吧。」

素顏看這茶水屋建得精緻華美，屋外還鋪了一條紅色毯子，直延伸進屋，兩旁也有侍衛肅穆站立，想來應該是有貴人在裡面，便不疑有他，提裙抬腳往裡走。

進去一看，果然屋裡暖融融地燒了地龍，屋裡擺設雅致清幽，各個物件看起來質樸，卻處處透著大氣和高貴，便斂了心神，立在屋中，卻不見另外有宮人來引見。

轉回頭，卻見青竹被那宮女攔在了門外，心中便有些擔憂。青竹冷著臉，不顧那宮女的阻攔，非要進來，那宮女便借勢要發火。素顏怕青竹會吃虧，只好對那宮女道：「這位姊姊，她是我的侍女，便讓她在外間等我吧。」

那宮女聽了看了眼一旁的上官明昊，略一沈吟，便應允了。

青竹這才走進來，侍立在素顏身邊。

這時，茶水屋裡間的門打開，又一名宮女走了過來，對素顏道：「請夫人跟奴婢來。」

素顏便依言跟著她往裡間走，青竹被攔在了外間。這一次，她沒有求著要跟進，只是略帶擔憂地看著素顏。

裡間佈置得更為幽雅，粉色紗幔輕繞，有小榻置在紗幔裡，影影綽綽，看不清紗幔裡是否有人。那名引路的宮女卻是悄然退下，屋裡只剩素顏一人。

素顏心中猶疑，太后娘娘難道會在那紗幔裡嗎？正凝神靜立，只見紗幔裡有人影晃動，素顏忙垂首，不敢抬頭直視。

紗幔打開，腳步輕緩，猶帶著一股淡淡的檀香。素顏聞之眉頭一皺，猛然抬起頭來，果然見上官明昊正緩緩向她走來。

她眼神立凝，寒如冰霜，諷刺道：「不過片刻，上官公子倒是化身為太后娘娘了？」這廝方才明明站在屋外，怎麼一下子從紗幔裡鑽出來了？

「大妹妹為何對我如此狠心，妳可知，為了見妳一面，我費了多大功夫？這裡清幽雅靜，我們好生坐下聊一聊不好嗎？」

「想來上官公子也是熟讀聖賢書之人，怎地連男女大防也不懂嗎？我乃有夫之婦，你與我單獨處於一室，實是不合情理，小女子可不敢做下此等有違禮教之事。」說著，轉身就要往外走。

「大妹妹怕什麼？妳真是那樣在乎禮教的人嗎？難道在藍家，大妹妹曾對我說過的那些話，做的那些舉動，都只是我的錯覺？」上官明昊溫潤一笑，也不攔素顏，只是戲謔地笑道。

素顏眼神一沈，轉過頭來道：「不是怕與不怕之事，而是我不喜歡與你共處一室，你這——」

「大尾巴狼是嗎？」上官明昊笑著接道。「妳給我取的這個諢名甚是有意思，好久未曾聽得有人喚，還有些想念呢。」說著，突然逼近素顏，長臂一攬，摟住了素顏的纖腰，將她帶入懷中。

素顏大怒，抬腳就踢向他的小腿骨，上官明昊身子輕閃，躲過她的一腳，淡笑著道：「大妹妹的性子還是如此之烈，在葉家被人欺凌至此，竟沒有磨平妳的性子嗎？」

「我性子如何關你屁事？你這混蛋，放開我！」素顏在上官明昊懷裡掙扎著，伸手便向上官明昊的臉上摑去，衝口罵道。在這個道貌岸然的大尾巴狼面前，她完全不必裝淑女，身體裡潛藏的野性畢現。

上官明昊輕輕捉住了她的手，戲笑道：「對嘛，這才是大妹妹的本來面目，何必裝溫婉端莊，嗯，著實是我喜歡的樣子。」說著，頭竟是俯了下來，似要一親芳澤。

素顏大驚，忙用手臂擋住自己的臉，寬大的廣袖遮住了她的小臉。

耳邊傳來輕笑，眼前之人半晌並無動靜，素顏不由將衣袖放下了一些，看到上官明昊正戲謔地看著自己。「我是看到大妹妹肩頭落了一片花瓣，替妳吹落罷了，大妹妹，妳以為我要如何？」

下。

說著，鬆開素顏，彎腰拾起一片花瓣，又輕輕一吹，那花瓣在空中翻飛了一下，飄然墜下。

素顏有一絲的羞赧，嘟了嘟嘴，露出一副不相信的樣子，對著上官明昊翻了個白眼。

上官明昊身子後退兩步，與素顏保持了一個相對有禮的距離，臉上溫潤的笑容也斂了起來，眼中泛出一股惱怒又冰寒的冷意。

素顏也冷然地看著他。這廝突然臉色變幻，也不知道在打什麼主意，還是早些離開的好，抬腳就準備走。

「大妹妹不想知道我請妳到此地來的目的嗎？」上官明昊的聲音淡淡在她身後響起。

素顏著實有些奇怪他的目的，既是費盡心機將自己帶到此處來，當然不會只是要摟下纖腰，抓抓小手。上官明昊雖然有些花心，但他身邊從來不缺自動投懷送抱的美女，自己也不是那美到貌若天仙的地步，而且自己已嫁作他人婦，此種作為，固然會壞了自己的名聲，又何嘗不會壞了他的名聲？

他上官明昊在京城中也是名聲響亮的貴公子，聲名比起葉成紹來不知要強上多少倍，他絕不會只是為了見自己這一面才如此的。

她停下來，傲然靜立，眼神冰冷地看著上官明昊。「你有何目的？」

上官明昊緩緩走上前去，將紗幔撥開，紗幔前，赫然還有一扇門。

「大妹妹莫急，此間房屋很是隱密，外頭看不出來什麼，我請妳來，不過是想讓妳明白些事情罷了，事了之後，自有宮人帶妳出門，絕不會影響妹妹名聲。我……只是想讓妹妹看清一些人和事而已。」上官明昊臉上又恢復了溫潤的笑容。

素顏聽得疑惑，眼神犀利地看著上官明昊，上官明昊竟然悠閒地往屋中酸枝梨木做的椅子上一坐，扇子甩開，淡定而從容的看著素顏。「大妹妹稍安勿躁，一會子，便能讓妳聽到一齣好戲來。」

素顏聽了倒也沒作他想，只是對上官明昊道：「我那侍女還在外頭，我怕她等得擔心，可否讓她進來？」

上官明昊聽了眉頭一沈，想了一想，才道：「也罷，妹妹總是對我防備太過，不如讓那侍女進來，如此妹妹總該放心一些罷。」

素顏被他說中心事，臉色微窘，卻還是揚了聲道：「青竹，進來。」

青竹正在外頭等得憂心，聽得她喚，如一陣清風般飄然而入，一看屋裡只有上官明昊與素顏，不由臉一沈，眼中閃過一絲戾色。素顏也不好解釋，只是對她微頷首道：「上官公子乃我世兄，說是有事情與我說，我想著孤男寡女不太方便，便讓妳進來陪我。」

這話說得再直白不過，半點也沒隱瞞她對上官明昊的防備之意，青竹聽了眼神緩了一緩，只是仍銳利地看向上官明昊。

上官明昊看也未看她一眼，只是端坐在椅子上，端了一杯茶在手上，並不喝，而是摩挲著那杯子，神情若有所思。

不多時，紗幔裡的那門裡似是隱隱傳來說話的聲音。

上官明昊的臉上立即露出一絲了然的笑來，起了身向那門後走去，對素顏道：「大妹妹，一會兒不管聽到什麼，請不要出聲，不然，讓人發現妳與我同處一室，引來閒話可就不美了。」

素顏不由對他翻了個白眼，卻並未跟著他到門後去。

門裡的聲音漸漸清晰起來，便聽得一個女子聲音清脆甜美。「如今成紹哥哥已經娶得了藍家大姑娘進門，可是如了哥哥的願了，可是小妹的心願，哥哥何時能助我圓了呢？」

素顏聽得一怔。葉成紹？他怎麼也在這裡，這究竟是何處？那女子的聲音聽來熟悉，卻又一時想不起在何處聽過，不由看向上官明昊。

上官明昊臉上露出一絲苦笑，豎了根食指在唇間做了個噤聲的手勢，示意素顏繼續聽下去。

「妳的心願？不就是想嫁進中山侯府嗎？二皇子不是早就給妳安排好了嗎？怎地又來找我？今兒我沒空陪妳，我家娘子還在家裡等我呢。」果然葉成紹那懶散又憊懶的聲音在門裡響起。

素顏不由沈下心來，細聽著。

就聽那女子又道：「哥哥怎地如此無情？為了你能順利娶到藍大姑娘，妹妹不惜自賤身分，主動要求嫁給上官公子做妾，如今哥哥目的達到，卻是又棄妹妹於不顧了嗎？」

「上官兄風流倜儻俊朗不凡，婉如妹子妳嫁過去也不算虧啊，京城裡，多少女子想嫁他，何況，這樁婚事還是二皇子作媒，妹妹就算進得府去也是貴妾，怎生又不如意了呢？」葉成紹譏笑說道。

素顏這才想起，那女子是劉婉如，不由看了上官明昊一眼。葉成紹方才可是好生誇了他一陣呢，只是那語氣很是揶揄，誇得沒有半點誠意。

「成紹哥哥，你明知我心不在他身上，又何故如此說來，你……你也不能過河拆橋啊！」就聽得劉婉如聲音有些哽咽起來，似是傷心在哭。

「哈哈哈哈，妹妹也太性急了些，妳的事情，我還是放在心上的，不過如今那個人也是諸多不便，暫時不能迎娶妳罷了，妳且先等上一等吧，將來自有讓妳如願的時候。」葉成紹哈哈一笑，聲音由近漸遠，似是要離開這裡了。

就聽劉婉如又道：「你可不能如此敷衍我，他對那明英郡主如此在意，如今可是沒有半分心思在妹妹身上了，妹妹我……」

就聽葉成紹又道：「妳最好有自知之明，明英可不是妳能惹得起的，對素顏的那一套，就不要再用到明英身上了，可別搬了石頭砸自己的腳才是。還有，妳要記住一點，素顏的事情，不是我請妳幫的忙，而是那個人。我欠的，也是他的人情，並不欠妳什麼，以後，妳還是離我遠著點好。」

聲音無情又森冷，先前的戲謔玩鬧之意一掃而空，而且，立即就聽到門聲一響，似是他已然走了出去。

很快就聽到劉婉如嗚嗚的哭聲，小聲啜泣道：「哼，你既不讓我如願，我又豈能白幫了你？」

素顏聽到此處，也終於明白了上官明昊的意思。他這是在向自己變相解釋他與劉婉如之間的事嗎？可是，這還有什麼用？

葉成紹與劉婉如口中的那個人很可能就是二皇子，即使是葉成紹設計讓劉婉如嫁給上官明昊為妾，上官明昊是被陷害的，但當時，上官明昊也沒有推辭啊，而且還曾跟自己求過情，說他與劉婉如如何地青梅竹馬，所謂蒼蠅不叮無縫蛋，他若意志堅定，若是一心一意，又怎麼會中了人家的圈套？

說來說去，還是他自身也有問題。不過，想著葉成紹如今滿園子的妾室，她又對自己當初的堅持有些好笑。那樣堅決，那樣痛恨，如今還不是一樣要與一群女人周旋，還不是要打起十二分的心思來防著別的女人的攻訐，便是不喜那個男人，也不願自己的相公與那些女人親密，說來說去，自己也是俗人一個啊……

一時，又恨起葉成紹來。那廝為了娶自己，竟然是費盡心思，用了不少手段，娶了自己回去，卻又不能給自己一個安寧的生活環境，真真自私又混帳得緊啊！

想到此處，她看了上官明昊一眼，什麼也沒說，轉身往外走。

上官明昊悠悠地在她身後道：「大妹妹何其不公平，當時為了個劉婉如，妳非要退掉與我的婚事，如今，他的妻妾如雲，還差點將妹妹誣陷入罪，明明品行如此不堪，妳卻還願與他長相廝守，妹妹妳誤我也誤己，為何還要執迷不悟呢？」

素顏聽得微怔。上官明昊對她的處境也太清楚熟悉了些吧，她身處何境，又關他何事？她對葉成紹如何又與他何干？

「你不如明說了吧，你究竟想要如何？」素顏實在不想再與他兜圈子，直視著上官明昊的眼睛問道。

「我……我知妳……妳如今還是……大妹妹，只要妳肯，我們還是可以重新來過的。」上官明昊眼睛一亮，向前走近幾步，聲音有些激動地說道。

青竹眉頭一皺，很快便閃到了素顏身前，眼睛裡煞氣流轉，冷冷地刺向上官明昊。「世子爺，請自重。」

上官明昊眼裡閃過一絲痛色，緊緊地注視著青竹身後的素顏的側臉。「大妹妹，那種人，不值得妳對他好的，我知道妳其實也並不喜歡他，為什麼不給我一個機會，也給妳自己一個機會？寧伯侯府混水至深，不是妳一個弱女子能承受得住的啊。」

這話正觸到了素顏心底的痛處，她確實有些厭惡在寧伯侯府那勾心鬥角的生活，對這樣的日子也有些疲倦了，可是，跟上官明昊在一起又能好上多少？

莫說葉成紹絕不可能會同意與自己和離，便是和離了，中山侯府願冒著與寧伯侯府正面鬧翻的危險，娶自己回去當世子夫人？

上官明昊又是自己心目中的良人嗎？她不由想著又好笑了起來，身子微微往前幾步，緩緩推開青竹，看著上官明昊的眼睛，道：「你不用說這許多有的沒的，你以為你又是什麼好人？你不過是不能承受被我退婚的羞辱，不能承受被葉成紹戲耍的失敗，不能承受有女子不喜歡你的失落罷了，因你自小便從未受過挫折，你一直便是一帆風順，突然被人棄之如敝屣，你接受不了罷了。好了，上官公子，我走了，但願以後不要再見。」

說著，素顏再不遲疑，轉身往外面走去。

「藍素顏，妳這個自以為是的笨女人，妳不知好歹，妳一葉障目，以偏概全，妳冤我傷我至深，妳……妳會後悔的！」

上官明昊聲音蒼涼而沈痛，幾乎是啞著嗓子在嘶吼，素顏聽得身子微震，腳步微頓，回過頭來，嫣然一笑道：「謝謝誇獎，你總算看清我的真面目了吧，那便讓我後悔去好了，再見……喔，不，是再也不見。」

第六十九章

出得門來，一滴清淚卻是不知不覺地自她眼裡滴落，她倔強地甩了甩頭，大步向來時的地方走去。

青竹靜靜地跟在她身後，突然開口道：「他不像是假意，您……若是想哭，便哭吧，我不會說出去的。」

素顏聽得一怔，回頭看著這個渾身帶著肅殺之氣卻又清麗絕倫的女子，縮了縮身子道：「妳別想騙我亂說話，我知道妳對葉成紹忠心得很呢。那廝雖是混蛋，我卻不怕他。」

「不怕他還說我騙您亂說？您該是能想說便說才是呢，世子爺有很多事情做得並不地道，但……他對大少奶奶卻是真心的，如今您的難處只是眼前的而已，您要相信世子爺，他是唯一能給您幸福的那個人。他……身負的東西太多，有時難免顧及不周，大少奶奶要體諒他才是啊。」青竹不著痕跡地扶住素顏，邊走邊說道。

「他身上有很多秘密，可是，他卻不願意與我坦誠相待，做下的事情也太過可惡了些。遠的不說，便是那司徒蘭，他便害了人家終身，實是可惡至極。如今害了她，卻又不知道如何安排她，就是我，也不知道要如何對待司徒蘭了，難道，真的讓她一直給妳家世子爺做妾？」

「大少奶奶若是不忍，便提了她為側室便是，與她共同侍奉世子爺不好嗎？」青竹眼中難得閃過一絲戲謔，美麗的雙眼調皮地眨了眨。

素顏一聽，臉便垮了下來，狠狠道：「哼，葉成紹若是敢背著我與別的女人不著三四，我立馬就休了他！」

青竹聽得哈哈大笑，毫不客氣地說道：「大少奶奶，您可真是個妒婦，剛才還說不在乎世子爺呢，如今又捨不得他與別的女人分享，您呀，明明就是在意他的，只是自己不肯承認罷了，不然，以上官公子那人才、那癡情，您又怎麼會半分也不動心？其實，您也不必對司徒蘭有愧，她能到今日這步田地，實與她自己有關，世子爺雖是混帳，卻也不是那輕易害人一生的主。」

素顏聽了立即想起葉成紹當初對素情的事，那時，葉成紹也是非娶素情不可，素情與上官明昊有些首尾後，他又逼著大老爺要納素情為妾，搞得素情尋死覓活的，在家裡鬧騰不休，難道，那司徒蘭過去也曾如素情一般，做下令人討厭之事嗎？

她心中生疑，抬眸看到青竹，青竹卻是看著遠處。

她們先前來時的馬車前，竟然站了四名宮女，與先前陪她們來的可不是同一群，她不由詫異，喃喃道：「這上官世子倒也是個有手段的人，竟然連宮中之人也能調遣得動。」

素顏正想問她有關司徒蘭的往事，抬眸看到那幾個宮女，不由也怔住，停下了腳步。

那引她們自茶水屋裡出來的宮女卻是躬身一禮道：「太后娘娘並未在這別苑之中，世子夫人還是請趕緊上車，可別誤了進宮的時辰才是。」

原來上官明昊果然是騙她的，素顏心頭火起。她根本不相信上官明昊對自己有多真心，不過是得不到的便是最好的心理罷了，如若自己真如了他的願，棄葉成紹而就他，只怕他又會覺得索然無味，棄之如敝屣了。

她不由抬眸多看了那引路宮女幾眼，很隨意地問道：「這裡真是皇家別苑嗎？怎麼守衛如此鬆散，任誰都能進來？」

那宮女目光一閃，垂下頭，只是恭謹地站著，什麼也沒說，素顏便知在她這裡怕是問不出什麼來。不過，想著葉成紹也到了此處，回去後，怎麼著也要在那廝嘴裡套出些話來才好，而且他竟然在婚前做下那許多可惡的事情，讓自己不得不嫁與他，這個騙子，得好生整治他一番才是！

邊走邊想，很快便走到了馬車邊，有兩名宮女請了素顏上車，青竹也隨後跟上。

馬車徐徐開動，素顏坐在馬車裡，心中千頭萬緒，想著自己重生後的種種，只覺心中苦悶良多，所遇的兩個男子，一個虛偽，一個渾賴，誰是她真正的良人？雖是打定了主意與葉成紹好生過下去，但是，當她對寧伯侯府瞭解得越深，那下定的決心越發開始動搖，可離開又舉步維艱，為世人難容，前途渺茫一片，看不到一絲光明。

正胡思亂想中，馬車停了下來，有宮女掀開了簾子，請素顏下車。素顏依言下車。宮裡她已經來過一趟，倒也不似上回那麼心中惶然，努力收拾紛雜的心思，帶著青竹垂首跟在宮女身後走著。

沒多久，便被告知到了慈寧宮。素顏心中一驚，靜靜地立在宮外，等候太后傳召。

慈寧宮外，寒風瑟瑟，素顏與青竹靜靜地站著，引路宮女早就退下了，打雜的宮女太監顧自做著手裡的差事，雖有人看過來，小心打量，但無人上前來說話。

宮中早春的花兒開得正豔，許多在寧伯侯府難得一見的品種，這裡卻比比皆是。素顏不敢東張西望，垂眸靜立著，但過了兩刻鐘後，還不見有人來傳她進去，早春寒風料峭，欺膚凍骨，她不禁打了個寒顫，青竹見了便站到她的上風處，用單薄的身子為她阻擋嚴寒。素顏心中微暖。

她對這個外表清冷的女子有種特別的情感，似是沒來由地就信任她、依賴她，像是前世的好友，又像久違的老同學一般，這種信任說不清道不明，比之素麗來，面對青竹時，她更加坦然、更不設防。

又過了近半個時辰，仍是沒有人來傳召，素顏渾身都有些發冷，厚厚的絲絨披風也抵不住高寒，她的手有些發僵發木了，穿梭於宮外執事的宮女太監們看過來的眼光便有了些鄙薄。這些身處高牆之內的宮人們，在這充滿攻訐陰謀的深淵中浸淫過後，眼光最是犀利，一眼便能看出別人的處境和地位。

素顏在太后宮外等了近一個時辰，既無來人招呼，又無人理會，只是晾在這裡，要嘛，便是來求太后娘娘恩典的，要嘛，便是被太后故意施懲之人，宮人們自然是瞧不起這樣的官宦家眷的。

青竹面露豫色，偷偷單掌撫在素顏的背心處，暗暗地傳過一股勁力過來，使得素顏背腹逐漸感覺到一股暖意流轉，她這才緩過一絲勁，感激地看了青竹一眼，仍是挺直了背脊，靜立在慈寧宮外，臉上平靜無波，不露半點不豫。

這時，總算有個年紀稍大的宮人走了出來，言道太后傳寧伯侯世子夫人覲見。

素顏抬起凍得有些僵木的腿，垂首跟在那宮人的後面，青竹緊跟其後，卻被另一名宮人攔住。「太后只召見世子夫人一人，閒雜人等，不得入內。」

青竹眼中戾光一閃，橫了那宮人一眼，手掌一翻，素顏見著大驚，剛要阻止，卻見青竹迅速地塞了個荷包於那宮人手上。明明是行賄，偏她表情嚴厲、神情肅殺，哪像是要求人的樣子，倒像與所求之人有血海深仇一般，那宮人微怔中接過那荷包，掂了掂荷包的重量，面無表情地微點了頭，卻還是攔住了青竹的腳步，轉頭對素顏，卻是輕輕言道：「貴妃娘娘也在。」

素顏心中一震。她並未見過貴妃娘娘，知道貴妃是大皇子之母，因是生了皇長子，而深得太后娘娘的寵信，且其父是大周首輔陳閣老，其兄更是大周一代名將，驍勇善戰，曾率兵數次打敗北戎入侵，是能令北戎人聞之色變的少數大周將領之一，如今被聖上封為靖國侯，手掌大半大周兵權，在朝中也是權勢滔天。

正是如此，陳貴妃在宮中地位直逼中宮，聽說原本該立她為后的，但當今皇后美豔絕倫，又性子率真，皇上甚是愛她，數十年榮寵不衰，其兄寧伯侯又與皇上自小一同長大，手掌兵部大權，貴妃之兄出征在外，糧草後勤全靠兵部全力支援，在朝中能掣肘於他，而兵部又要靠出征在外的將士奮力拚搏，所做功績才能得最大顯現，雙方互為牽制，皇上兩邊都要倚重，如此兩邊倒是起了平衡。

素顏記得，洪氏便是貴妃遠房甥女，又是太后所賜，雖然那天侯爺將洪氏死因上報太后，為侯夫人洗脫了罪行，但洪氏之死畢竟與自己也有干係，貴妃怕是心中仍有怨忿，會藉機給自己找一些麻煩呢……

素顏對那宮人點頭致謝，雖只是隻字片言，卻是提點之恩，至少讓自己心中有個準備，不至於進到內殿時，措手不及。

慈寧宮內殿裡，貴妃正笑吟吟地與太后對弈，手拈黑子，思索半晌，仍是舉棋不定，最後放下一子，卻是搖頭嘆氣道：「母后，臣妾練了這許多年，仍是不如您多多，與您對弈，輸多勝少，看來臣妾便是再練上個十年，也不能超過母后呢。」

太后五十多歲年紀，歲月在她臉上卻沒有刻下多少痕跡，遠觀初見，便只能看出三十多歲的樣子，只是近處再看，才能看到她眼角幾條深深的魚尾紋，兩腮也有些微的鬆弛下垂，此時聽得貴妃的話後，微微一笑，手起推子，站起身來，往榻邊走去。

邊走邊道：「妳呀，就是會說話，哀家雖是年邁，可不糊塗，知道妳孝順，一直讓著我，逗我開心呢。」話雖如此，貴妃的話卻仍是讓太后很是受用。

陳貴妃見太后起了身，忙也跟上扶著太后，恭敬地說道：「臣妾可不敢欺瞞母后，母后風華正茂，哪裡就老了，如臣妾於您這般年紀，還有這般樣貌，臣妾可要美死去了。」

太后聽了便看了陳貴妃一眼，只見貴妃雙眸下的眼袋甚是難看，不由嘆口氣道：「妳呀，就是心思太重、思慮過深，女人啊，再能幹精明，也不能失了美貌，不能缺了保養，不然怎麼抓得住男人的心啊。」

這話正觸到貴妃痛腳，但她也知道太后這是在勸勉於她，心中感激的同時，眼中閃過一絲怨恨，忍不住便道：「臣妾可不是那以狐媚取悅君心之人，臣妾只有一顆耿耿忠心待聖，聖上英明，不過是一時被那些狐媚子迷住了眼，等他玩鬧過後，還是能分得清忠奸來的。」

太后聽了面色一沈，冷著聲對她道：「妳呀，便是有一片赤膽忠心，用之不得法，也難能討得聖心。明知他對那女人愛之甚篤，妳偏還要口口聲聲的狐媚不斷，若是傳到他耳朵裡，又是不喜，妳何苦來哉？便是拿了三分對哀家的心，討好聖上，妳也不至於……」後面的話沒有繼續，太后已經看到陳貴妃紅了眼圈，不由拍了拍她的手又道：「皇帝還是很顧惜於妳的，大皇子如今也長大成人，又溫厚賢明，與眾大臣關係處得也好，辦事沈穩大氣，深得聖心，妳呀，也沒什麼可惜的，這輩子有個好兒子，也是福氣呀。」

陳貴妃感激地揚了臉對太后莞爾一笑，眼袋處現出兩道細紋，人便更顯得蒼老了些。

「母后說得極是，大皇子爭氣懂事，臣妾也深感欣慰。」

一時宮人來報，說寧伯侯世子夫人到，太后便看了貴妃一眼道：「她可是妳要見的，一會子，哀家可不想摻和得太多。妳呢，也不要做得過分，那邊的面子，還是要給一些的，有什麼事不要做在明處，更不要讓人拿了把柄，知道嗎？」

陳貴妃心中一凜，忙垂首應下，又對太后福禮致謝。「謝母后提點，臣妾明白。」

素顏垂首走進殿內，透過眼睫，看到前方有一方軟榻，忙停住，跪拜了下去，口中三呼千歲。

太后娘娘笑吟吟地說道：「起來吧，快給哀家瞧瞧，咱們大周皇后親自選下的姪媳婦，是個怎麼樣剔透的人兒。」

素顏依言起身，卻是不敢抬頭，神情淡定恭謹，只覺得太后聲音清越溫慈，聽得人如沐春風，心中惶懼之色稍緩。

「喲，貴妃妳看，瞧這孩子的身段婀娜窈窕、身姿俊秀，怪不得能得了成紹那孩子的眼呢。」太后笑著對陳貴妃道。

「可不是嘛，只看這身段就如此惹眼，怪不得連明昊那孩子也是對她心念不已呢。妳且抬起頭來，讓本宮瞧瞧，看看是不是能夠越了咱們大周朝第一美人去。」陳貴妃的聲音硬質，如金屬碰石般生冷，聽在耳朵裡有種讓人頭皮發麻之威，素顏依言抬起頭來，眼睛卻是看向正座的太后娘娘。

只覺得太后一身貴氣襲人，面帶微笑，眼神微暖，神情祥和可親，她莫名就有種親切感，彷彿見到了前世的母親，情不自禁就微微一笑，眼神暖暖，一股孺慕之情悄然流轉。

太后也正看著素顏，相貌倒算得上是個大美人，卻並不豔麗，勝在端莊溫婉，氣質如蓮，高潔清雅，倒比之想像的要好上許多，不料眼前的女子突然對自己微微一笑，那笑容帶著一絲親切和孺慕，好像小兒女見到了自家祖母一般，她不由微怔，心中也流出一股暖意來。這孩子，看著倒是不討人嫌呢。

陳貴妃那番話可是有著貶低素顏之意，素顏明明已經嫁與葉成紹，她卻偏偏要點出素顏與上官明昊之前的一些糾葛，在這慈寧宮裡，無異暗指素顏行止不端，與多個男人有牽扯。

太后對素顏的第一印象不錯，倒也沒順著陳貴妃的話往下說，只是笑著對素顏道：「早便聽皇后說，妳性情溫婉聰慧，她很是喜歡妳，哀家聽了也想見見。今日一見，果然是好孩子，來，站到哀家近前來，讓哀家看清楚一些。」

素顏聽了也不膽怯，笑吟吟地站近前一些，雙眼大膽地看著太后，真像一個剛接受長輩接見的晚輩一般，神情恭順，卻又處處透著親切。

陳貴妃看著便蹙了蹙眉，笑著說道：「可不是嘛，聽說這孩子很是聰慧呢，一進寧伯侯府門，就破了一大案，將我那苦命甥女的死因查了個透澈，若不是她，臣妾怕是會錯怪寧伯侯夫人呢。」

這麼快就來了嗎？太后聽了陳貴妃這話，想起召見素顏進宮的初衷，便一臉驚訝道：

「有這麼回事嗎?妳那甥女……可是哀家親自賜給成紹的那個良妾?她是怎麼死的?」

「侯爺親自給哀家一個說詞,說那孩子是自殺死亡的。臣妾只是不明白,那孩子嫁進侯府一年有餘,一直過得好好的,怎麼就突然想不開了呢?可憐臣妾那表姊,原想著能享幾年兒女福呢,卻是白髮人送黑髮人,傷心欲絕啊……」貴妃邊說邊拿帕子拭著眼角不存在的淚水,冷冽地逼視著素顏。

她這話裡可就有話了,洪氏是在素顏進門才兩、三天就死了的,以前過得好好的,那意思便是素顏有逼死洪氏的嫌疑了。

太后聽了果然沈下臉道:「藍氏,這是怎麼一回事,那洪氏如何妳一進門便要自尋短見了呢?」

果然是興師問罪嗎?既然知道洪氏的死因,貴妃和太后又怎麼不知道自己先前被洪氏打上門去之事?只是人家如今是高高在上地質問,既然要尋她的過錯,自是會避重就輕,只談對自己有利之事。

素顏腦中轉得飛快。太后和貴妃最終還是會過問此事,她早有預料,所以,來時也備了一、兩件東西在身上,原想著,只要她們不是逼得太急,也無須拿出來的,畢竟得罪了她們,於己於藍家都沒什麼好處,可是……

她思慮片刻,突然便提了裙跪下來,眼中淚水盈盈,巴巴地看著太后娘娘。她感覺到太后並不討厭她,而且,對她也有幾分莫名的親近之意,只是太后也是在宮中浸淫了幾十年,在各種爭鬥中過來的人物，又怎麼會為了些微的好感而感情用事？

「太后娘娘，民婦不過嫁進侯府兩天，便被婆母重打一頓，要休棄回府……民婦也好生冤枉啊。」素顏不回答太后的話，倒自先叫屈，哭了起來。太后看著眼前淚眼迷濛的小女子，一雙清亮的大眼飽含孺慕，像個在外頭受了委屈，到自己面前來傾訴的小兒女，腦中不禁回想起自己那遠嫁東臨國的小公主。那時，她受了委屈，也會用這樣，如小鹿般可憐的眼光看著自己，不禁心一軟，柔聲道：「妳別哭，慢些說，妳那婆婆也是，怎麼妳才進門兩天，就打了妳一頓，還要休棄妳呢？寧伯侯夫人怎地如此不講道理？」

「自是她不賢不孝，惹了長輩生怒才會如此，想那寧伯侯夫人也還算賢達良善，怎麼會是如此惡毒之人？」貴妃冷笑一聲說道。

第七十章

素顏聽了哭得更加委屈，大眼水霧朦朧，神情楚楚，小聲抽噎著道：「貴妃娘娘，我那婆母倒是著實賢達良善，您可知她因何對民婦這個才過門兩天的新媳婦施罰嗎？」

貴妃鼻間輕哼一聲，冷笑道：「妳們婆媳之間之事，本宮如何清楚？」

素顏縮了縮鼻子，大眼仍是看著太后，輕輕將身子挪移到太后跟前去一點，伸長了脖子，露出白皙脖頸處的傷痕。那裡，雖然被葉成紹所塗之藥醫治得差不多結痂，但傷痕仍在，一條條細細紅痕雖說不太顯眼，但細看之下仍是一眼能看出來。

她摸著那些傷痕，對太后道：「太后娘娘，您看，民婦才過門四天，身上就是傷痕累累了。民婦祖父乃大周朝學士，藍家也是書香門第，家教甚嚴，自小便熟讀《女訓》、《女誡》，知曉孝義禮規，怎麼可能敢初入門便忤逆長輩，民婦便是再頑劣不堪，也會將那頑劣的性子收斂一些，不可能進門幾天便去冒犯長者的呀。太后娘娘，民婦真的很冤枉啊！」

太后自然看到了素顏脖頸上的傷處，她不過十五歲的女子，初嫁為人婦便遭婆家毒打，她也是有女兒的人，想著遠嫁的小公主，離家幾千里之遙，自己根本就顧及不到，誰知在那東臨國的深宮裡，會不會也有人欺負她呢？

眼前又浮現出公主出嫁前夕，哭倒在自己懷裡，百般不捨，依依哀哭，整晚膩在自己懷裡，不肯回宮，可是為了大周天下，又不得不狠心將她推離，一時心中憐意更深，鼻子也有些發酸了，對素顏道：「可憐見的，妳那婆婆也真是下得手去，她不是也養著一個閨女的嗎？若是她的閨女將來嫁出去後，也被婆婆如此對待，她又作何想？」

脖子上的傷其實並非是侯夫人所為，素顏的話似是而非，她只是露出傷口，至於被誰所傷並未明說，反正侯夫人也著實是當著不少下人的面打她，這事也早就在京城中傳得沸沸揚揚了，貴妃只是故意裝作不知，非要將洪氏的事栽到自己頭上，想找自己麻煩罷了。

「婆婆她……她也是有苦衷的。」還是不要在她們面前將自家婆婆說得一無是處的好，便是裝也要裝出幾分賢慧豁達出來。素顏輕拭了拭淚，深吸了一口氣，似乎是平復了些心情。「她很是敬重太后娘娘和貴妃娘娘的，若非維護太后娘娘和貴妃娘娘的體面，她也不會責罰民婦的。」

貴妃聽得臉便一沈，雙眸銳利地看著素顏，大聲喝道：「好大的膽子，妳們婆媳之間不和，怎地牽扯到母后和本宮身上了？本宮只是在問妳，我那甥女如何會突然暴斃了，妳不說她死因，倒是胡攪蠻纏起來，誰有工夫聽妳那些瑣事？」

素顏被貴妃這一聲沈喝嚇得一顫，縮著脖子瑟縮地看了貴妃一眼道：「娘娘，民婦知錯了，民婦……」邊說，眼睛又可憐兮兮地轉過來乞望著太后，一副怯生生的樣子。

接著說道：「民婦不敢，民婦正是在向娘娘您解釋，當日，民婦身子不適，在屋內休息，洪妹妹不知是何緣故，帶了人要闖民婦的裡屋。民婦身邊下人好言勸說，洪妹妹便大發脾氣，著人要打進民婦院內，與民婦院裡之人發生衝突後，不知道如何又狀若魔症，突然要撞樹自盡。侯夫人知曉後，深感對不住太后和娘娘，沒有護好洪家妹妹，為了給洪妹妹出氣，便重責了民婦一頓。」素顏輕聲啜泣，半真半假地說道。

其實，這事太后也知曉一些，不過只是不夠詳細，當時朝中議論紛紛，都說寧伯侯夫人寵妾滅妻，為了自己所賜之良妾痛打兒子正妻，還有御史揚言要以此彈劾寧伯侯家風不正，而且，還有一些人私底下議論，說是那洪氏仗著自己與貴妃的勢，不守妾禮，公然欺壓正室，引得一些老學究對自己也頗多微詞，好在寧伯侯識大體，很快便逼著侯夫人登門給藍家道歉，又罰了侯夫人，這事才算平息。

太后原本總感覺就是寧伯侯新進門的世子夫人心機深沈，耍了手段，一進門便讓洪氏和侯夫人雙雙中了陷阱犯錯，可如今看來，眼前的小女子神情惶然無措，眼神單純又無辜，怎麼看也不像是個心思狠辣的女子。太后也曾見過洪氏一面，那女子雖然長得嬌美，卻輕浮淺薄，又是小門小戶出身，那教養、氣質比起藍氏來可就差得多了去了，會做出那仗勢欺人之事也是有可能的，如此一想，太后對素顏的話又信了幾分。

抬眸看了貴妃一眼，只見貴妃眉眼間蘊了盛怒，似是就要爆發似的，不由搖頭。陳氏還是沈不住氣啊，今天她怕是非要給藍氏一些顏色才肯干休呢，唉，藍家這孩子其實無辜，陳氏深恨葉氏，卻將怒氣轉到了藍氏身上，她這做太后的也不好太過插手，只能是看著點，不讓她做得太過就是了。

太后聽了便沒作聲，只是憐惜地看著素顏。素顏在太后眼裡讀到了一絲警告，她心中一緊，知道貴妃怕是就要發難了，神情更加嬌怯無助起來，身子似是不由自主地又向太后靠近了幾分。

「好個巧舌如簧的婦人，口口聲聲說洪氏不守禮教、悍妾欺妻，妳可是在暗諷本宮娘家家風不正，本宮阿姊教女無方？人說死者為大，本宮那甥女兒人都死了，便是她再有過錯，妳也該敬重兩分，卻將一切過錯全推至她身上，竟然還毀她清譽，說她魔症了，妳可真是膽大包天啊，當著母后和本宮的面敢胡說八道，可有將本宮放在眼裡，將母后放在眼裡！可知道，虛言欺騙太后是何等罪行?!」

說著，一揚手，大聲道：「來人，將這無恥婦人拉出去，掌嘴二十！」

太后一聽只是掌嘴二十，心中稍安。掌嘴二十會打傷人，卻不會傷了筋骨，更不會丟了性命，看來陳氏還是有些分寸的。如是，她也沒有阻止，只是有些同情又無奈地看著素顏，可憐的孩子，誰讓她要嫁給葉成紹那孩子呢，真是命苦啊……

一時，立即有兩名太監走了進來，要拖素顏出去，素顏心中一股怒意直往頭上湧，她雖早就知道陳貴妃會對自己下手，但沒想到她如此蠻不講理，連起碼的顏面也不要了，直接用強權來欺人。

也不等兩名太監來拉她，自己便自行站了起來，神情雖然仍是嬌怯，卻沒有半句討饒求情之言，而是轉過身去，直視陳貴妃道：「娘娘，殺人不過頭點地，但是大周律法嚴明，便是牢中死囚，在判罰前也得是找齊罪證，經過三堂會審才能定罪實行，娘娘突然責罰民婦，總要讓民婦明白，民婦究竟犯下何錯，也好教民婦下回知道，不敢再犯。」

貴妃平素在宮裡也是作威慣了的，宮中品級低微的妃嬪稍有得罪，她便下令責罰，還從無人敢當面質問頂撞於她，沒想到一個無品無級的世子夫人竟然敢當面責問，不由冷笑道：「真是膽大包天，竟然敢當面責問本宮，在本宮面前，哪裡有妳說話的地方，莫說只是責罰，便是本宮要取妳性命，妳又敢如何？不是說藍家家教嚴謹，妳最是知禮懂法的嗎？可知道君要臣死，臣不得不死的道理？」

素顏聽了忙四處張望，做出一副惶恐萬分的樣子，兩名要行刑的太監上前拉住她的手，要將她拖走，素顏卻突然大呼：「皇上萬歲！」

兩名太監一聽皇上來了，忙止了步，鬆了素顏。

這一喊，連太后也覺得驚訝。皇上這幾日分明就不在宮裡，要不貴妃也沒這麼大的膽子敢有如此行徑，難不成突然回宮了？

貴妃也是聽了嚇得一怔，回頭四顧，哪裡見到皇上的身影，不由看向殿中宮女，宮女走到外面查探一陣才道：「皇上並未駕臨。」

貴妃聽了氣得眼中快要冒出火來，怒斥素顏道：「狡詐刁婦！竟然謊言欺騙太后和本宮，妳是想找死嗎？拖下去，將她重責四十！」

這便是改掌嘴為打板子了？那可是要命的事啊，素顏聽了突然便衝到太后面前，一下跪伏到太后懷裡，失聲哭道：「太后救救民婦吧，民婦沒有虛言欺騙，是貴妃自己說的皇上來了，民婦便信以為真，民婦怕冒犯天顏，不敢失禮，才失聲喊出來的。」

太后久居深宮，位高身貴，除了遠嫁的小公主，還無人在她身前如此親近撒嬌過，眼前這女孩子，長相雖與小公主並不相似，但渾身氣質、眉眼間的神情，都與小公主酷似，太后頓時又想起小公主哭倒在她懷裡時的情形，也是這般無助和可憐，這般的嬌弱和悲苦，心中母愛大盛，又聽陳貴妃要重責素顏四十，心中更不願，這女子可是皇后的親姪媳婦，陳氏又不是不知道，皇后對那孩子有多重視，責罰幾下也就罷了，真要打死，皇后還不得鬧翻天去？人又是在自己宮裡出事的，怕是連著自己也會恨上，等皇上回來，不得又要生氣？

太后兩手不覺摟住素顏，卻是板著臉喝斥道：「小孩子家家的，怎地能胡說呢？方才貴妃可沒有說過皇上駕臨的話，妳這孩子，也是該罰。」

素顏一聽，忙揚起臉來，一臉詫異地看著太后道：「太后，民婦沒有亂說啊，貴妃娘娘方才可是說過，君要臣死，臣不得不死？這個君，可不就是皇上嗎？民婦還以為是皇上要責罰民婦，以為皇上真的來了，正想向皇上求饒來著。」

貴妃聽了差點被這番話氣得背過氣去，細想之下，又覺得背後冷汗淋漓，不由驚慌地看向太后。

自古以來，與臣相對的君，當然是皇上，貴妃的那句話細究下來，可是有欺君罔上之嫌。原本她的意思是她是貴妃，想要一個民婦死，民婦不得不死，但她將自己比作君，那便是大過了。其實這種話，大家都明白意思，不過一時口誤罷了，若放在平時，宮中之人也沒有誰敢指出她的錯，聽過便也就算了，但此時被這小刁婦抓到話柄作了文章，又是在太后和眾宮人面前戳穿，頓時氣得只想將素顏生撕了才好。

太后聽了也一時怔住，她當然聽到了貴妃說的那句話，當時雖覺不妥，但也沒深究，陳氏原就是個口無遮攔的性子，便是在皇上跟前說話時，也是不時地冒兩句傻氣，皇上平素看在陳閣老和靖國侯的分上，不太與她計較，可是如今被素顏挑起來說了，這倒還真不好辦，總不能讓人說宮裡的禮教尊卑都不嚴謹吧？

正好貴妃看了過來，太后狠狠地瞪了貴妃一眼，貴妃一驚，忙跪了下去，低頭認錯道：「母后，臣妾只是一時口誤，臣妾絕不敢欺君罔上，求母后饒恕臣妾。」

太后皺了皺眉道：「妳以後說話注意些，一會子回去，罰妳將《賢妃傳》抄上十遍，讓妳長長記性吧。」

貴妃聽得一喜，忙拜謝太后，卻是更恨素顏了。那《賢妃傳》可是前朝一代名后所書，全文厚厚一本，比起《女戒》來可是要長了不知道多少倍，十遍下來也是一種體罰，小藍氏好生刁滑，不懲治她，怎消心頭之恨？

素顏見太后袒護貴妃，讓一件大罪輕輕揭過，心中不由可惜，不過，她也知道自己不能再深究下去，以免連太后都惹怒了，如今貴妃已經被她得罪得更深了，再不能連太后心裡的那一絲憐惜之意也攪沒了，如是在太后懷裡悄聲說道：「原來只是娘娘口誤，嚇了民婦一跳。太后娘娘仁慈賢明，當然不會為了偶爾的口誤便捕風捉影，重罰貴妃娘娘的。」

太后聽她說得乖巧，人也乖覺，更是喜歡了幾分。

陳貴妃哪裡甘心就此放過素顏，又大聲喝道：「你們還猶豫什麼，還不將那刁婦拖下去重責！」

素顏一聽，忙往太后懷裡鑽了一鑽，仰起小臉道：「太后饒命，民婦到現在也不明白，貴妃娘娘為何要責罰民婦啊？民婦究竟說錯什麼了？便是有錯，也只是口誤啊，太后救命啊。」

太后沒想到陳貴妃如此不知輕重，更不知就坡下驢，明知這藍氏是責殺不得的，還要一意孤行，心中更是一陣惱火。藍氏這孩子看著嬌弱，實則也狡詐呢，竟然用那「口誤」一詞來堵自己的嘴，貴妃犯了那麼大的「口誤」都沒重罰，那藍氏便更不能再打殺了，不然且不說皇后會如何鬧，傳出去人家也會說自己賞罰不公，偏袒私幫了。

「妳今天是怎麼了？不過是個孩子罷了，何必非要打殺了她，她就是說錯了什麼，且不說妳是長輩，便是妳身為一宮之主，心胸也要放寬了些呀。」

陳貴妃聽得一窒，沒想到太后會幫著藍素顏說話，一時眼圈一紅，喚了聲：「母后，可是這刁婦害死了我那甥女，她如此奸猾狡詐，臣妾不罰她難消心頭之恨。」

素顏聽了便道：「太后，真的不是民婦害的洪妹妹啊，洪妹妹她是真的魔症了，她屋裡的丫頭也瘋了呢，不信，貴妃娘娘大可以使人去侯府查證啊。」

太后聽得微怔。那洪氏雖說輕浮，但怎麼可能真的就魔症了呢？而且，是藍氏進門兩天以後就魔症了，這事說出來也難以令人信服，到底也是她賜下去的人，突然就被人害死了，寧伯侯府也真沒將自己放在眼裡，如此一想，心裡便有了幾分不豫，冷聲道：「好好的人，怎麼就會魔症了呢，妳莫不是在誆騙哀家？」

貴妃聽了眼睛一亮。太后這話可是嚴厲得很，藍氏這下可要遭殃了，方才太后對藍氏多有維護之意，讓她好生嫉恨，更怕有了太后的維護，自己難以懲治到藍氏，難消心頭之恨，既然太后都生氣了，她便不怕責罰不了藍氏了。

「民婦不敢，民婦便是有天大的膽子，也不敢騙太后娘娘您半句呀，何況，太后如此和善可親，民婦初見您便感覺好生親切，說句大膽的話，看見您便像看到民婦的娘親一樣，民婦忍不住就想與您親近，又怎麼會欺騙您呢？」素顏雙眸清澈，眼神坦然率真，專注地看著太后。

太后聽了心中有種莫名的情誼在流動。她初見素顏時，也有種親近的感覺，好像眼前的女子前世便是與自己有過母女之緣一般，只是那感覺淡淡的，並不深，只是對素顏起了喜愛之意罷了。如今被她這樣一說，心中震動，怪不得這孩子在自己面前大膽得很，敢撲進自己懷裡來，原來，她也有著同樣的感覺啊，心中的那點子鬱氣又消散了一些。

「那妳有何證據證明本宮那甥女真的就是魔症了，若不說出個一二來，本宮便要治妳個欺騙太后之罪！」陳貴妃生怕太后又起了憐意，忙大聲喝道。

洪氏已死，她料定素顏這會子也拿不出什麼證據來，單憑口說，誰人能信？

素顏自太后懷中直起身子，從袖袋裡掏出一只銀色的小耳環來，遞給太后。「太后您看，這耳環可是洪妹妹死後，自她耳朵上摘下來的。」

死人的東西，太后心中犯忌諱，不肯用手拿，素顏很乖巧地拎起那耳環，送到太后眼前。「上面刻著一個圖案，好像一隻狼頭呢，太后，您看清楚了嗎？」

太后瞇眼細看，果然那上頭真有一個狼頭，不由大震，一手捉住素顏的手道：「此物真是從洪氏耳上摘下來的？」

「回太后的話，正是。如今，另一只還在洪妹妹耳朵上呢，您若不信，可以著仵作去查驗。」說著，將身子退後一些，當著太后和陳氏的面，將那耳墜子擰鬆，卻不擰開，又道：「太后，這耳墜裡有名堂，裡面有種致幻的藥物，您可以讓宮中太醫拿去查驗一番。侯爺說，洪妹妹很可能就是因為這種藥物而導致性情古怪、行為荒誕的，不然，以貴妃娘娘的家室家風，怎麼會教出一個不守禮教的姑娘來呢？這事是有人在從中作梗，故意要害了洪妹妹又害民婦的，恐怕更深裡的意思，便是要害得貴妃娘娘和皇后娘娘生了芥蒂，好從中得利呢。」

貴妃看到太后臉色陰沈，素顏說話時，便走近一些察看那耳環，待看到那耳環上的圖案時，也是臉都白了，再聽素顏如此一說，心中的驚懼又小了一些。

素顏一番話將洪氏先前種種行為歸咎為被人陷害瘋死，也算為貴妃挽回了一些顏面。前兩日朝中上下對洪氏的行為議論很多，宮中更是有人嘲笑貴妃娘家家教不嚴，送女於人做妾不說，還縱女悍妾滅妻，讓貴妃好生沒面子，洪氏於貴妃來說不過是個棋子，可有可無，但貴妃卻是恨素顏將事情鬧得沸沸揚揚，令全京城的人都指責和笑話她的娘家，自然想要好生出一口氣才肯干休。

如今藍氏肯澄清洪家名聲，她自然心中之恨也消散不少，只是藍氏方才害她被太后責罰，這口氣還是要出的，便冷聲道：「便是妳所說是真的，妳拿這致幻之藥到內宮來，也是大罪，妳想謀害太后與本宮嗎？」

素顏早料到她有這麼一說，她與貴妃的矛盾是不可調和的，只要有皇后在，貴妃就不會對她產生好感，既然已經站在對立面，便無須過多討好，只會徒傷自尊罷了。

「娘娘說得是，所以，民婦方才並未真正將這耳墜子擰開，而只是擰鬆了一點。此藥封在耳墜之中，若非日日貼身戴著，便不會對身體造成太大的傷害，不然，民婦也不敢將之帶進宮來了。若說民婦要謀害太后娘娘，自己豈不是先被這藥害死了嗎？」素顏臉上含著淡淡的微笑，大眼裡含了一絲譏諷看著貴妃，聲音卻是真誠無比。

太后聽了也點頭道：「這孩子說得沒錯，貴妃啊，妳不是幫著皇后掌著鳳印嗎？回去忙吧，我再跟這孩子聊聊天。今日之事，便到此為止，誰也不要出去亂說，若洩漏半點，哀家定會嚴懲不饒。」

貴妃聽得怔住。太后竟然是在趕她走，藍氏還沒有被整治呢，她豈能甘心？好不容易等到皇后那賤人不在宮裡，護這藍氏不到，才召了她進宮的，難道要就此放過嗎？下一回，要再找機會就難了。

太后見貴妃還站著沒動，不由微蹙了眉，眼神也變得凌厲起來，貴妃一震，忙應聲退下，臨走時，狠狠地瞪了素顏一眼。

太后見了便搖了搖頭。有些人，便是個扶不起的阿斗，再幫她也是徒勞的，見過那耳墜上的圖形之後，陳貴妃還不知收斂，真想將大禍惹上身嗎？

第七十一章

貴妃走後，太后親切地讓素顏起來，笑道：「今天可是嚇到妳了？」

素顏起了身，卻還是挨在太后身邊，點了點頭道：「嗯，很害怕，還好有您在呢，民婦又不怕了。」

太后聽得莞爾一笑道：「這裡也沒有旁人了，妳跟哀家說實話，妳真的怕嗎？哀家看妳其實膽子大得很呢，連貴妃娘娘的錯處妳都敢抓，妳還有什麼不敢的呢？」

素顏聽得大驚，嚇得立即跪了下來。太后臉上不見半分怒氣，只是這話卻聽得素顏頭皮發麻，她這回可是真怕了，像貴妃那樣將敵意擺在面上的人，她自是有辦法對付，可面對太后這深沈如海的心機，她覺得自己就是隻螻蟻，只要太后願意，隨時都可以捏死自己。

「妳看妳這孩子，不過說妳一句，就嚇成這樣，方才不是還說覺得哀家良善可親嗎？難不成那都是哄哀家的？」太后笑顏不改，聲音也很慈和，只是素顏聽在耳朵裡，卻是更加心驚膽顫了。到底是在宮裡浸淫了幾十年的女人，又是最後的勝利者，那心機謀算豈是自己這個毛頭丫頭能對付的？

「民婦不敢，民婦覺得您觀之可親。」素顏這倒是真話，只是她不知，究竟是太后本身具有這樣親和的氣質，還是真的是自己有錯覺。她總覺得，太后身上的氣息，與她前世的母親很相似，讓她不由自主便想親近。

「嗯，哀家也有這種感覺，妳怕什麼，哀家也是真心喜歡妳呢。起來吧，挨著哀家坐一會子。哀家那最小的公主啊，在哀家身邊的時候，也像妳這個樣子，喜歡在哀家懷裡撒嬌呢。」太后淡笑著說道，眼神也變得悠遠深長了起來，似是那遠嫁的女兒又回到了身邊。

素顏依言站了起來，坐在了太后的腳榻邊，仰頭看著太后，瞥見太后眼中的濕意，心裡也感觸良多，想著前世的母親，辛苦養大了自己，卻不能享到自己半分福，還在承受無盡的思念，今生再也不能相見，不由眼圈紅了。

太后垂眸看到素顏眼中的淚光，不由拍了拍她的頭道：「妳還好，妳娘親就在京城裡，想見也不難，不像我那丫頭，一年也難回來一趟，也不知她在那異國的宮裡是否也被人欺負。」

「不會的，她可是大周的公主，身分何等尊貴，那些外邦小國只會尊敬她，又怎麼會欺負她呢？您放心吧，她一定過得很幸福的。」素顏隨口安慰道，說著連自己都不太相信的話語。此時的太后，只是個思念女兒的母親，而她正是個思念母親的女兒，兩人情感相通，方才的驚懼迅速消散不少。

「那個耳墜子，妳好生收了吧，不要再亂拿出來嚇人了，寧伯侯府水深，妳好自為之啊。」太后笑了笑，又對素顏道。

素顏聽得臉一紅，心中又是一震。太后真是眼光如炬，竟然看出那耳墜子並非真是洪氏身上之物，她不禁嚇得背後冷汗直冒，好在太后後面那句話安了她的心，似是並不會追究，還有些真心為她擔憂之意，不由又生出幾分感動，方才太后可沒有當著貴妃的面拆穿她呢，也沒打算要治她的罪，那便是放過她了。

正要說幾句感謝的話，又聽太后道：「司安堂可不是那麼容易管理的地方，成紹那孩子過得也很難，難得他對妳動了真情，肯處處維護妳，為了妳，連這種東西都肯給妳，看來，他很是信任妳的，妳可要好生待他才是。」

素顏被太后這話震得一陣發暈。太后深居深宮，竟然連這些都知道？她，究竟是站在皇后這一邊的，還是站在貴妃這一邊的呢？或許，兩邊都不想幫，只是也玩著權衡之術，不讓一方獨大，令後宮保持一個相對的平衡？

葉成紹果然可能是司安堂的堂主，只聽命於皇上，怪不得他可以輕易救了大老爺出來，並將大老爺於兩淮賑災貪墨一案中摘清……可是這應該是一件很隱密的事情，太后知道並不稀奇，但王大太太怎麼會知道的呢？

她不由眉頭深鎖，點頭應了太后的話，又想起了今天在那奇怪的園子裡的遭遇。上官明昊也只是個普通的侯府世子嗎？他為何能調得動宮中的宮女，將自己騙到那園子裡去呢？葉成紹又是為何會出現在那園子裡呢？

正胡思亂想之際，外面宮人來報，說是寧伯侯世子前來拜見太后娘娘，正在宮外等宣。

太后聽得一笑，親暱地戳了下素顏的頭道：「妳看，妳還應得不情不願的，人家可是擔心哀家會吃了妳，來接妳了呢。」

素顏臉一紅，嬌羞地一笑道：「太后，他……是來拜見您的呢，一大早他就出來了，怎麼知道民婦在您這裡呢？他可是對您一片孝心，您一定要領情啊。」

太后聽得哈哈大笑，點著頭道：「嗯，那小子不氣死哀家就是他最大的孝心了，妳呀，這心底裡可是心疼著那小子呢，皇后可不必太過擔心了。」

說著，自手上取下一只晶瑩剔透的羊脂白玉手鐲戴在素顏手上。「這手鐲哀家戴了好些年了，原是一對的，一只給了我那小丫頭，今日妳合哀家的眼緣，這只便賞與妳吧，以後有了空，可要多來宮裡陪陪哀家這老婆子才是啊。」

素顏見了忙下跪謝恩，一時，宮人傳了葉成紹進來。

葉成紹一身藏青色直裰，腰間繫著一根金絲邊寬腰帶，中間綴著雲豆般大小的綠玉寶石，頭束紫玉冠，神情恭謹有禮，長身玉立，乍看真是一個丰神俊朗的男子。

他一進來便大步向前，單膝跪地。「紹兒給太后娘娘請安，太后千歲千歲千千歲。」

「你這魔障，難得今天這麼有正形，是看你老婆在哀家宮裡頭吧？平素怎麼不見你這麼多禮，起吧，仔細看看你老婆，可有少了一根頭髮？」太后戲謔地看著葉成紹說道。

葉成紹聽了立即就換了一副嬉皮笑臉的樣子，直起身來就往太后身邊蹭，嬉笑道：「老祖宗，紹兒可是真心來看您的，您怎麼不領情啊？再說了，有老祖宗在呢，紹兒自是不怕的，不過就是怕她年輕膽小，不會說話，怕衝撞了您呢。」

太后聽了斜了眼瞋他。「哼，你們一對小狐狸，她那麼聰明，又怎麼會衝撞哀家？不過，紹兒啊，你一會子還是帶了她去貴妃宮裡一趟吧，她那甥女兒沒了，心裡不圓泛，你去給她賠個禮吧。」

葉成紹撇了撇嘴，道：「您又不是不知道，娘娘她打小就不喜歡紹兒，便是賠了再多的禮，她也不待見紹兒，紹兒不去討那個沒趣。她沒怎麼著我娘子就好，真要把氣出在我娘子頭上了，紹兒要做什麼那就難說了。」

「紹兒，你連哀家的話也不聽了嗎？」太后聽了不由沈了臉。葉成紹這話也太不給她面子了，今天若不是她攔著，素顏那頓打是跑不掉的，而且她原也是想讓陳貴妃對素顏稍事懲戒，讓貴妃出出氣的，後來愣是一下都沒讓她碰著，這會子貴妃心裡指不定多憋屈呢，要這孩子去賠個禮都不肯，真是氣死人了。

一見太后真生氣了，葉成紹又老實了，垂著頭嘟著嘴道：「那紹兒一人去便好，娘子就在此多陪陪老祖宗吧。」

「不用了，她一口一個民婦的，聽著哀家心裡煩。你姑母是怎麼辦事的，自家姪媳都沒說給封個品級，她既是懶，那哀家就勉為其難地給她辦了吧，嗯，按說也就只能封個三品，看在她還合哀家眼緣的分上，就封個二品吧。」太后故意板了臉，說的話卻是讓葉成紹眼睛一亮。

他立即長臂一伸，將素顏給拖起來，一起給太后跪下，兩人齊齊向太后磕了三個響頭謝恩。

太后笑道：「旨意不久便會送到侯府去，你們兩個去貴妃娘娘處賠個禮，跪安了吧。」

葉成紹這回再沒敢多囉嗦，起了身，拉著素顏退了出來。

貴妃娘娘確實心中不豫得很，今天沒有罰到藍氏，讓她鬱堵得慌，正在宮裡生著悶氣，就聽宮人來報，說寧伯侯世子和世子夫人求見。

她隨口便道：「不見，本宮正忙著呢。」

她身邊的一個老嬤嬤見了便在她耳邊低語幾句，貴妃聽了便改了口，讓宣了葉成紹和素顏一齊進來。

素顏邊走邊細細思忖，總覺得心有不甘，葉成紹在身邊不時偷偷睃她，一股無名火便自心頭竄出。都是這廝，設圈套、用心機、費功夫騙了自己嫁給他，偏讓自己連個安生日子也沒有，家裡就有一大堆子妖魔鬼怪壓得她喘不過氣來，這外頭，還有如此強大一尊神也不想讓自己好過，她這是嫁的什麼人啊，這一切就是這傢伙惹來的，一看到葉成紹，素顏就氣，沒得對他翻了個白眼，板著小臉，就沒展過眉。

葉成紹小心地賠笑，殷勤地扶著素顏，像是生怕她也會在光潔的青石地板上摔了似的。素顏忍不住就甩開他的手，小聲嗔道：「你不是佳人有約了嗎？怎麼又來宮裡接我了，沒去快活快活？」

葉成紹聽得雙眼一瞇，深黑如墨玉般的眸子裡閃過一道精光，立即又綻開一朵笑容，將頭擱在素顏的肩窩裡，撒著嬌道：「有了娘子這般絕世佳人，其他庸脂俗粉，本世子爺又如何能看在眼裡？娘子，妳要知道，我的心裡可是只容得下娘子一個人的。」

這廝臉皮也太厚了吧，說起謊來眼皮都不眨的，明明府裡那後園子裡還有幾個小三、小四呢，竟然敢說只容得下自己一個，真是空口白話，也不怕閃了他的狗舌頭。

說到舌頭，她不禁又想起昨天那個與法式濕吻相提並論的長吻。這廝如今是越發會調情了，竟然……她的臉不由騰地一下紅了，俏麗的臉上突然敷上了一層紅霞，玉顏嬌美無瑕，頓時讓葉成紹看得直發怔，眼睛膩在素顏身上便有些錯不開了。

身後傳來青竹一聲清咳，素顏立即從羞澀中驚醒，一轉眸，便看到葉成紹直勾勾的眼睛，灼灼生輝，不由一掌便向他的額頭拍去，罵道：「又發什麼神經？」

葉成紹的臉立即垮了下來，嘟囔著道：「娘子，妳方才想起了什麼，是……想起哪個人了嗎？」這話說出來，他自己都覺得牙酸，心裡帶著絲期待又有些微的害怕和擔憂。娘子她……會不會，在想那個人呢？如此一想，他的心便難受又酸澀，一時情緒又低落起來，無精打采的樣子，黑亮的大眼也失去了光彩。

素顏皺眉看著他，猜到他定是想岔了，不由伸出兩隻纖纖素指，兩指一錯，擰住他腰間的軟肉用力一旋，罵道：「胡思亂想些什麼呢？我可不是那花心濫情之人。」

葉成紹腰間又痠又痛，不過，心裡那癢痛感卻是瞬間消失，像灌了蜜一樣地甜絲絲的，腰間的痛便不是痛，而是享受了。

俊臉立即綻放出一朵燦爛的笑顏來，若不是在深宮之中，不時有宮女路過，他真會抱住眼前的人兒旋轉一圈才好。

素顏白了他一眼，小聲罵道：「白癡！」

某個被罵成白癡之人一臉傻笑，對自己這個新諢名似是很樂意接受。

「相公，你身手很好嗎？」素顏看著眼前的傻子又好氣又好笑，只好轉移了話題，得讓他快些恢復正常才好。

「呃，娘子怎麼突然會問這個？」素顏從來沒有問過葉成紹這些事情，一直是漠不關心的，葉成紹有一瞬的呆滯，驚詫地問道。

「很好對不？有沒有飛花摘葉的本事？就是彈指能傷人那種？」素顏卻是臉色嚴肅。她今天受了欺負，實在是壓不下心頭這口氣，在這個皇權高於一切的時代，人權早被人踩在腳底下，太過懦弱便只能被動挨打，她不想再一直當那個受氣包，任誰都要來欺負一番，打了能還手不還手，那是笨蛋，是對敵人的放縱，人敬她一尺，她便敬人一丈，敢欺負她，那個人也要付出些代價才是。

「飛花摘葉？彈指傷人？娘子，青竹就有這本事啊，何況妳手神俊朗、神功蓋世的相公我呢？」葉成紹一說到武功，便是得意洋洋，他難得在自家娘子面前顯擺，星眸笑得彎彎如月兒。

「那好，相公，你應該清楚我的意思吧，要知道你娘子我今天可是死裡逃生過一回的呢。」素顏附在葉成紹的耳邊，神情嬌羞，聲音細不可聞，在旁人看來，只覺寧伯侯世子夫妻二人感情甚篤，而世子夫人正在向世子撒著嬌呢。

葉成紹聽了眼光立即變得陰厲深沈起來，心疼而又心愧地看著素顏。若不是自己那複雜的身世，娘子又怎麼可能四面是敵、處處危機？不過，娘子好像變了些，她變得更加堅強勇敢果決了，難得她想要依靠自己，想讓自己為她復仇，為了出氣，這是好現象，至少，她當自己是她心中的依靠了，受了委屈，不再是一個人躲起來自己想法子解決了。

這個氣，一定要給娘子出了，而且還要讓她出得暢快舒心。

素顏的話提醒了他，某個老女人他也看不慣很久了。飛花摘葉、彈指傷人嗎？娘子的想法還真特別，嗯，這法子還真不錯呢。

第七十二章

兩人磨磨蹭蹭地從慈寧宮走到了長春宮，葉成紹懶懶地向守宮宮女說明來意，便將自家娘子攬在懷裡，用自己的身子幫素顏擋著宮外那如刀般的寒風，一點也不顧及在宮中的禮儀規矩，怎麼開心怎麼來，怎麼舒服怎麼來。

那宮女很快便進了殿，向貴妃稟報了，葉成紹耳力甚好，很快便聽到裡面老女人那聲低吼：「不見！」

這是預料到的事，娘子既然說差一點沒命，那便是那女人沒有得逞，只怕正獨自鬱悶呢，那就不如讓她更鬱悶一些，自家那……姑姑回來了，定然會很開心，也算是自己送她的一件禮物吧，正好得在她那裡為娘子討些好處來。

他正想著用個什麼名目非要進去不可時，那宮女出來了，卻是恭謹地請他和素顏一同進去。

葉成紹稍有些意外。這不太符合貴妃的性子，應該……他不由看了素顏一眼，眉頭稍微揚了揚，素顏拍了拍他的手，示意自己明白，兩人提了幾分小心，垂首走進貴妃所住的長春宮裡。

貴妃正笑著坐在主位上，只是她的笑容太過刻意，便顯得呆板和假，那黑色的眼袋下似乎又加了幾道深痕，笑得比哭還難看。

素顏抬眸看了一眼立即垂下頭去，做出一副誠惶誠恐的樣子來，心裡卻是厭惡至極。

葉成紹帶著素顏，懶洋洋地雙雙跪下去行禮，朗聲道：「奉太后之命，臣帶了娘子來給貴妃娘娘賠禮，臣沒有照顧好洪氏，有負娘娘厚愛，請娘娘責罰。」

貴妃聽得微怔，葉成紹打小以來便一直與她作對，從來沒給她好臉色瞧過，小時便頑劣不堪，常常捉弄大皇子，他比大皇子要大上一個月，明明小時瘦精精的，卻偏像個猴兒樣地精溜，做了壞事就溜，皇后又護他護得緊，自己想要責罰，卻又難抓把柄。最恨的是，皇上竟然也對他疼愛有加，哼，不過是個見不得光的孽種，還真當自己是個人物呢！這麼些年了又如何，還不是照樣見不得光？

貴妃轉眸看了她一眼，仍是不甘心地盯著地上跪著的一雙人。她就是不想叫他們兩個起來，看葉成紹當著藍氏的面，能做出怎樣放肆無禮之舉來。

葉成紹仍老實地低著頭。他知道，自己可以仗著皇上和皇后的寵愛任意妄為，但素顏不行，除了自己，沒有人能給她撐腰，沒有人為她遮風擋雨，自己在身邊還好，一旦離開，她便會有危險，所以為了她，自己也要忍，不能再給她帶來麻煩了。

約莫過了一半刻鐘之久，素顏感覺雙膝寒氣刺骨的痠痛，腳背都要僵硬了時，貴妃才淡淡說道：「平身吧。」

葉成紹緩緩起身，小心地扶著素顏站起來，便聽到貴妃一聲冷笑。「唉呀，方才本宮想起了我那可憐的甥女，一時走神，忘了你們還跪著呢。怎麼，世子夫人的腿跪傷了嗎？唉，也是啊，書香門第出來的女子總是要文弱一些的，要不要請太醫來看看？」

素顏聽了不由垂著頭偷偷翻白眼，這老女人明裡暗裡諷刺自己嬌氣，真要讓她請了太醫來，說將出去，宮裡人還不說自己矯情、嬌貴，且賠禮的心意不誠，拿唾沫淹死自己啊，她可真是無所不用其極，找到任何機會都要害自己一下呢。

葉成紹聽了忙道：「啊，原來娘娘您是在想洪氏啊，您若是想見她，也不是沒有法子呢。」

他語氣難得正經，不帶半絲的調笑與懶散，但這話卻讓貴妃聽得驟然變色，張口就要發作，那老嬤嬤又清了清嗓子，示意她忍耐，深吸了一口氣，才平復心中的怒意，心中暗罵葉成紹：死小子，竟然敢當面威脅本宮，等有機會，本宮一定要讓你這見不得光的陰溝老鼠死無葬身之地。

葉成紹見貴妃的臉都黑了，很無辜地說道：「娘娘，您不是想岔了吧？洪氏還沒下葬呢，臣是說，您若真想見她一面，臣可以帶您去的，就停在侯府的後園子裡，您要去嗎？」

誰願意見個死人，真是晦氣！貴妃立即改了口道：「算了，再見也不過是徒增悲傷罷了，你……可得要將她厚葬了。喔，如今皇上不在京城，可是太后娘娘在，本宮想讓你以平妻之儀下葬她，你可同意？」

平妻之儀？素顏不由冷笑，如今京城有些頭臉的人家，誰不知道洪氏以妾位欺負自己的事情，侯夫人為此打了自己一頓，如今再以平妻之儀下葬洪氏，那不是在打自己的臉嗎？哪有冒犯過主母的小妾，死後還能有如此恩典的？

葉成紹想也不想地就回道：「洪氏可是非正常死亡，她的死很有些蹊蹺，臣正要徹查，想順藤摸瓜找些見不得人的東西出來才好。」

貴妃聽了，立即想起素顏先前拿出的那個耳墜子來，再聽葉成紹如此一說，心中便更是心驚了，不由又後悔自己方才的提議。「算了，那孩子是個福薄之人，怕是擔不起這平妻之名，便是去了那輪迴道上，也要被打了回來。」

葉成紹只是輕輕一句話便讓貴妃放棄了要立洪氏為平妻的說法，素顏不由側目看了葉成紹一眼，眼中帶了絲欣賞。葉成紹見了好一陣得意，又對貴妃道：「娘娘放心，她的後事臣一定會辦得妥貼的，只望娘娘您節哀，一定要保重身體，逝者已矣，生者要過好自己的日子才是對死者最好的懷念。」

「你這孩子，如今倒是很會說話了，幾句話說得本宮心中的傷感減輕了許多，既然那孩子得了怪病，她的死，也就怪不得你們兩個了。」

話說完了，人便該走了，葉成紹卻是扶著素顏站起來後，也不等貴妃賜座，慵懶地往殿中的紅木椅子上一歪，沒正形地歪著頭，嬉皮笑臉地說道：「難得娘娘今天心情好，又對我家娘子有眼緣，那臣便再厚著臉皮向娘娘討些恩典吧。」

貴妃聽得詫異。以前葉成紹可是從不肯到她宮裡來，即便來了，也是公事公辦，說完話就走，從沒如今天這般，要著賴找她討東西的。不過，也許是看自己對藍氏好，便對自己少了些戒備，多了幾分親近吧？她也知道，葉成紹只在太后和皇后宮裡，才會如此沒正形，如此一想，貴妃不怒反笑道：「好啊，今天本宮著實心情好，你說吧，想求什麼恩典，只要不過分，本宮便應了你就是。」

「倒沒啥，臣只是聽說娘娘這裡還有些上等的凍頂烏龍，臣想討兩杯喝喝，還望娘娘不要捨不得才好。」葉成紹笑得陽光燦爛，黑峻的眸子裡，兩眼亮晶晶的，似是很饞那好茶似的。

貴妃聽了果然臉上顯出一絲得意來，笑道：「你這猴兒倒是會討東西。這凍頂烏龍還是皇上看本宮特喜此茶，才略微多賞了些，如今正是春茶還未抽芽，青黃不接之際，這宮裡頭也就本宮宮裡還有那麼一、二兩凍頂烏龍了，本宮自己都捨不得多喝呢，不過呢，既是你這孩子難得開口向本宮討些恩典，那便賞你們夫妻喝兩杯吧。」說完，揚聲道：「將那凍頂烏龍沏上三杯來，本宮陪著這兩個孩子品品茶。」

素顏聽了，自眼睫下看葉成紹，只見他仍是一副慵懶的樣子，半坐半靠在椅子上，兩條腿也伸得老長，很不正形，難得的是，貴妃那樣中規中矩之人也能忍受他的慵懶，不與他計較。

一時，茶沏上來了，果然清香馥郁，聞之心曠神怡，葉成紹一下便坐直了身子，茶還沒送到他身邊，他兩眼便直直地看著那茶盤，像是生怕那茶會飛了似的。

貴妃被他這猴急的樣子弄得好笑，不由嗔道：「既是如此喜歡，明年便讓皇上也賞你些喝喝，皇上可是最寵愛你，什麼好東西也是淨想著你來的，還怕討不到這茶喝？」

葉成紹也不理會貴妃話語裡的刺，宮人將茶一送到他身邊，不等放到茶几上，他便伸了手去端，茶還沒端起，便突然又扔了那杯子，杯中之茶潑出一些，正好燙了他的手，他不由猛然跳起來在殿裡打轉轉，兩手捧在一起直呵氣，大呼：「燙，好燙。」

貴妃無奈地笑道：「你慢些個，又沒有人搶你的，怎麼急得真跟猴兒似的。」

素顏優雅地端起茶，喝了一口後，見葉成紹如此，不由安慰貴妃道：「娘娘別管他，他就一個長不大的孩子，不著調得很呢。」

「唉，娘子，妳怎麼能如此貶低為夫，為夫好歹也是個堂堂世子呢，怎麼不著調了？」葉成紹邊站著團團轉，邊不服氣地說道。

「你還別說，你這娘子還真說對你了。你呀，可得學著沈穩些，如今也是成了親的人了，再不能如從前那般遊手好閒，不務正業才是。」貴妃端著長輩的架子，乘機教訓了葉成紹幾句。「你看大皇子，他比你還小上一個月呢，皇上可是常誇他穩重得體、賢明寬仁，你好歹也學學他吧。」

一找機會就要誇自個兒的兒子，葉成紹暗暗撇嘴，卻道：「臣怎麼能和大皇子比，大皇子可是龍子龍孫，將來可是要掌管天下之人，臣不過是一介浪蕩，混世魔王一個，又不用臣來操心這天下之事，臣何不過得恣意快活些？」

貴妃聽了這話，眼裡露出一絲滿意和鄙夷來，心中冷哼道，即便那人再如何努力又如何？不過是個廢物，扶不起的阿斗又是個沒名沒分的，再怎麼爭，也爭不過的。

葉成紹轉了好一陣圈才消停了，老實地坐了下來，終是捨不得那上等的凍頂烏龍，端起來小啜了一口，閉上了眼睛，一副很享受的樣子，再睜開眼來，又喝了一口，大聲誇讚。

貴妃見了也來了興致，也端起茶來喝了一口，素顏和葉成紹兩人便坐在貴妃宮裡慢慢地品著茶，就著茶點，閒聊了近半個時辰，難得地與貴妃相處融洽。

茶過三巡後，貴妃臉露倦意，葉成紹和素顏便起身告退，貴妃娘娘揮了揮手，示意他們退下。

葉成紹精神抖擻地與素顏一齊向殿外走去，兩人出殿，葉成紹帶著素顏卻並不出宮，而是又往太后宮裡回逛。

素顏歪了頭，兩眼發亮地盯著葉成紹看，眼中滿含期待，那樣子像是正在等著大人分下糖果的孩子，葉成紹唇邊勾起一抹戲笑，隨手自懷裡掏出一包東西來，塞在素顏手裡。「妳不是喜歡吃杏仁酪嗎？今兒我特意到喜仁堂買的，娘子一會子回家吃。」

素顏吶吶地接過，撇了撇嘴，抱著那包東西，心情好不鬱悶。這傢伙拿她當孩子打發呢……抬起頭專注地看著葉成紹，仍是兩眼黑亮亮的。

葉成紹眼中笑意更深了，嬉皮笑臉地湊近素顏道：「娘子是不是發現，為夫我實是俊美無儔、丰神如玉啊？多看看、多看看，越看越會覺得俊呢。」

從沒見過這麼厚臉皮的，素顏立即起了一身雞皮疙瘩，翻了個白眼，懶得再看他。

葉成紹卻是突然長臂一勾，也不顧來往的宮人，抱緊素顏便偷偷地香了一個，素顏大窘，臉色頓時通紅起來，眼裡卻沒有了怨責，而是濃濃的、充滿期待的笑意。

到了慈寧宮，宮人見寧伯侯世子及夫人去而復返，很是詫異，卻沒多說，進去稟報了。

太后倒是很高興，宣了小倆口進去，行禮完後，太后高興地拍了拍身邊的小榻對素顏道：「過來陪哀家坐坐。」

素顏正要走過去，突然感覺身子好生發熱，額頭開始冒起汗來，身上卻是除了發熱並無其他症狀，並沒難受，只是熱得雙頰通紅，身上虛汗滾滾，人也有些乏力起來。

太后大驚，忙扶住她道：「妳……妳這是怎麼了？呀，好燙，是著涼了嗎？」

「好熱，太后，民婦覺得好難受。」素顏苦皺著一張小臉，如一隻受了傷的小兔子一般，可憐又無助地看著太后，太后心一軟，忙大聲道：「傳太醫，快，快傳太醫來！」

「娘子，妳這是怎麼了？哎喲，老祖宗，紹兒也肚子痛，紹兒先出去出恭了啊。」說著，葉成紹竟是一溜煙就跑了。

太后心急地看著素顏，只覺得她身子越發燙了，那豆大的汗珠如雨一樣滴落，人也癱軟在小榻上，眼神無力地微睜著，緊咬著牙關，似是極力不讓自己發出痛苦的聲音來。

一時，太醫急急地趕來了，太后忙讓太醫給素顏診脈，太醫三指搭在素顏的腕上，不過片刻便立起身來，垂首對太后道：「稟太后娘娘，世子夫人是吃了不乾淨的東西，這是中毒的症狀。」

「中毒?!什麼毒?」太后的聲音有些發沈，臉色也很不好看。

「此毒凶險，且是慢性，世子夫人應該中了有一個時辰左右了，不發作則已，一發作便會渾身發熱，汗濕如雨，如若救治不力怕是會脫水過多，虛脫而……死。」

太后聽得大驚，忙對太醫道：「那快快給她解毒。」

那太醫擦了擦頭上的汗珠道：「也是世子夫人命大，微臣這裡還備有一粒清毒丹，乃是先父留下的遺物，此毒太過怪異霸道，若今天換了其他太醫，怕是會束手無策，再延誤三刻，世子夫人便會香消玉殞。」

太后聽了也直覺僥倖，忙對太醫道：「你父陳醫正乃是先皇時太醫院院首，醫術冠絕天下，你雖也是醫學奇才，但比起你父親來，還是差了些經驗和歷練。你今天救了這孩子，哀家會心中有數的，快快餵藥給她吧。」

太后知道，陳太醫之父死了多年，他留下的藥物定然珍之又珍，這陳太醫能及時拿出來也是一份心意，自是該賞的。

陳太醫大喜，忙拿了藥出來用水化開，讓宮女餵了素顏喝下，果然素顏身上的躁熱減輕，身上也回復了幾分力氣，太后忙讓人扶了她到後殿去歇息。

葉成紹這時才鑽了出來，一臉的苦相，一見素顏不在，大聲嚷嚷起來。「老祖宗，我那娘子呢?我娘子去哪裡了?您可不要嚇我啊，紹兒可是好不容易才得了這麼個稱心如意的娘子，她要是出了什麼事，紹兒也不活了，紹兒去投了京河算了！」

「你胡說什麼？她中毒了，如今被陳太醫解了毒，在後殿歇息呢，你別去吵她。」太后無奈地喝斥葉成紹道。

「好好地在您宮裡出去的人，怎麼在貴妃娘娘宮裡打個轉，回來就說中毒了？老祖宗，今兒這事不給紹兒一個說法，紹兒可絕不干休，紹兒可是聽了您的話，帶了娘子去給她賠禮認錯的，我說呢，怎麼突然就那麼大方，原來是打算要了娘子的命啊，幸虧紹兒心血來潮，想在您這兒蹭頓飯吃，要是回到家裡毒發，救治不及時，我那苦命的娘子不是會……」葉成紹說得額頭青筋突起，雙目赤紅，目眥盡裂，氣得便要衝出去找貴妃拚命。

太后忙叫了宮人攔住他，好生勸道：「你沒有證據，可不能胡言亂語，素顏那孩子在貴妃宮裡用了些什麼？」

「就喝了茶，吃了些茶點啊。」葉成紹回道，眼睛一瞪，又大嚷了起來。「不行，老祖宗，您得立即派人到貴妃宮裡去，查查那茶點盤子，一定能找出證據來。」

太后實在不想將這事鬧大，可是心裡也有些後怕，若是別人還好說一些，但素顏那孩子很得她的眼緣，看著既親切又喜歡，好不容易有個能說得上話的孩子，差一點死了，可不太可惜了嗎？且紹兒這孩子可是個天不怕地不怕的，素顏就是他的逆鱗，若只是輕懲幾下，貴妃位高，他還拿她沒法子，但若是想要素顏的命，他豈會善罷干休，怕是會鬧個不死不休，皇上……對這孩子心懷有愧，又是極寵這孩子，這……到時只怕會頭痛啊。

「來人，帶人去貴妃宮裡搜查，將今天用過的茶和茶點全都送去仔細查驗一番。」太后思慮再三還是下了命令。

葉成紹一聽，也不鬧了，跟著那掌宮太監就往前走。太后見了，心中大急。她讓人去查，肯定是不想查出貴妃的證據來，真要查出是貴妃幹的，那皇后回來了，還不抓了這把柄大作文章？太后可不想看到宮裡皇后一家獨大的情形出現，一時又在心裡痛罵貴妃，陳氏就是個上不得檯面的，怎麼幫扶都是無用，這點子伎倆也敢在葉成紹這孩子面前施展，這些年她吃的虧還不少嗎？怎麼就不能記取些教訓呢？

比起她那個兒子來，可真是差得太遠了，這樣的人幸虧沒掌中宮，不然這大周的皇家內宮也會被她弄得一團糟。

可如今葉成紹也要親自去查探，什麼事情能瞞過這孩子的眼睛，可這會子想要攔，怕是會惹得他生疑，不由頭上都急出汗來，一時也不知如何是好，急得直跺腳，在心裡大罵貴妃愚蠢。

葉成紹帶著慈寧宮的掌宮太監，氣勢洶洶地衝到長春宮。貴妃正與那老嬤嬤在說著什麼，見葉成紹突然帶了人不經通報便進來，不由大怒，手掌往桌上一拍道：「大膽！誰讓你們擅闖長春宮的？活得不耐煩了？來人——」

「娘娘，請您稍安勿躁，奴才可是奉了太后娘娘之命而來的。寧伯侯世子夫人突然中毒，命在旦夕，她今日可是只在娘娘宮裡用過點心，太后命奴才來嚴查，請娘娘不要為難奴才。」那掌宮太監板著臉，話說得客氣，語氣卻是嚴厲。

葉成紹見他還與貴妃磨嘰，便懶得理他，扯了兩個太監便動手翻查了起來。前殿什麼也沒查到，到了後殿，查到茶水房，素顏先前喝過的東西早就處理了，連杯盤都洗淨了，沒查出半點東西來，葉成紹也不氣餒，直接就領著人闖進貴妃寢宮，兩名宮女又攔，他大手一揮便將人拍飛，大搖大擺地帶著人在貴妃寢宮裡翻查起來。幾名太監原來小心翼翼，怕碰壞了貴妃的東西，葉成紹可是毫無顧忌，下手粗重，不是打碎一個珍貴的花瓶，就是將貴妃裝飾櫃架上的物件碰翻，一陣砰砰作響，看得那幾個太監直咂舌。打爛的那些個，可都是銀子啊！

貴妃在外頭氣得兩眼發直，起了身就要往寢宮裡衝，想攔住葉成紹，那掌宮太監無奈地嘆口氣道：「娘娘，但願世子爺不要翻出什麼東西來才好，您還是不要再去惹他了，他可是惡名在外的啊。」

兩刻鐘後，一名執事太監大喊：「這是什麼？」

葉成紹抬眸看去，見他手裡拿著一個小紙包，眼裡便有了笑意，大聲道：「走，拿到太后宮裡去！」

第七十三章

葉成紹帶著那幾名太監往外殿走，掌宮太監一看葉成紹的臉色便明白，怕是在寢宮裡搜出了些什麼，不由眉頭微蹙，沈著臉對貴妃道：「娘娘請休息，奴才告退。」說著，轉身便走。

貴妃一看葉成紹趾高氣揚的自她寢宮裡出來，氣得臉黑如鍋底，怒斥道：「大膽小賊！你可知男女有別，你一個小小世子，竟敢亂闖本宮寢宮，破壞人倫，有違宮制，本宮今天若不將你這膽大妄為的賊人處置，本宮如何嚥得下這口氣！」

「娘娘氣什麼？臣自小便在各位娘娘寢宮裡玩慣了的，怎麼別的娘娘從沒指責過臣有違人倫，倒是貴妃您說出這話來，難不成，臣對您做下了什麼違制的事不成？所謂奸人心裡想奸事，娘娘您也不拿個鏡子照照自個兒那模樣，比老祖宗還老上三分，便是您想要與人違反人倫，也要人家忍得住噁心才行吧？」

這話簡直比挖了貴妃家的祖墳還讓她生氣，任是哪個女人被年輕俊俏的男子鄙薄成這樣，也受不住啊，何況貴妃在宮裡位高權重、頤指氣使多年，就是皇后見了她也是要禮讓三分，卻被葉成紹像個流氓一樣罵了個狗血淋頭，將她辱得半文不值，她一時只覺胸口氣血翻湧，一口氣沒壓得住，竟是吐出一口血來，對著葉成紹便罵道：「你個見不得光的下賤東西，別以為仗著有皇上的寵愛，你就能為所欲為了，也不想想，真寵溺又如何，只是個侯府世子，不過是隻陰溝裡的老鼠罷了，以為你真是——」

「放肆！貴妃，妳不是也魔症了吧？」太后突然在殿外出現，正好聽到貴妃辱罵葉成紹的話，氣得臉色鐵青。她就是怕葉成紹與貴妃鬧得太厲害，貴妃這笨女人會口無遮攔胡說八道，結果，一來便聽到了這麼一句駭人聽聞的話來，心裡恨不得將貴妃的嘴給絞起來才好。陳閣老如此精明睿智的人，怎麼就生出了這麼個蠢笨如豬的女兒呢？這事，只怕會越鬧越大了去，該快些安撫成紹才行，這孩子一旦發了狂，可是什麼事都能做得出來的。

「老祖宗，您可是親耳聽到了，紹兒何時是見不得光的下賤東西了？紹兒怎麼就成了陰溝裡的老鼠了？今天，不給我說個明白，我便一把火將這長春宮給燒了。」葉成紹一見太后來了，更是來了勁，硬著脖子對太后說道，雙目氣得快要噴出火來了。

「孩子，你莫聽貴妃胡說，貴妃魔症了。來人啊，送貴妃進寢宮，任何人不許來看她，也不許她踏出寢宮一步，等皇上回來定奪。」太后忙柔聲安慰葉成紹。今天這事，若是葉成紹肯善了便好，若他非要鬧大，只怕皇上就是再顧及陳閣老和靖國侯的面子，也會不得不嚴懲了她。

可是，成紹這孩子一鬧起來，哪裡能那麼容易就收場？今天這事，定是與藍家那孩子被貴妃欺辱了有關，貴妃這蠢女人，不知收斂，竟然還火上添油，真以為她娘家勢大便能猖狂肆意了嗎？讓成紹這孩子磨磨她也好，給她個教訓。

貴妃一聽太后這是要禁她的足，更是氣，嘴角又沁出一滴血來，染紅了她那件煙藍的宮製華服，瞧著也是觸目驚心。

太后見了，便斥責兩旁的宮女道：「還不扶了娘娘進去？妳們這些人是怎麼做事的，一個主子也服侍不好嗎？任由主子發魔症也不知制止？看來，都是過得太清閒的緣故。」

兩邊的宮女一聽，嚇得臉色發白，忙上前去扶住貴妃便往寢宮裡走。

葉成紹鐵青著臉，也不再鬧，只是默默地跟在太后身後往慈寧宮而去。他要大吵大鬧還好一點，至少太后知道他的心裡有些什麼想法，以往這孩子一般都會乘機討些好處去，可是，今天他受了這麼大的氣，竟然沈默了下來，倒是讓太后心中更是擔憂起來，這孩子壓抑了那麼多年，怕是會爆發了……

走到慈寧宮裡，葉成紹對太后道：「在貴妃寢宮裡找到一個藥包。」

太后一見，自己宮裡太監手裡果然拿著一個藥包，那偏袒貴妃的心思這會子也收了起來，忙讓人拿去查驗，正好那陳太醫還在慈寧宮裡觀察素顏的病情，還沒走呢，給他查驗正合適。

沒多久，陳太醫來報，說那藥包裡的藥粉正是寧伯侯世子夫人所中之毒，太后一聽，只覺得頭更大了。

正想著要如何安撫葉成紹，葉成紹聽了陳太醫的話卻是平靜得很，突然大步走到太后跟前來，袍子一撩，跪了下來。「太后娘娘，今天之事，臣也不多說了，您賢明睿智，定然知道如何做。臣現在便帶了娘子回府去，明日皇上回來，臣便辭去世子之位，一身布衣，帶了娘子浪跡天涯去。被人說成陰溝裡的老鼠，說成是見不得光之人，臣今受此大辱沒關係，連累了太后、皇上、皇后娘娘，讓您幾位高貴的身分蒙羞，是臣的不是，臣從此不再踏足這宮殿之中了。」

他原是叫太后為老祖宗，自稱為紹兒，親切而自然，可這會子口口聲聲都是太后、臣，全身籠罩著一股悲愴又決然的氣息，太后心中一陣心酸。這孩子受的苦，她何嘗不知，可是……

「紹兒……」太后傷心地喚道。

「太后，您多珍重，您的老寒腿一定要注意保暖，春上風寒潮濕，可要多注意保養，臣……去接娘子了。」葉成紹眼睛微濕，垂著頭不肯看太后的臉。

「孩子，你別這樣，老祖宗一定會給你個說法的，你先讓素顏那孩子在宮裡養著，這會子她才解了毒，也不宜搬動，可別加重病情就麻煩了。」太后只能留住素顏了。雖只是一天，太后也看出來了，紹兒對素顏是真心的，如今，怕也只有素顏能影響得了他了。

「老祖宗……」葉成紹的聲音有點哽咽，卻是對太后磕了個響頭，起了身便朝後殿走去。

太后無奈又傷感地看著那挺拔的背影，眼裡閃過一絲決然，大聲對身邊的掌宮太監道：「傳哀家懿旨，請皇上速速回宮。」

一旁的太監不敢遲疑，忙快速退了下去。

葉成紹走到後殿，素顏正躺在床上昏睡，一旁站著青竹和一名宮女。

葉成紹一進來便對那宮女道：「退下去，本世子親自來照看夫人。」

那宮女知悉葉成紹的脾氣，忙垂首退下，青竹便見機地站在殿門口，把守著殿門。

「娘子，妳好些沒？咱們回府去。」葉成紹的聲音有些生硬。貴妃的話像把刀一樣刺傷了他，他隱忍多年，活得比誰都艱辛，卻被人罵作陰溝裡的老鼠……一時，又想起自己那對無良的父母，想起自己那幾個如狼似虎的兄弟，侯府也不是他的安樂窩，便是個世子之位，也有人拚著命在搶奪，權勢與利益的傾軋讓他滿心創傷，他有些厭倦了，真的想就此帶了素顏一走了之，從此天涯漫步，恣意逍遙。

「呃……怎麼就要回去？」素顏還沒看到貴妃受罰呢，她出了一身大汗，身上黏黏的，好不舒服，要就此走了，看不到貴妃出醜、被懲，心裡怎麼也覺得不甘，只是葉成紹的臉色……看慣了他平素那麼小意，要嘛儂懶，要嘛嬉皮笑臉的樣子，很少看到他臉色如此嚴肅過。

而且，他的眼底竟是蘊著濃濃的悲愴和不甘，更有屈辱和憤恨。他是那種內心便是再苦也不會表露出來的男人，心裡埋藏著太多的秘密，卻不肯對自己吐露。她知道，並非他不信她，只是怕增加她的負擔，更不想她被捲進更複雜的環境中去。經過了這麼多事，她便是鐵石心腸也明白了他對自己的那份心意有多真，便是他用盡卑劣手段騙得自己嫁他，方法雖是

了？怎麼著，也得給那老女人一點懲罰吧？怎麼那口氣竟然是要退了似的？

「大少奶奶，您不能讓世子爺走，爺……也不可能走得了的。」青竹很機靈地把方向對準了素顏。世子爺做事不著調，但大少奶奶可是沈穩而又理智的人，此刻怕也只有大少奶奶能夠勸得了世子爺了。

「只要他肯，又怎麼會走不掉呢？他都肯一無所有了，那些人還要為難他嗎？」素顏巴不得過平安簡單的生活，葉成紹如果真能放棄一切帶她走，她又有何捨不得的？這個世界對單身女子很苛刻，但對一對小夫妻可要寬容得多了，身分地位、錢財便是浮雲，只要真能走得脫，憑她和葉成紹的本事，賺點過日子的小錢那還不容易嗎？

「大少奶奶，爺的身分可不簡單，他是……」青竹一急，便攔住了素顏，話說到一半又不敢繼續了，吶吶地回頭看著葉成紹。少主的身分，能告訴給大少奶奶嗎？

「司安堂的少主對吧？」葉成紹沒有回答，素顏卻是笑著搶先說了。她挑了眉，看著葉成紹，戲謔地說道：「你瞞我瞞得嚴實，可知道你這個身分的人似乎不少呢，上回王大太太便是發了瘋一般地要向我求情，希望你能救救王家呢。她一個深宅夫人，如何知曉那許多事？」

「王家已經完了。娘子妳可能還不知道，王大太太已經病入膏肓，連話都說不出來了，也許她這一輩子，再也不能說話了。」葉成紹眼神微黯，有些不自在地看著素顏，嘴裡卻說出令素顏很是震驚的消息。不過幾天時間，偌大個王家就要滅了嗎？而王大太太，真的只是生病？司安堂果然很可怕。

「他們家的死活與我無關，相公，你告訴我這些，不怕壞了規矩？」素顏淡笑著對葉成紹說道。

「我說過，會讓妳慢慢瞭解我的。有些事瞞著妳，是不想妳太過憂心，娘子，我從不後悔娶了妳，但我的身分卻是真的連累了妳，或許妳嫁給上官明昊會真的幸福一些。」葉成紹心中感覺愧疚。自己這身分，連自己都過得不痛快，更是把素顏也拉進了泥沼裡，讓她受了很多的苦，不得不承認，也許，上官明昊比自己更能給素顏幸福。

「我看重的是心，與表面的纖塵不染而內心浮華污濁相比，外表痞賴無狀、內心簡單執著的更讓人喜歡。」素顏說出此言時，自己都微微有些震驚，原來，說出來是這般的容易，連自己都不太相信、不太明瞭的感覺，竟是如此一語便道破，一直以來的迷茫與困惑都被這輕輕一句話給沖散了，怪不得，明知他儂懶而無端地信任、依賴，原來是心裡早就認可了他……喜歡了……

「娘子，有妳這一句話，我終於不再是一無所有了。」葉成紹將素顏抱得更緊了，原有的忐忑和擔憂消失不見，心中一片踏實安寧，更多的是熨貼。

總算，他所付出的那份真心未付諸東流，總算得到了相應的回報。他沒有看錯她，她蕙質蘭心，靈慧剔透，明白他的苦楚和無奈，更看出了他的本心，他們其實是何其的相似，想要的都是那種平淡卻簡單安詳的生活。

他腦子裡突然便閃出司徒蘭的身影，如果問她一無所有，她會如何？會無比鄙夷和輕蔑自己吧，她是如此看重身分，如此心高氣傲、目空一切，那樣的女子只能高高供起，最喜歡的便是被人仰望、追捧，表面清高，實則極是虛榮，所以那時的他，才想要撕去她孤傲的外表，將她從雲端打下凡塵，最後，讓她顯出虛榮的原形。

「那走吧，咱們這就走天涯去！」素顏笑顏如花，眼裡沒有半點悲傷和難過，這一刻，她甚至真的以為就此可以拋卻一切一走了之。

「大少奶奶，世子爺這會子是在氣頭上，您怎麼也跟著胡鬧啊！」青竹急得不行了。世子爺一執拗起來，九頭牛也拉不回來，除非皇上來了，才能鎮得住他。

「怎麼會是胡鬧？我們這麼做，不是正合了很多人的心意嗎？他們拚了命想要得到的東西在我們眼裡一文不值，我們想要的，只是平淡和簡單而已。」素顏笑得平靜，語氣裡沒有半點不豫，更不是賭氣的話。

「胡鬧！不說勸慰紹兒，妳也跟著胡鬧，孩子啊，哀家可是真心喜歡妳的，妳可要清醒一些，紹兒這孩子糊塗，妳可不能跟他一樣。」

太后突然走到後殿來，正好聽到了素顏的話，心中一震。沒想到這孩子竟然也是個視榮華為糞土，並不是愛慕虛榮的人，以前便知她是被紹兒花了心思才娶到的女子，乍看之下，除了相貌還過得去，並未見得有多麼與眾不同，倒是聽了她方才與成紹的一席話，才信了成紹的眼光。

一個品性高潔又行事謹慎、穩重的人，最是適合紹兒，紹兒身邊最怕的就是有野心的女人，攛掇著他去做那不切實際的事，那樣才是大周朝的心腹大患，會兄弟鬩牆、骨肉相殘，這是太后最不想看到的。這麼些年來，她盡力平衡，壓制著兩方的勢力，為的就是保持大周朝的泰平。

心中雖喜，但嘴裡當然是要斥責的。今天若是真任兩個孩子走了，皇上、皇后回來必定都會怨怪自己的，尤其是皇后，原就對自己怨氣深重，認為自己壓制了她，如若成紹再出點子事，怕是更加恨自己了。

「老祖宗，紹兒只是帶娘子回侯府去，您這是說什麼呢？」葉成紹也不想太傷太后的心，按說，他應該恨太后的，可是，這麼些年來，太后明著暗著也沒少維護他，雖然那最重要的東西，太后一直不肯給他，但那原本就不是他所欲，也就不恨。誰對他好，他明白，這深宮內院裡，誰也過得不容易。

「胡鬧，素顏才中劇毒，雖是解了，但身子還弱得很呢，你沒看她氣色很差嗎？快快回到床上躺下，別再又受寒了。」太后瞪了葉成紹一眼，上前拉住素顏的手，將她往床榻邊推。

葉成紹正待還要說什麼，這時，有宮女來報。「太后娘娘，貴妃宮裡來人稟報，說貴妃娘娘渾身痛癢難耐，突然重病，求太后允其請太醫。」

太后聽得一震，不由斜了眼睛看葉成紹。葉成紹心中了然，嘴角帶了一絲調皮又得意的笑，眼神卻是無辜得很，輕哼了一聲道：「原來做多了惡事的人，天都會報應的啊！」

太后聽了直搖頭，慢悠悠地對那報信的宮女道：「可知是何原因？怎麼好好的突然會發重病？也許只是一時偶感風寒吧，且請個太醫開點散寒的藥試試吧。」語氣漫不經心，像是並不太在意似的。

那宮女聽得怔忡，半晌才應聲是，退了下去。

「老祖宗，您也不去看看嗎？說不定真是得了什麼大病呢，可別延誤了，出了什麼大事，一會兒又把髒水往紹兒身上潑，紹兒還是快些帶了娘子回府去吧，別沒事又惹一身髒。」葉成紹揚著眉對太后笑道。

貴妃為何發病，他是最清楚的，他下的藥，如何不知道那藥性有多烈？中毒之人有多痛苦？太后是何等精明睿智之人，她定然也是明白自己的那點子伎倆的，只是她老人家竟然故作不知，還說得輕描淡寫，分明也是故意藉機懲罰貴妃，讓她多難受些時間。

素顏躺在床上，也是偷偷地笑著，好想起來去看看貴妃的樣子啊，以葉成紹這廝的惡劣，下的那藥肯定是特邪惡、特難受的。

太后挑了眉，看著兩人極力忍笑，像兩隻奸計得逞的小狐狸一樣偷偷樂著，不由無奈地嘆了口氣，愛憐地摸了摸素顏的頭，柔聲道：「出了那麼一身汗，很不舒服吧？來人，備香湯，請世子夫人去沐浴更衣。」

葉成紹見太后是真心喜歡素顏的，心情也好了很多，不過，心頭鬱氣卻仍是難忍。

真想一走了之，丟下這所有的紛繁，帶著素顏遠走高飛，從此海闊天空，恣意飛揚——

這時，又有宮人來報，說貴妃宮裡的劉嬤嬤求見。

太后聽了微微一笑道：「讓她在外頭等，哀家還有些話要跟世子夫人說說。」

素顏眼中笑意更深，越看太后越覺得親切可愛，笑眼彎彎地注視著太后。突然，她感覺太后的眼瞼處有些隱隱的青色，那顏色很淺，若不就近細看，很難發現，不由心中一震，反握住太后的手，不經意地三指搭在太后的脈上細探起來。

太后起初沒注意，後來發現素顏神情不對，又見她三指搭於自己脈上，臉色凝重，不由詫異，這孩子難道也會醫術不成？

「太后，您平素都喜歡吃些什麼菜？是否只愛吃肉？」素顏鬆開太后的手，隨意地問道。

「妳這孩子是怎麼知道的？哀家自來便是無肉不歡，只是用得不多，倒也沒有發福呢。」太后對自己的保養還是很在意的，五十多歲的人，看起來仍是三、四十歲的樣子，體態纖秀。

「那可不行，您得多吃素菜。您的肝旺脾虛，膽血行卻是不暢，晚上睡著了怕是會盜汗吧？我給您開個食療的方子，您每天都用些，對身體極有好處的。您再讓太醫核對一下，若與您平素所吃的藥物不相沖，便可以一直服用下去。那可是延年益壽，又能養顏的方子喔。」素顏笑著起身去寫方子。

太后看著離開的素顏，心中微嘆，多好的一個孩子啊，就不知道那侯夫人如何下得手去的，那寧伯侯府也太複雜了一些，某些人的手也伸得太長了，是該懲治懲治才是。

素顏將方子寫好，遞給太后看，太后邊看邊唸。「黑芝麻、黑豆、黑米、紅豆、黃豆……素顏啊，妳把哀家我當松鼠養呢，怎麼都是豆啊？」

「太后，您可別小看這五種東西，黑米可是最能溫養脾胃的，這幾種東西放在一起，每日熬兩個時辰，吃上一小碗，您的脾虛之症就會好的，要不，您還是天天吃點蘿蔔白菜？」素顏調皮地挽著太后的手說道。

「那還是吃這個吧，好像也不難吃的樣子，燉爛一些，當粥喝。」太后撇撇嘴，一副勉為其難的樣子。

一轉身，見葉成紹還在發愣，便一巴掌拍在葉成紹的頭上，道：「死小子，再發呆，哀家就把你這小娘子留在宮裡，再也不放回去了，讓她給哀家做個養生女官，負責哀家的吃食去。」

葉成紹正在沈思，突然被太后打斷，一聽這話，差點跳了起來，捉住太后的手便道：「老祖宗，紹兒身無長物，還好討了個好老婆，您這樣跟紹兒搶，太不地道了吧？」

太后聽得哈哈大笑，戳著葉成紹的頭，對素顏道：「看吧、看吧，他就緊張妳，生怕老婆子我搶了妳呢！妳說，哀家就是再糊塗，也知道你們正是蜜裡調油的時候，怎麼忍得下心拆散你們呢？」

第七十四章

這時，就聽得外頭劉嬤嬤悲愴大呼道：「求太后開恩，貴妃娘娘痛得暈過去了，請太后允許奴婢去請太醫吧！」

太后聽得眉頭一皺，看了葉成紹一眼，葉成紹將頭一偏，眼睛看向天花板。

太后便無奈地嘆了口氣道：「要是真出了大問題可不得了，懲治一下就算了啊。」

葉成紹撇撇嘴道：「老祖宗最是英明，貴妃娘娘何等尊貴，她的病，紹兒可不敢隨便置喙。」

太后便知他心中氣還未消，便道：「那你們倆一起隨哀家去瞧瞧？這病來得蹊蹺，會不會是不願被哀家禁足，所以故意鬧出點事來吧？」

「很有可能喔。」葉成紹很無良地奸笑著說道。

素顏也很想看看貴妃被葉成紹害成什麼樣子，她知道，致命是不可能的，最多就是讓貴妃受些苦罷了，葉成紹雖渾，做事還是很有分寸的，太后怕也是很瞭解葉成紹，所以，才久久不肯給貴妃請御醫吧？要知道，被禁足受罰了的後宮妃嬪，沒有皇后和太后的命令，是不能隨便請御醫的。

「那就去看看吧。」太后也是想讓葉成紹和素顏看看貴妃的慘狀，好讓這兩個孩子出出心中的惡氣，也好打消那混帳念頭。

三人在宮人的簇擁下到了長春宮，遠遠就聽到貴妃聲嘶力竭的嘶喊聲。貴妃的聲音原就生硬難聽，這會子再像見鬼一樣地叫喚，聽得人頭皮都發麻。太后不由皺了眉，對那劉嬤嬤道：「一宮主位的人，便是有些身體不適，也不用嘶喊得如此過分吧，也不顧著點自己的顏面，一點貴妃的體面都不講。」

劉嬤嬤自己都是半邊臉腫得老高，聽了太后的話，眼圈都紅了，躬身道：「回太后，娘娘她……像是中了怪毒，渾身奇癢疼痛，很是難忍，所以才會……」

「算了，哀家去看看吧。真是的，一點子事也要請動哀家，這宮裡宮妃那麼多，都要讓哀家操心，哀家這把老骨頭可要忙散了去。」太后邊往裡走邊說道。

進了貴妃的寢宮前，葉成紹倒是不走了，太后詫異地睃他一眼道：「怎麼不進去看看？」

「娘娘說，紹兒進了她的寢宮，那便是有違倫常，紹兒還是不進去的好。」葉成紹苦著臉道。

太后皺了眉，忍不住罵道：「真是隻豬，大皇子就不進她的寢宮的嗎？真是越活越回去了。」

素顏聽得好笑，越發覺得太后有趣，長年生活在深宮之中，竟然一口的鄉下俚語，說話俏皮得很，便是罵人的話也是樸實得緊。

劉嬤嬤聽了垂下頭，半聲也不敢發。走進寢宮，只見寢宮內一團亂，地上碎了一地的瓷器，上好的絲紋帳和錦被、衣服都被扯得一條一條的，掛得到處都是。貴妃身著一身中衣在地上打滾，頭髮亂蓬蓬的，髮絲拂在額前，擋住了她的臉，雙目赤紅，目光自那髮絲中投過來，像一頭凶惡的狼一樣，放著狠戾的光。她不停地抓撓自己的身子，白色的中衣也被她抓破得不能蔽體，衣上血跡斑斑，整個人像是一隻失了魂的惡鬼一樣，很是磣人。

素顏一看之下，渾身的肉都跟著緊了一下。葉成紹那廝下的藥也太重了些吧，不怕皇上查出來怪罪於他？畢竟是一宮主位，大周朝的貴妃啊，身分何等尊貴，他也太任性妄為了一些。

太后見了也變了臉。她知道葉成紹這傢伙惹不得，報復心極重，只是沒想到，這一次下手如此重，貴妃都被他整得不成人形了，可不能真出了人命，得適可而止啊。

貴妃一見太后來了，便像看到了救星一般，一下便撲了過來，哭嚎道：「母后，救救臣妾吧，求您給臣妾討些解藥來，臣妾受不了了……」

「妳不是病了嗎？胡說什麼解藥不解藥，好像是哀家給妳下了毒似的。」這陳氏還真不是一般地不會說話，太后便是有心救她，都不好動手了，如此愚蠢，活該被整。

「臣妾說錯話了，求母后……讓陳太醫來給臣妾醫治吧，臣妾真的受不了了，身上像有千蟲萬蟻在啃咬，癢痛難耐啊……」貴妃這會子變聰明了些，忙改了口。

「那便宣陳太醫來吧。」太后看著也覺得不忍，冷冷地說道。

老嬤嬤在外頭聽了，忙使了人去請陳太醫。

陳太醫來後，卻不好直接進寢宮，要懸絲診脈。貴妃聽得大急，人都要死了，還顧及那麼多做什麼，便讓人在她身前扯了塊布簾子，請陳太醫進去就診。

葉成紹在外頭聽了就道：「喔，這會子不怕有違綱常倫紀了？」

陳太醫聽得一震，頓住身形不敢進去，裡面，貴妃聽了氣得直吐粗氣了，虛弱地說道：「母后，求您了……」

太后瞪她一眼道：「不是哀家折妳的面子，妳著實不會說話，紹兒那孩子是什麼人，這宮裡上下誰人不知，他打小便在各個宮裡鬼混慣了的，又聽誰如此說過他？就妳宮裡最守規矩不成？」

貴妃聽了忙哀聲認錯，只差沒磕頭了。她身上痛癢難耐，多挨一分便要難受一分，這會子，除了解除痛苦，她什麼也不在乎了。

太后還是讓陳太醫進去了，陳太醫探了好一陣脈，才道：「娘娘這是吃了對沖的東西吧，有些東西可是不能同吃的，這應該是食物中毒，此毒好生烈性，臣唯一一粒清毒丹給世子夫人用了，這會子要再配解藥來，可得費些功夫，娘娘您暫且忍耐，待臣去配來。」

貴妃聽得大怒，衝口就罵道：「沒用的東西！連本宮這點子病也看不好，分明就是個庸醫！」

陳太醫被罵得誠惶誠恐，立即跪下請罪，戰戰兢兢地在地上發著抖。

太后看了就氣，喝斥貴妃道：「他可是妳自己點了名要請來的，人家也沒說不醫妳，只是要費時配藥，這點忍勁也沒有，妳當什麼一宮之主，沒得讓下人們看不起妳。」

貴妃實在受不了，一抬眼，看到素顏也在，突然就向素顏撲了過來。素顏嚇了一跳，忙躲到太后的身後，太后氣得護住素顏，罵貴妃道：「妳才對這孩子下了毒手，哀家還沒治妳的罪，怎麼，哀家還在呢，妳還要對她下手？」

「母后，我沒有對她下毒，母后明鑑，臣妾不是想害她，臣妾只是想求她，都說藍家大姑娘醫術高明，請她幫臣妾治上一治罷了。」貴妃雙眼鎖定素顏，像隻凶猛的野獸看到嬌小的弱羊一樣，兩眼放著狠毒的光，嘴裡卻是說著求助的話語。

太后哪裡肯信她，擋住素顏道：「她會醫理，也不過是粗通些皮毛，還能比太醫強？妳莫要鬧騰了，先忍著吧，等陳太醫配了藥來就好了。」說著，太后便要走。她看得出來，貴妃雖是痛苦難受，但正如她所料，沒有性命之憂，鬧騰了那麼久，罵人的中氣還渾厚得很呢，再痛上一、兩天也沒事，這滿屋子的血腥味聞著不舒服，便想走。

「母后，您不要走，求求您，救救臣妾吧……紹兒、紹兒，本宮錯了，你……你那裡奇藥頗多，救救本宮吧……」貴妃一見太后要走，急得一下撲過來，扯住太后的裙角。

太后真想一腳踢開她。原本看她不得皇上的心，沒少幫襯她，她卻不懂得珍惜和收斂，一味只知強橫，對人下手又陰又狠，這麼些年，太后一直對她優榮，也是想用她來壓制皇后，卻不知她仗著自己的扶持便高傲自大、不可一世，這一回，讓她吃些苦頭也好，看她以後還敢胡說八道不？

「那哀家幫妳問問紹兒，看他肯不肯救妳，只是，妳才下了毒，害了素顏這孩子，又那樣罵他，他會不會肯……哀家也不好說了。」太后向後移了移腳，想將自己的裙角自貴妃手裡扯出來，貴妃卻揪得死死的，根本不肯放。

外面的葉成紹聽了太后的話，不由笑道：「臣不過是隻陰溝裡的老鼠，一個見不得光的賤人，哪裡有本事去救治堂堂的貴妃娘娘？臣明日便要遞上辭呈，自請免去世子之位，從此浪跡天涯去，也省得在這宮裡晃蕩著，礙了別人的眼。」

「誰敢說你是陰溝裡的老鼠？誰敢罵你是見不得光的賤人？」一個威嚴的聲音突然在葉成紹身後響起，葉成紹聽得眼眶一熱，倔強地垂了眸不看那人，卻還是立即跪了下來。

素顏不知道那說話的人是誰，只得求助地看著太后，太后臉上也露出一絲輕鬆。而貴妃聽到那兩句話，立即鬆了太后的裙角，嚇得渾身都在瑟縮發抖，喃喃道：「皇上……」突然眼睛一亮，大聲道：「皇上救命，救救臣妾！」

素顏這才知道，真的是皇上來了，忙就跪下，再看看兩邊的宮人，都跪了一地了，心中不由一陣發緊。只聽聲音，便知當今聖上是個威嚴極盛之人，今天這事，可真是鬧得有些大了呢……

「陰溝裡的老鼠？這形容可是有趣得緊啊。」緊接著，素顏又聽到一個清越悅耳，溫柔中帶了絲柔美的聲音，這才鬆了一口氣。皇后娘娘終於回來了。

轉瞬間，就看到一個身材偉岸、容貌英俊卻貴氣天成的中年男子，一襲金紫雙邊窄領箭紅龍袍，目光如電，劍眉削臉，膽鼻薄唇，令人觀之生畏。他大步流星地走到太后身前，袍子一掀單膝下跪，給太后行禮。

「兒臣給母后請安，母后吉祥。」

太后哪裡真會讓他跪下去，只看他膝蓋一彎，便抬了手。「皇兒平身。怎地回得如此快？」

皇上瀟灑地站了起來，對太后道：「兒臣本就在路上了，正好碰到了母后派去送信之人，便加快了行程，到時正好聽到了幾句好話呢。」

太后聽得眼角微抽了下，正要說話，皇后從皇上身後走出，嬌柔的身子盈盈下拜，聲音恭謹有禮。「臣妾給母后請安，母后吉祥。」

太后等皇后一禮行畢，才淡淡地說道：「皇后一路辛苦，起吧。」

皇后立起身來，抬眼便看到太后身邊跪著的素顏，便對皇上道：「皇上，這是紹兒那孩子的媳婦，您還是第一次見到吧，是個好孩子呢。」

皇上其實早就看到素顏了，見她低著頭跪在地上，看不清樣貌，聽她行禮，不由眉頭皺得老高。「抬起頭來。怎麼自稱民婦？皇后，妳也是太不關心紹兒了，這孩子怎麼還沒封個品級嗎？」

素顏微抬了頭，便觸到一雙精光湛亮的眸子，眼神不怒自威，雖是含了笑意，卻如有實質般打在身上，令人不敢與之對視。素顏立即垂了眸。這個男人強大睿智，渾身上下散發出一種掌控天下，江山盡納於胸的氣勢，只是匆匆一瞥，便能震懾人魂。素顏雖不是真被他的氣勢所懾，卻也懂得不能在這男人面前有半分的顯露，弄得不好，便會給自己惹下禍端。

他，可是這大周天下，最強大、最有權勢的男人，不能輕易得罪。

「皇兒，你先讓這孩子起來吧，這孩子這幾天可是招了不少罪，身上才中過一次劇毒，地上涼著呢。」太后見皇上只顧著問品級的事，卻不讓素顏起來，心裡老大不樂意了。

皇上聽了不由多看了素顏一眼，深邃幽黑的眸子更為銳利了些，嘴角牽出一抹笑來。「看來，她倒是得了母后您的眼緣了，兒臣不過大意了些，您就為她說話了。起吧，還不謝太后？」皇上的聲音威嚴不改，卻是夾了絲笑意。

素顏忙小心地站了起來，皇后娘娘一聽她又中了毒，豔麗的雙眸裡便升起一層水霧來，挽過素顏的手道：「孩子，說說，是怎麼一回事，怎麼又中毒了？好些了沒？」

素顏被皇后的熱情弄得有些惶措，忙笑對皇后道：「回皇后娘娘的話，無礙的，陳太醫已經為民婦解毒了。」

「唉呀，妳就別再自稱民婦了，沒聽皇上正罵本宮嗎？妳可是紹兒親選的正室之妻，封品級……應該是沒什麼問題的。」皇后聽她說無礙了，這才展了些笑顏。

「哀家已經下了懿旨了，封葉藍氏為正二品誥命，皇后就不要再抱屈了，哀家可是很喜歡這孩子的，不會虧待了她呢。」太后斜了眼皇上，冷聲說道。

皇后一聽，忙垂了首謝過太后，見太后緊盯著她挽素顏的那隻手，不禁放開了素顏，退到皇上身邊去了一些。

太后的眼神就有些發冷，葉成紹這時才上前來，不情不願地給皇上和皇后跪下見禮。

皇上想起進來時他說的那番話，冷聲道：「紹兒，朕對你寄望很高，你怎麼能說出要辭去爵位的話來呢？可是又在胡鬧？如今也是娶了妻的人了，怎麼做事還是任性妄為、不計後果？」

「微臣是陰溝裡的老鼠，是見不得光的賤人，留在朝裡惹人嘲笑，那鳥世子微臣不做了還不行嗎？微臣帶了娘子，從此流浪天涯去，再也不給某些人添堵惹眼了還不成嗎？」葉成紹也不等皇上叫起，自己便無精打采地起了身，走到素顏身邊，扶住了她，對皇上說話也是半分都不客氣，語氣裡頗帶怨氣。

幾人行禮談話，卻無一人理睬地上的貴妃。皇上再次聽到陰溝裡的老鼠一詞，氣得眼中精光閃爍、凌厲如刀，直接刺向地上的貴妃。

「此話可是貴妃說的？」聲音冰寒中帶著一股濃濃的威嚴。

貴妃自皇上進來後，便沒有再敢大聲呻吟，連扭動抓撓也強行忍著，不敢輕動一下，惹怒了皇上。

此時皇上質問，她哪敢回答，眼巴巴地抬了眼，求助地看著太后。太后眉頭微皺，撇開眼去，並不看她。

「紹兒，我苦命的孩子，你再如何也是堂堂侯府世子，誰敢如此污辱你，當本宮是什麼？你是陰溝裡的老鼠，那你的父母是什麼？竟敢污辱本宮至此，皇上，怪不得紹兒會心灰意冷，他是痛心太過所致。」皇后也是氣得俏臉發白，美豔的雙眸裡閃著晶瑩的淚光，哽聲對皇上道。

貴妃一聽，不由打了個冷顫，迅速抬眸怨毒地掃了皇后一眼，然後立即又垂下眸子。

「朕在問妳話，為何不答？貴妃是啞了還是聾了？」皇上看了皇后一眼，眼中含了一絲憐惜和安撫，還有一絲溫柔，再看向貴妃時，那溫柔消失殆盡，餘下的，只是一絲惱怒和厭惡。

貴妃被皇上問得一哆嗦，忙掙扎著跪趴在地上回道：「回皇上的話，臣妾……臣妾也只是一時氣急，頭腦發熱，胡言亂語了，請皇上息怒，臣妾再也不敢了。」

「果真是妳說的？好大的膽子啊，看來，是朕對妳太過寵愛了，以至於妳越發狂妄自大、無法無天了，來人，將貴妃請到冷宮去清修三個月，誰也不許與她說話，違令者斬，若是三個月後出來，還是不會說話，那便從此不要再說話了。」皇上說完，再也不肯多看貴妃一眼，扶了太后便往外走。

「母后，此處烏煙瘴氣的，兒臣扶您回宮吧。」

太后一聽皇上只是將貴妃打入冷宮三個月，這才鬆了一口氣。

貴妃一聽皇上那話，嚇得立即捂住了自己的嘴，生怕皇上真的會下令給她啞藥吃。一想到自己由高高在上的貴妃，被打入冷宮去，宮裡的那些平素與自己對立的賤蹄子們，還不得拍手稱快？而且，更會乘機搶了自己的掌宮理事之權，原本跟隨在自己身後的那起子人，怕也會有一半倒向皇后那邊去，更會趁自己在冷宮期間奪權爭寵，對自己落井下石。皇上原就不太待見自己，這會子三個月不能再見天顏，宮中美女如雲，三個月過後，他還會想起自己嗎？而且，若皇后再給自己羅織些罪名，三個月……怕是三年也會是有的啊！她不由又看向太后。

可這一次，就是向來幫著她的太后，也不再幫她了，在皇上的攙扶下，看也不看她一眼，便往外走去。

可她身上的毒還沒解，身上奇癢難耐，皇上怎麼能如此不顧十幾年的夫妻情誼……難道就因一句話，就要連自己的生死都不顧了嗎？

貴妃又氣又傷心，更多的是對皇后和葉成紹無比的恨，眼看著皇上衣角就要消失在寢宮的門口，她哀聲大哭道：「皇上，臣妾身中劇毒，痛癢難耐，救救臣妾吧！」

皇上自然是早就看到了貴妃的慘樣，雖不知其中緣故，卻也猜得出一二來，不過是視若無睹罷了。誰讓這個蠢笨的女人竟然說出那兩句話來，她是在挑戰自己的耐性，最討厭這種仗著娘家的勢力便不知天高地厚的女人，以他的眼光，只看一眼便知那毒根本不會致死，這個愚蠢的女人，竟然看不出自己對她已經很寬仁了，不懂得感恩，卻還得寸進尺……

皇上一時氣急，頭也不回地說道：「來人，貴妃發了風寒瘡了，送到馬廄裡待上三天，等醫好風寒瘡後，再送進冷宮清修吧。」

貴妃一聽，想死的心都有了。大周習俗，生了風寒瘡的人藥石無醫，只能送到牛欄或者馬廄裡，用掃了牛糞、馬糞的竹掃把掃身體，那瘡毒才會好。自己哪裡得了風寒瘡，皇上是想自己死嗎？不就是罵了那個賤種嗎？為了給那賤種出氣，他竟然如此不念舊情……那賤種如果能見光，又怎麼會只給個世子爵位？有本事就正正經經地讓他認祖歸宗……

貴妃熱淚雙流，想到某些事情，眼底卻閃過一絲陰狠和快慰。再是又嫡又長又如何？還不是被人弄得連父母都不敢相認了？這偌大的天下，還不是只能由自己的兒子繼承？葉氏死賤人就得意吧，看誰笑到最後，誰才會是這大周宮中真正的主人！

第七十五章

皇上下完令後，再不遲疑，扶了太后走出寢宮。一回頭，看到葉成紹兩眼望天，神情抑鬱地站在寢宮外，不由眼神一黯。

「紹兒，跟姑父來，姑父有話對你說。」

葉成紹幽幽地看了皇上一眼，冷冷地說道：「臣還是稱您為皇上的好，陰溝裡的老鼠怎麼能與至高無上的皇帝扯上親戚關係，千萬別玷污了聖上光潔無瑕的身分。」

皇上聽得劍眉一皺，眼神變得銳利了些，沈聲道：「朕若再在宮裡聽到陰溝老鼠四個字，無論是誰，立斬不赦。」

葉成紹聽了，便是好一陣苦笑，眼中泛出一絲淚意，靜靜地注視著皇上，無怨無忿，有的只是淡漠，那種觀之能讓人心寒的淡漠，像是與皇上原就是兩個毫不相干的人。

好半晌，他才淡淡地開了口道：「那皇上便先賜臣一死吧，臣對這四個字刻骨銘心，怕是睡夢中也會不小心溜出口來，為了避免連累臣那可憐的妻子，您還是先賜了臣死為好。」

「紹兒……不要太過分了，適可而止！」太后看不過去了。皇上其實也算是狠狠懲罰貴妃了，如今北狄邊疆不定，皇上正要用到靖國侯，陳家現在正是勢大之時，輕易還動不得。貴妃此人雖是討厭，但她便是皇上對陳家的風向標，皇上可以懲她，卻不能廢她，更不能殺她，而且還有大皇子，畢竟他是名義上的皇長子，將來的皇儲人選之一，總也要給他留些顏面的。

「是紹兒過分了嗎？可能吧，可能是紹兒將自己看得太起了。以前，仗著老祖宗和皇上皇后的寵愛，為所欲為、無法無天，如今總算明白了，原來紹兒什麼也不是，不過是隻……」葉成紹轉眼看著太后，眼裡有濃得化不開的悲哀，更多的，是孤寂和無助。

「紹兒，是……是我對不起你，我的紹兒……」皇后突然上前去，激動地將葉成紹抱在懷裡，失聲痛哭了起來，瘦削的雙肩痛苦聳動著，像是極力壓抑著內心的痛哭，又似滿懷愧疚和不甘，美麗的眸子裡也同樣有著濃得化不開的悲傷。

皇上看著那一對擁抱在一起痛哭著的人兒，心裡也是千愁萬緒，眼中如刀鋒銳利的精光此時化作一腔柔情，但眼底的痛苦和無奈一閃而過，很快便又恢復成一派堅毅之色。

他走上前去，拉開皇后，拍了拍葉成紹的肩膀道：「紹兒，別再任性了，你不為別人，也要為你新娶的娘子想一想不是？不如朕封她為一品誥命，位同侯爵可好？她嫁給你，可是要光耀門楣、享盡榮華的，你捨得她跟著你四處奔波，為了生計而辛苦勞作，還要受人欺壓嗎？」

到底還是皇上瞭解葉成紹，他不拿皇后勸他，也不以寧伯侯來勸，只拿素顏說事。葉成紹那淡漠的眸子裡果然閃過一絲愧意，抬了眼看向素顏。

皇上立即也看了過來，那如有實質的眼光打在素顏身上，壓得素顏有些透不過氣來。那眼神雖沒有明顯的威脅，但意思再明顯不過了，只要素顏敢亂說半句，怕就要遭到皇上的雷霆之怒。

素顏第一次直視著皇上。經過了這麼久，又聽了這許多的話，如果她還對葉成紹的身分沒有半絲懷疑，那她便是個十足的傻子了。雖然心中震驚無比，卻也猜到了七、八分意思，心裡不由對葉成紹起了一絲憐意。這個人的成長過程裡，經受過多少的磨難？如果連自己生身父母都不肯相認，而且，他們明明就有著那至高無上的權力，卻因著不明的原因而不承認他，這是一種什麼樣的痛苦？怪不得他的行為會如此怪異、任性，他將自己的名聲弄得亂七八糟，除了自保，也有對父母的懲罰意思吧？

他說過，他一無所有，只剩下了她，如果在這個時候，連她也背離的話，他會不會更傷心？她突然不捨了起來，他眼裡的悲哀太濃、太烈，沈重又壓抑，她怕他承受不起，想幫他分擔一些，就算承受帝王的震怒那又如何，人總該有些骨氣和原則的。

「相公，妾身永遠都支持你，便是粗茶淡飯，只要你過得開心，妾身也會吃得香甜。」素顏眼中一片安詳，溫柔地注視著葉成紹，只是很普通、很平淡的一句話，卻給了葉成紹無盡的溫暖和力量。

他眼裡的孤寂瞬間消失，換來的是無盡歡喜，兩行清淚，卻不受控制地悄悄滑落，喚道：「娘子……」

皇上沒想到藍素顏會當著自己的面說出這樣的話，聽得一震。這怕是除了葉成紹以外，第一次有人敢當面違背他的意願，先前看著半點不起眼的女子，沒想到膽子卻是如此之大。他不由又深看了素顏一眼，只見這纖細的身姿如竹般俏麗挺拔，眼神清亮純澈，堅定而安寧，她……竟是不慕榮華，甘願平淡？

素顏看到了皇上眼中的審視，她微帶了一絲笑意。在上位者總是疑心太重，慣性地以為別人的心裡總離不開權和利二字，卻不知自己早已厭倦為了名利的攻訐鬥爭，想要的不過是安寧平淡的日子而已。

她靜靜地回視著皇上，並沒有半分退縮，眼神堅定而平靜，既沒有膽怯，也沒有討好，更不帶半點慾望。

皇上與她對視良久，眼神由凌厲變得疑惑，最終帶上了一絲欣賞和欣慰。

出乎意料地，皇上並未生怒，而是對素顏微微頷首，轉頭對葉成紹道：「紹兒，到乾清宮來，朕有話與你說。」皇上這是第二次說這句話了。

葉成紹沒有回應，兩眼幽深地看到長春宮門外，皇后在一旁心疼地看著他，輕啟紅唇，聲音微顫，目露乞求。「紹兒……」

「臣，領命。」一面對皇后，葉成紹還是心軟了，低聲應道。

皇上滿意地點了頭，扶著太后回了宮。素顏有些無措，不知自己該去哪裡，皇后卻在皇上身後行禮道：「臣妾恭送母后，恭送皇上。」

皇上回頭看了她一眼，目露警告，素顏看到皇后眼裡泛出委屈的淚光，嬌豔的雙唇倔強地抵著，似是在與皇上對抗。皇上與皇后之間有些氣氛不對，素顏回頭看了寢宮裡的貴妃一眼，心中有些了然，輕輕走上前去，扶住皇后，聲音有些惶惑。「娘娘，姪媳……不知道要去哪裡，皇上不會責怪相公吧？」

皇后回頭愛憐地看著素顏道：「跟本宮回坤寧宮，紹兒會來坤寧宮接妳的。」說完，不甘心地回頭看了一眼貴妃，對一旁的宮人道：「怎麼還不送貴妃去馬廄？皇上的命令你們都不聽了嗎？延誤了貴妃的病情，你們擔當得起？」

兩旁的太監聽了嚇得哪敢遲疑，立即有兩名宮女上前去扶貴妃。劉嬤嬤在一旁心疼地看著貴妃道：「娘娘，換件乾淨的衣服再走吧。」說著，就有貼身宮女拿了貴妃的衣服來，想給她換上。

皇后輕移蓮步，走近貴妃。「妳們真是的，妹妹病情嚴重，去了馬廄也是要脫衣醫治的，再換衣不是麻煩？快走吧。」

宮女哪敢再給貴妃穿衣，貴妃身上只著一件中衣，衣服上全是血跡不說，還被她自己撕爛了好幾處，幾乎是衣不蔽體，若就此出宮，給人看見還不顏面掃地？就算皇上沒有直接廢了她的封號，經此一罰，貴妃在宮裡再也沒有威嚴可言，只會成為別人口中的笑談。

貴妃咬牙切齒地看著皇后，忍不住罵道：「妳這番邦的狐媚子，本宮有朝一日一定要將妳千刀萬剮了！」

皇后聽得盛怒，媚眼微瞇，眼神如利劍一般刺向貴妃，臉上卻帶著嫵媚的笑，她在貴妃面前輕盈地轉了一圈，柔聲道：「妹妹方才說什麼呢？要將誰千刀萬剮？是本宮嗎？妹妹，妳這是怎麼了，姊姊如此關心妳，心急妳的身體，妳竟然如此待姊姊……不過，姊姊不跟妳計較，知道妹妹是病情過重，所以心情不好。妳放心，妹妹不仁，姊姊卻不能不義，妹妹得如此大病，姊姊一會子便召集宮中眾姊妹一同去馬廄看望妳。」

貴妃聽了眼裡都要冒出火星來，臉色一陣紅一陣白，雙手不停地抖著，如果不是被人扶著，怕是要衝過來掐死皇后了。

堂堂貴妃之尊，被人拖到馬廄裡用掃糞的掃把掃身體，那是何等屈辱出醜的事情？原本她在宮中還有些勢力，皇上雖下了令，她最多只是去馬廄打個轉，意思意思就成，而且，還可以著人封住消息，可皇后卻要召集宮中所有妃嬪來看她出醜，那不是要她的命嗎？以後，她在宮裡還如何待得下去？若是再傳到朝堂中去，連大皇子的顏面也一掃而盡了……

「賤人，我跟妳拚了！」貴妃突然狂怒起來，甩開兩名宮女就要衝過來打皇后。

一旁的宮女和太監哪裡敢讓她得手，一擁而上，死死地拖住了她。皇后一臉驚惶地後退幾步，嬌豔而又略帶純真的臉上滿是懼意，大喊道：「唉呀，貴妃妹妹魔症了，胡言亂語呢！妳們還不拍醒妹妹，罵了本宮就算了，若是冒犯了天顏，那可是殺頭滅門之禍啊，快，拍醒她，莫讓她再胡說了。」

皇后身邊的宮女聽了應聲而上，揚手便噼噼啪啪連甩了貴妃七、八個耳光，打得貴妃嘴角流血，兩頰立即腫如豬頭，整個人像個惡鬼一樣，不成人形了。

皇后歪著頭，又圍著貴妃打了個圈，眼中滿是憐憫。「妹妹，可清醒了些？嗯，還莫說，這打了幾下，妹妹眼下的眼袋倒是不見了，整個臉都顯得豐滿起來，相信皇上見了妳，也會覺得妹妹比以前年輕好幾歲呢。唉，妹妹不用感激我，妳也別不信，一會子姊姊將宮裡的姊妹召齊了，妳可以親口問問其他妹妹，看我說的是不是真的？」

貴妃知道今天是怎麼也逃不過皇后的掌心了，她痛苦地閉上了眼，對皇后來了個眼不見為淨。

皇后似乎也疲累了，懶得再羞辱她，一揮手，讓人將貴妃拖了下去。

素顏立在一旁，心中雖有些爽快，卻也陣陣發寒。宮中女人的爭鬥，比之大宅子裡來，更加慘烈陰狠，還真是可怕啊，一時，她好想快些離開。

皇后等貴妃被人拖走了，才帶著素顏回了坤寧宮。皇后一回坤寧宮，整個人便像是脫了力一般，一下子癱坐在榻上，怔怔出神，嬌豔的容顏上掛滿悽苦。素顏靜立在一旁，不敢打擾她。

「過來，坐到本宮身邊來。」皇后的話打斷了素顏的思緒，素顏依言走近皇后，在她身邊坐了下來。

「妳是好孩子，以前見了妳，還不覺得如何，今日才知紹兒沒有看錯人，只有妳這樣的才適合紹兒。」皇后的眼神很溫和，素顏眼底的恐懼還在，她也沒有刻意掩飾。

「謝娘娘誇讚。」在皇后面前，素顏有點小心。不過幾句話，皇后就能將貴妃逼得幾近瘋狂，這樣的人物不是自己這隻菜鳥能對付得了的，她太厲害了。

「本宮知道妳在侯府過得不易，不過，這是以前，以後，再有誰敢欺負妳，無論是誰，妳先打了再說，自有本宮為妳作主，便是掀翻了這片天，本宮幫妳翻回來就是。」皇后靜靜地注視著素顏，半晌後，突然對素顏說道。

素顏聽得心頭一震，抬眸迎向皇后的眼光，卻見皇后眼中隱含一股威嚴凌厲的氣勢，更多的是關切和愛惜，素顏感覺心頭一陣暖意流出，眼睛微濕地點了點頭。她只是個平凡的女子，人不犯她，她不會主動害人，但如果有人要害她，她也不介意翻個天給別人看看，既然身後有堅強的後盾，再忍氣吞聲，實是傻子。

「不過，成紹那孩子，妳還是要多勸勸他，他有時就是喜歡鑽牛角尖。如今是非常時期，他總與皇上對著幹，於他沒有好處，本宮知道他很是聽妳的話，如今，本宮也管不住他了，本宮今日正式把紹兒託付給妳，妳一定要幫本宮管住他，不要讓他再亂來了，更不能任意破壞自己的名聲，他……不過是蛟龍潛水，總有一天，本宮要讓他一飛沖天，該他的，就得還給他。」皇后語重心長地對素顏道。

素顏聽得心中一震。蛟龍潛水，一飛沖天？

但她乖巧地點了頭，兩人又說了些話，一會子太后派人過來，說讓皇后安排素顏沐浴，皇后才知道，素顏真的是中了毒，並非虛言，倒是對太后如此關心素顏有些詫異，眼神複雜地盯著素顏看了半晌，突然又綻開一朵令百花失色的笑容。「倒沒看出來啊，本宮費了十幾年心血也沒能討得太后的歡心，妳這丫頭一來，就得了她的眼緣，嗯，也好，倒是一記助力，至少不會有壞處就是了。」

說完，又安排素顏沐浴了一番。皇后宮裡就有一處溫泉池，上面撒滿了新鮮的梅花花瓣，素顏舒舒服服地洗了個澡，可畢竟是深宮內苑，她沒敢多待，匆匆洗了就出來了。

皇后給她備了一套素淨而精緻的宮衣，連著頭面首飾也備了一套，素顏穿戴齊整出來時，令皇后眼前一亮，笑著對素顏道：「倒還真是個美人兒呢！只是，我那紹兒也太沒用了些，怎麼到現在還讓妳是處子之身？本宮看他對妳可是一往情深，妳可不能辜負了他喔。」

素顏沒想到皇后的眼睛如此銳利，竟然連這個也看出來了，臉色立即羞紅，垂了眸也不看皇后。

一時，乾清宮的主管太監過來吩咐皇上旨意，讓皇后下旨，封葉藍氏為一品誥命，位同一等侯爵。皇后聽了唇邊就勾起一抹淺笑，拍了拍素顏的肩道：「紹兒還真是疼妳。看來，本宮以後得多讓妳進宮來陪陪本宮才是，不然，本宮想見見那猴兒，還真是難呢。」

素顏便知道，葉成紹向皇上妥協了，皇上定是恩威並施了，給了他不得不接受的理由。按說，封誥聖旨應該下到侯府去，不然，先前太后早就給她下了封，但是，皇后卻是在坤寧宮裡給素顏辦了，非讓她穿上一品誥命的衣服，在宮裡等葉成紹。

葉成紹自乾清宮出來時，臉色仍有些落寞，但當他看到一身誥命服穿戴的素顏時，幽暗的眸子頓時亮了起來，一下過來拉住素顏的手道：「娘子……不能給妳想要的生活，但是，能讓妳享受榮華、受人尊敬，我想，我還是能盡力做到的。」

素顏聽了眼睛微濕，柔柔地看著他道：「只要我們同心，不管是什麼方式的生活，都應該會幸福的。」

葉成紹以為自己的妥協會讓素顏失望，沒想到她如此聰慧又賢達，臉上的失落立即一掃而空，心情一陣激動，將素顏的手握得更緊了些。

兩人離宮回到侯府，門房裡的人看到大少奶奶穿著一品誥命服下了馬車，立即上前跪拜見禮，葉成紹笑呵呵地見人便打賞，出手大方，府中下人們個個心中歡喜。

侯夫人被侯爺禁了足，不能出門，二夫人和三夫人聽了信，都到二門出來迎接素顏。二夫人和三夫人身上都有誥封，只是品級不如素顏，這會子見素顏一身華貴的誥命服回來，頭上又換了套精緻的頭面，心裡便很不是滋味，既羨慕又嫉妒又不屑，總之五味雜陳，而且，還不得不對素顏恭敬行禮。

好在素顏笑著說道：「這是在家裡，兩位嬸嬸隨意就好，在家裡，當然是長者為尊。」

素顏穿著誥命服去拜見侯夫人。侯夫人躺在床上，一看她誥命服的品級，臉色立變，半晌才道：「皇后也不怕違制，憑紹兒的品級，怎麼可能封妳一品？咱家的那位姑奶奶如今行事可是越發不靠譜了，也不怕御史彈劾。」

「母親大可放心，兒媳的誥命乃是皇上親封，想來，御史要彈劾，也只能彈劾皇上了。」素顏早就知道侯夫人會說些譏諷的話，淡笑著回道。

侯夫人果然臉色立變，嘴角扯了扯道：「原來是皇上親封，這倒是給葉家長了臉了，不過，貴妃娘娘暫掌宮印，只怕……」

「貴妃娘娘病了，皇上請她去冷宮清修三個月，內宮有皇后掌管，母親您憂心了。」素顏仍是淡淡地看著侯夫人，臉上很是平靜無波，並無半分的驕傲自大。

「什麼？貴妃被打入了冷宮？那……」侯夫人的臉色更加蒼白了。「皇后掌了宮那是好事，她可是咱們家的大姑奶奶，以後侯府只會更顯榮華……我累了，午飯就送到我屋裡來吧。」

素顏聽了便默默地退出來。葉成紹根本就沒進去，正站在外頭與墨書說著什麼，見素顏出來，便嘟了嘴道：「她以後再欺負妳，妳大可以拿出一品誥命的架子來壓她，不必再忍她了。」

「你說什麼呢？再如何她也是長輩，只要她不找我麻煩，我還是會敬著她的。」素顏白了葉成紹一眼說道。

葉成紹將她往懷裡一攬，笑嘻嘻道：「就知道娘子是最講理、最賢慧的。走，咱們回屋去，一大早我聽說妳被晾在慈寧宮外一個時辰，妳不知道我當時有多氣，還好，那藥讓妳發了一身汗，應該不會著涼才是。」

素顏聽得心中微動，像一股溫暖的細流緩緩流入心田，溫暖又柔軟。她靜靜地挽住葉成紹的手臂，垂著眸子道：「皇后娘娘說，你應該早些有子嗣才好。」

葉成紹聽得大驚，像是沒聽清楚，俯近素顏，眼睛燦亮如星，裡面燒著灼灼火焰。
「娘子，妳說什麼？我沒聽清楚——」

第七十六章

「沒聽清楚就算了，我要去廚房瞧瞧去。」素顏被葉成紹那灼熱的眼神弄得心慌意亂。哪有姑娘家主動說這事的，這個笨蛋，說一次就很難為她了，他竟然還裝沒聽懂，不理他了！

素顏掙脫葉成紹，扭頭就走，葉成紹好不容易得點甜頭，哪裡肯讓她走，一個飛撲，從身後一把抱住她的腰，手一抄，兩腳輕點便往苑蘭院裡掠去。

二人身後的墨書和青竹面面相覷。世子爺和大少奶奶也太生猛了些吧，這可是在園子裡啊，好多雙眼睛看著呢，也太不注意形象了吧，好歹兩人都是有品級的人啊……

墨書十六、七歲的樣子，正值青春年少，被葉成紹這一下弄得也是耳朵都紅了。青竹冷著眼睛瞪他，不屑道：「你臉紅什麼？你見的世面大了去了，倚香閣的姑娘那麼圍著你鬧你都沒臉紅，跑這兒來裝清純了？」

墨書被青竹說得惱羞成怒，鼓了嘴想回，但青竹只橫他一眼，他便立即蔫了。青竹的本事墨書是清楚的，他要敢頂嘴，青竹只需輕輕一彈指甲就能讓他趴下。

「還沒用午飯呢，這事怕是能成。」青竹轉了頭，看著一下子便沒了蹤影的兩個主子，喃喃道。

「有了這個，還吃什麼飯啦，沒看到世子爺那口水都快流地上去了嗎？同是爺們，我可是最清楚，世子爺有多想著大少奶奶……以前在倚香閣，那些姑娘們那麼挑逗也沒看他急色過，大少奶奶就一句平平淡淡的話，也就化身成餓狼了，唉，要不怎麼說，這夫妻還得是要有緣分才能成呢？」

墨書也看著前頭，慢悠悠地晃蕩著。這會子主子一定不會叫他服侍，他也想到大少奶奶的穿堂裡坐坐去，還莫說，藍家的幾個陪嫁丫頭，個個都長得水靈，尤其是那個紫睛，還做得一手好女紅，只是嘴巴厲害了點，嘴巴厲害好啊，將來不吃虧……

「你個大嘴巴，以後最好少在大少奶奶面前說倚香閣，爺要是吃了癟，一定會揍你的。」青竹一聽墨書說倚香閣，便一巴掌拍在墨書頭上罵道，完全忘了方才是她自己先說的。

素顏被葉成紹抱著飛了起來，人像是坐飛機一樣，偏又不如飛機坐著舒服，頭暈目眩的，顧不得羞澀，雙手緊緊摟著葉成紹的脖子，嘴裡卻罵道：「你發神經了嗎？好多人看著呢……」

「怕什麼，咱們可是新婚夫妻，他們沒見過夫妻恩愛嗎？」葉成紹腳步輕點。一想起素顏說的那句話，他就渾身躁熱。要有子嗣，可不就得先行周公之禮嗎？天知道，每天睡在娘子身邊，看得到、吃不到，他忍得有多辛苦，簡直就是水深火熱啊，偏生這個又是個烈性的，生怕惹火了她會逃……只能慢慢來，可這一個「慢」字，就像文火煎藥、鈍刀割肉，難受啊。

到了苑蘭院的門口，葉成紹也不將素顏放下，抱著人就直往裡屋衝。紫晴和紫綢兩個自大少奶奶一大早被宮裡的人接走，心裡便忐忑不安，若是皇后娘娘召見還好說點，卻是太后召見的，兩人都知道洪氏死得蹊蹺，都怕太后和貴妃會將洪氏的死怪罪到大少奶奶身上去，千萬別遭什麼罪才好了。

這會子見大少奶奶穿的衣服不是出門的那一套，一眼瞥去，連頭面都改了，好像是朝服，兩人又驚又喜，可是世子爺這是做什麼？怎麼急匆匆就往裡屋去，難道大少奶奶還是挨了罰？

如此一想，紫綢心急如焚，跟著葉成紹也往裡屋衝，卻見世子爺正壓在大少奶奶身上，她嚇得立即滿臉通紅，趕緊退了出來，面紅耳赤的，心跳半天都沒平靜下來。

紫晴沒跟上去，卻見紫綢紅著臉退了出來，心中了然，眉頭一皺道：「一會子可是到了飯時，大少奶奶又是初掌中饋，侯夫人如今病著，用餐時，上房裡沒人可不行啊，大少奶奶怎麼著也得到堂才行。」

紫綢一聽，也正是這麼個理，眼瞅著就要開飯了，作為當家人的大少奶奶不去主持可不行，幾大家子人圍幾桌呢，不看著，出了什麼亂子，又潑髒水到大少奶奶身上怎麼辦？可是這情形，她也沒法子，做下人的，再笨也不會在這個時候去討主子們嫌。

紫晴皺著眉頭在屋裡打轉，這時，陳嬤嬤從後堂裡走出來，問紫綢。「大少奶奶回了沒？」

紫綢對著裡屋努努嘴。「在裡面呢。」

「臉色如何？還好吧，沒受啥氣吧？」陳嬤嬤連聲問了一大串。

「封誥命了，品級沒看出來，爺抱著進去的呢……不過，應該還好，沒受氣吧……」紫綢也不知道要如何回答，心急地看著穿堂外，乾脆走出去問問紫雲，廚房裡開飯還得多久，可別正是……那時候，可就不好了，二夫人、三夫人幾個可都不是好相與的，又正是大少奶奶封了誥命的日子，以世子爺的地位，再如何也會是個三品誥命，比二夫人和三夫人都不低，大少奶奶若不去上房用飯，不定就要說什麼拿架子、不尊長輩的話了。

「抱著進去的？沒受罰吧，不行，我得去瞧瞧，爺粗手粗腳的，妳們兩個也是，怎麼就不進去服侍著呢？」陳嬤嬤聽了心中也很不安，抬腳就要往裡走。這會子紫綢到了外面找紫雲去了，紫晴剛要制止，卻將抬起的手又放下。

可是，陳嬤嬤剛一走到門口，伸了手想掀簾子，卻將手又放了下來，疑惑地問紫晴。

「妳們兩個不進去，不會是……」

看紫晴臉色有些泛紅，陳嬤嬤不由笑了出來，激動地搓著手道：「好、好、好，大少奶奶總算是想通了。唉呀，老天保佑，過幾個月要是能懷上就好了。」

紫晴一聽，臉色更複雜了，衝口就道：「嬤嬤也不看看是什麼時辰，到了飯時呢，要是前頭來請大少奶奶，咱這該如何回啊？」

「有什麼不好回的，就說大少奶奶今天累著了就是，上房裡的飯菜早有人安排好了，廚房裡、上房值守的，哪一個不是做慣了的？大少奶奶在與不在，他們還不照樣吃著就是？以前可沒怎麼將咱們大少奶奶看重過，這會子離了大少奶奶還吃不得飯了不成？」陳嬤嬤對著紫晴就是一頓說起。

紫晴聽得臉都要綠了，不過也沒法子反駁，只能自己乾著急，一時，也跟著到穿堂前去了，眼不見為淨。自己一個丫頭，急也是白急，有的事情怕是注定了，沒法子改變。

不承想，一到門口，就見院外頭，司徒蘭正帶著丫頭往院裡來，眼睛一亮，熱情地招呼道：「司徒姨娘是來看大少奶奶的嗎？大少奶奶才從宮裡回來，跟爺在屋裡說話呢，今天可是大喜的日子，大少奶奶封了誥命了。」

司徒蘭也是聽說素顏被封了一品誥命，在屋裡聽著心裡便很不是滋味。一品啊，怎麼可能，自己家母親也才二品，一品可是形同侯爵，看來皇后娘娘是真的很喜歡藍素顏，為了她連朝廷規制都打破了，她也不知道是嫉妒還是羨慕，還是不屑，總之心情很複雜，就想到正屋裡來，想看看葉成紹的臉色，想問他，要將自己置於何地？那一品誥命，原本應該是她的啊……

「我是來恭喜大少奶奶的，也不知大少奶奶方便不？」司徒蘭難得和顏悅色，說話時，眼睛也沒朝天看著，肯睜眼看紫晴幾個了。

紫綢正跟紫雲說著話，沒想到紫晴竟然把司徒蘭給招進來。這妮子真是越活越回去了，她究竟想做什麼？這司徒姨娘原就與大少奶奶和世子爺都不對頭，這會子若是知道屋裡的人在……那還不得氣死去？

她不由瞪了紫晴一眼，笑著對司徒蘭道：「奶奶有些不舒服，爺在陪著說話呢，都到飯時了，要不，姨娘先用了飯再來？」

司徒蘭聽了，心裡不由鬱堵得慌。藍氏都封了一品了，那混蛋還小意地在邊上陪著，他的眼裡還有沒有其他幾個人？正室又如何，還不都是人生父母養的，還不都是他娶回來的老婆，憑什麼就不分些心來關心其他人？

「大少奶奶不舒服嗎？那我更要進去看看了，來了，又知道了她不舒服，不看望下，人家還會說我眼裡沒大少奶奶呢。」司徒蘭的聲音便有些冷，抬了腳便往屋裡走。

紫晴在前頭殷勤地引路，剛走到正門，不等陳嬤嬤說話，便揚了聲道：「大少奶奶，司徒姨娘給您道喜來了！」

卻說葉成紹抱著素顏直接進了裡屋，回頭一腳就將門給踢關了，卻忘了騰出一隻手來上閂，心急火燎地就把素顏往床上一放，自己踢了靴子便壓了上去。

素顏心頭亂糟糟的，剛才是被葉成紹的細心和體貼給感動了，又經歷了宮裡的那些事，知道他對自己的那顆心，又瞭解了他的一些身世，同情、不捨、感動，幾種情緒都絞在一起，衝口就說了那一句話，沒想到這廝一下子就將她抱回來，如今還壓在她的身上，真的要……將自己全部交付了嗎？

「娘子……」葉成紹熱情似火，渾身躁熱難耐，伸手就開始解素顏的衣扣，俯下身，小心地親吻著素顏嬌豔欲滴的肌膚，由額頭到鼻子，再到臉頰，再到耳根，細細密密，半分也不放過，溫柔而又極富耐心。倚香閣的紅英說過，女子第一次是很害怕的，也會很疼，他不想讓娘子痛，一定要小心呵護她，更要讓她一輩子也不能忘了他們的第一次。

紅英還說，女孩子對第一次的男人有歸屬感，會永遠都將那個男子刻在心裡面。娘子這一輩子都只能有自己這一個男人，所以，他更要好生待她，不能讓她受一絲一毫的痛楚。

所以，他很小心，也很細心。

他的吻熱烈而細密，素顏能感受他的小心和憐惜，心裡的一絲猶豫和惶恐不知不覺消散了，手也不自覺地勾上了葉成紹的脖子。她並非第一次，前生有過經驗，究竟要如何做，她心裡明瞭，可是……好像不是時候呢，如今到了飯時，而且，今天是她封誥命的日子，府裡的人肯定都會趁著飯時向她道喜，就方才看到二夫人、三夫人臉上那點表情，她也不敢在這個時候缺席上房的午飯，會引得她們更加羨慕嫉妒的，還是……

可是，葉成紹每吻一下，都能讓她的心為之一顫，那酥麻的感覺好像帶了電一樣，能震動她神魂，她也有些意亂情迷起來，小手也不自覺地撫摸著葉成紹的脖子。葉成紹得到她的回應，心裡一甜，越發激動起來，花了好大的心神才控制自己想要撕扯掉兩人身上礙事的衣服的衝動，又費力地解開了素顏身上的一顆盤扣。

他沙啞而魅惑地在素顏耳邊呢喃。「娘子，別怕，我會很輕很輕的。」

素顏輕輕嗯了一聲，聲音嬌柔得像要膩出水來，聽在葉成紹的耳朵裡，便成了致命的誘惑。他心神為之振奮，一隻手慢慢撩起素顏的裙襬，伸了進去。素顏腦子裡也是一片懵，看他急切得頭上都沁出汗來，心疼他，顫抖地伸了手去幫他解他的衣服。

兩人這會子還真有點乾柴碰到烈火的感覺，正兩情同醉時，外面突兀地傳來紫晴的稟報，像是一盆冷水澆在了頭上，素顏頓時清醒，忙鬆開解葉成紹扣子的手，推了推他道：「相公，司徒妹妹來了，我出去看看。」

「娘子……」葉成紹一聽司徒蘭的名字，頭皮就有些發麻。若是別的女人，他怕是大罵起來了，真是不識時務，竟然在這麼關鍵的時候來打斷，要人命啊，真的要人命，難道又要去淋冷水？熱情似火的時候被人攪了，他真想罵司徒蘭家十八代祖宗，怎麼就生了這個討厭的女兒出來，存心陷害他……

葉成紹只差沒學著狼仰天高嗥一聲。也太悲哀了些，難得順利進行一次，竟然要無功而返，他一口牙都快咬碎了，若是司徒蘭在面前，他真想一掌拍死她。

素顏看葉成紹臉都綠了，知道他忍得難受，她也沒想到司徒蘭會在這個時候來，不過，人家也沒想到他們夫妻會在這個時候辦事好不好，大白天的來給她賀喜又沒有錯……

她壞心眼地將手伸下去，抓住葉成紹的某處昂揚，使勁上下握了一把。葉成紹哪裡受過如此大補，整個身子都一顫，頓時便更加控制不住自己了，在喉間沈著聲喚道：「娘子……

妳想要了我的命嗎？」

素顏笑著抱住他的頭，在他額前親吻了一下道：「我可不想就這麼草草地把自己給了你，晚上……咱們……準備妥當些，正正式式地洞房可好？」

聽到素顏如此說，葉成紹也覺得自己好像對素顏不夠尊重，原本也有的人家裡娶個小媳婦回去，並不急著圓房，而是等兩人都大些了，才行圓房之禮，圓房那天倒是要正式一些，如此一想，他便是身子再灼熱，也只得忍了。

心裡暗罵著司徒蘭，一時又想起司徒蘭娶回家的那一天，洞房花燭夜，他原還想與她行周公之禮的，打算著只是用個妾室名分挫挫她的傲氣，還是升她為正妻，畢竟他也知道自己對她做過火了些，雖然她著實有些生厭，但是沒承想，她卻驕傲得像隻孔雀，高抬著下巴，輕蔑而高高在上地看著他，一副要自己臣服於她的樣子。他一看到她那樣子，就提不起半分的興趣了，正想轉身就走，可偏生侯爺命人將外面的門給鎖了，讓他出去不得。

而司徒蘭看他竟然在洞房之夜要棄她而去，更是氣了，坐在床邊就哭了起來。他一時又心軟了，也覺得她堂堂一個侯府嫡長女，才貌雙全，卻被自己弄成了小妾，著實有些過火，便又放下身段去哄她，哄了好一陣後，她好像也迷迷糊糊地要睡了，自己的手搭在她身上時，她也沒抗拒，還將頭埋在他的懷裡。按說，就此發展下去，他們應該水到渠成，成為了真正夫妻才是，可是偏生他就是對她生不出激情來，面對她時，心裡像是膈應著什麼東西，就是動不了情，沒那份要將她壓倒的衝動。

他不由懷疑起來，倚香閣的姑娘們可沒少挑逗過他，他也有這種感覺，玩鬧歸玩鬧，他就是感覺不願意隨隨便便就與人做成那事，好像很髒，還……有點噁心。

後來，倚香閣的姑娘們便暗地裡說他可能那方面不行，讓他知道後，氣得五佛升天，好生將那些姑娘妹妹們都整治了一頓，並下了封口令，不許她們亂說半句。

司徒蘭那一晚，怕也以為他有那種毛病吧？他將她抱到了床上，蓋好被子，自己卻歪在椅子上睡了一宿。司徒蘭那樣高傲的一個人，自然不可能會對他主動……那一夜，他過得平淡乏味，後來連他自己都覺得，自己是不是有心病，怎麼見了美麗女子不能像別的男人那樣一衝就上去了呢？

而他，也因此更流連於風月場中，在煙花之地與大周京城各大名妓耍嬉玩鬧，也沒少與妙齡絕色美女親暱過，但是，總是無法對她們心動情動，他都有些懊惱了，只怕自己真的有心病呢……

可那天，他在藍家後院看到了素顏，看到她分明柔弱的一個嬌俏女子，卻勇敢決絕、果斷大氣，讓他有些好感。

在司徒家的那一次，眼看著她就要嫁給上官明昊，他心底突然便有一種就要痛失至寶的失落和難受，衝動之下，他將她摟進懷裡，沒想到，只是輕輕地觸碰，就讓他心跳如鼓，竟然有種將她嵌入身體與他同為一體的慾望。

而身體某處的叫囂也讓他終於釋然，原來他沒病，只是沒遇上真正心儀心動的人而已……後來，他更是不顧一切地想要得到她了……

「相公，那個……我出去了。」素顏看葉成紹一副無精打采的樣子，眼神又有些迷離，便扯了扯他衣袖，有些不好意思地說道。

男人在最緊要關頭被打斷，確實很殘忍，她也明白，因為……她方才也是情動不已，深陷其中。

還好，素顏她沒有嫁給上官明昊，還好，她終於成為了自己的妻。葉成紹自沈思中回神，站起身來，溫柔而又像害怕失去一樣，緊緊地抱緊素顏，下巴擱在她的肩上，呢喃著。「娘子，我們來日方長，我……要給妳一個最好的洞房之夜，是我太急了，我們一起去見見她吧。」

素顏聽了嫣然一笑，抬手幫他撫了撫頭髮，將他的髮冠正了正，又抻了抻他衣袍，柔聲道：「我去換了這身朝服吧，沒得又讓她看了難受。」

「嗯，娘子，妳換吧。」葉成紹此時心裡一片祥和，與素顏在一起，總覺得心裡不再空洞孤獨，更不會寂懼惶惑。

素顏迅速換了身衣服，取下頭上的頭面，只戴了家常的首飾，與葉成紹雙雙出了門。

第七十七章

司徒蘭坐在正堂的繡凳上，神情很是複雜，見到葉成紹與素顏肩並肩地出來了，男子氣宇軒昂、丰神俊朗；女子俏麗清雅、大方端莊，二人雖沒有親暱舉動，卻顯得那樣的默契，一股淡淡的情意在二人眼波間流轉。尤其葉成紹，只是一個不經意的眼神，也能夠看得出他對藍素顏的情意有多濃，她不覺眼睛一陣酸澀，有些狼狽地撇開眼去。

「多謝司徒妹妹好意，妹妹可曾用過午飯？」素顏看出了司徒蘭的不自在，很隨意地走到正位上坐下。

司徒蘭怔了怔，眼睛忍不住就看向素顏，發現她笑眼中春意流轉，兩頰緋紅，比之往常更添了幾分嬌媚，不由抿了抿嘴，強壓心頭的酸澀。「聽說皇后娘娘下旨，給姊姊封了個位同侯爵的一品誥命，妹妹特來給姊姊道喜。還是姊姊福分大，以相公的品級，最多也就能封個三品，娘娘倒是為了姊姊逾制了。」

「多謝妹妹，這原就是相公的福分，相公深得皇上喜愛，皇上愛屋及烏，才破例封了我個一品，不過是個虛名，倒也不用太過看重的，好生服侍相公才是正理，才能不辜負了皇上隆恩。」素顏淡淡地說著應景的話。

她很隨意的一句話，卻是讓司徒蘭聽得很是刺耳。竟然是皇上御賜的，那就更讓她生妒了，如果，當初……當初那混蛋其實對自己也是不錯的，只是……若不然，這一品的誥命也該是自己的。父親曾說過，與他在一起，會有意想不到的榮華，起先不信，如今看來倒是有些端倪，只是卻被一個小小五品下官之女得了去，讓她好生不甘。

「相公，何時也給妾身封個命婦回來，也不枉妾身以侯門嫡長女之身分，下嫁你一場。」司徒蘭語帶怨氣地對葉成紹道。她如今也不敢隨便對素顏如何了，畢竟一品誥命，不是她一個小小的妾室所能冒犯的，但葉成紹禮讓她慣了，對她心懷有愧，她對他說話就放肆得多。

「呃……」葉成紹聽得有些發懵。她一個妾室，怎麼可能被封為命婦？大周朝還沒有這個先例……

「怎麼，相公眼裡便只有姊姊嗎？怎麼說，妾身也是出身貴門，皇上既然會為了姊姊逾制，那應該也不在乎再多違些祖制吧？」司徒蘭一看葉成紹那遲疑為難的樣子，心裡就鬱堵，一股火氣直往頭上冒，說起話來也不管不顧了。

「妹妹可是在責怪皇上為了我而違了祖制？」素顏很不喜歡司徒蘭對葉成紹說話的態度，司徒蘭看起來並不太壞，就是自小被寵得太過，有點目空一切，認不清自己形勢。

「難道不是嗎？哪有一個三品世子之妻，被封一品的，妻子倒是大過丈夫了，姊姊可真威風。」話既然扯開了，司徒蘭就有些收不住，加之她如今是又嫉又氣，哪裡還管什麼說得，什麼說不得。

「喔，妹妹不知道皇命大於天嗎？規矩既然是人定的，自然就有人違反，就像妹妹妳會以一個侯門嫡長女身分與人做妾一樣。這世上，總會出一些違背常理之事，妹妹便是心中再不服氣，現在也只是相公的一個妾而已，妹妹還是認清自己的地位好點，不要總說些違制不違制的話。說起違制來，妳一個小妾，如此在相公面前大呼大叫，難道就不是逾矩？」

「妳……妳太刻薄了，就算妳被封了一品也不能如此欺辱於我吧？藍素顏，別人怕妳這一品，我可不怕。皇上為何會封妳一品，妳自己怕是都不知道，我卻知其中緣故。不要以為妳這一品有什麼了不起，只要我肯與這個混蛋好生過日子，將來，皇上只會封我更高位分，妳不要得意得太早了！」司徒蘭自繡凳上站起來，指著素顏的鼻子罵道。她今天是被刺激得過頭了，一些藏在心裡的話也忍不住說了出來。

「妳言下之意，以前是不肯與相公好生過日子，是看不起相公對吧？妹妹好大的本事、好大的魅力，是不是只要妳勾勾手指頭，相公就會對妳俯首帖耳，百依百順？」素顏面若寒霜，兩眼如寒鋒冷視著司徒蘭。她今天若不讓司徒蘭服軟，以後府裡還會有不少么蛾子弄出來了。

「妳……我沒這麼說。」司徒蘭有些心虛，被素顏揭穿話裡的涵義後，她並不如以前那樣底氣很足了，葉成紹對她究竟懷著怎樣的感情，她現在也有些沒有把握。

「傻子都能聽出妳話裡話外的意思來。相公，司徒妹妹可是說了，以後會賞你個臉，好生跟你過日子呢。」素顏轉過頭，換了一副笑臉地對葉成紹道。

葉成紹聽得背後一陣發寒。娘子好像動了真怒呢，他立即討好地笑著對素顏道：「我只好生跟娘子過好日子就成了，其他人都由娘子管著。男主外、女主內，內院裡的事情，我就不管了。」

「妹妹，妳出身貴門，我也清楚，只是我再警告妳一次，混蛋兩個字，不是妳能罵的，哪怕以前妳貴為公主，如今也是相公的一個小妾，請注意自己的身分，如若再聽到妳辱罵相公，可別怪我不客氣了。」

「妳……妳不要太得意，總有一天，我也會與妳平起平坐的。」司徒蘭嘴硬得很，也不給素顏行禮，起身就往外走。

素顏眉頭一皺，大聲喝道：「大膽！司徒蘭，不要以為相公讓著妳，妳就可以為所欲為，這府裡還是有規矩的。來人，將司徒姨娘拉進後園的小黑屋裡關起來，關上一天一夜，讓她明白，什麼是嫡什麼是庶，何為尊卑高下！」

紫晴早就看司徒蘭不順眼了，敢明目張膽地跟正室夫人叫板原就是不知死活，何況正室還是一品誥命，那便更不知死在哪裡了。一聽素顏喝令，手一揚，便叫來兩個粗使婆子，上前二話不說，先堵了司徒蘭的嘴，讓兩個婆子挾住就往外拖。

司徒蘭原本還想罵的，這會子被堵了嘴，半句也罵不出來，氣得直踢腳。她的貼身丫頭也是護國侯府裡陪嫁過來的，一見這樣，不由也罵了起來，揚言要回護國侯府告狀，說素顏欺負了司徒蘭。

紫晴一聽，回手就是一個巴掌，打得那丫頭半點不敢再說話。「我告訴妳，妳主子如今是寧伯侯世子的妾，妾是什麼意思？半奴婢半主，明白嗎？她犯了錯，就該受正室夫人的罰，妳若再鬧，拿板子抽死妳。」

那丫頭嚇得立即跟了兩個婆子出去了。素顏皺了皺眉，忙招了紫綢過來道：「妳派幾個人好生守住黑屋，好菜好飯地待著司徒蘭，別讓人乘機欺負了去。」

紫綢聽了微微點頭。她也不想素顏與司徒蘭的關係鬧得太僵了，更是怕有心之人乘機從中鬧事，如此，只是削削司徒蘭的傲氣也好。

葉成紹自然也聽到了素顏與紫綢的一番對話，眉頭微鎖，想起洪氏死得離奇，身子一閃，便縱了出去。

素顏知道他有事要做，也沒怎麼在意，帶著陳嬤嬤和青竹兩個去了上房。

二夫人、三夫人已經坐在上房，文嫻、文靜、文貞、文英幾個都在，她們看見素顏來了，幾個姊妹同時上前給素顏行禮，恭喜她被封為一品誥命。文嫻挽著素顏的手，笑意融融。

「大嫂子，聽說妳去了太后宮裡，妹妹還真擔心呢，沒想到，得了個一品誥命回來，真是可喜可賀，這可算得上是葉家的大事了，葉家除了姑母以外，就是大嫂子的身分最高了。」

素顏聽了笑著用手指戳她的腦門道：「胡說些什麼呢，這府裡最大的是四叔祖母，其次就是父親母親，一大家子人講那些個虛頭巴腦的東西做什麼。」

文靜自素顏進來後，眼神就有些複雜，這會子看文嫻跟素顏有說有笑，便也湊了過來。「恭喜大嫂。」

「二姊姊該多與大嫂親近親近，沾沾大嫂的福，保不齊以後嫁了，也能成個一品誥命呢。」文嫻乘機笑話文靜，文靜瞋她一眼道：「三妹妹難道就不想嗎？聽說壽王梅花盛會上，東王世子可是要來喔，三妹妹以後若是成了東王妃，可不要看不起姊姊喔。」

文嫻被文靜說了個大紅臉，舉起小拳頭就打文靜，幾個姊妹鬧作一團，氣氛倒還算融洽。

文英仍是一派直率爽朗，她看著文貞，等文嫻和文靜走開了些，才走了過來，給素顏行禮道賀。素顏雖然對劉姨娘有點感冒，倒是有幾分喜歡文英，身為侯府庶女，不卑不亢、大氣自然，很是難得，想起娘家的妹妹素麗，她的心便有些柔軟，但願自己與這個女孩子不要發生衝突，能成為好朋友才好。

二夫人和三夫人難得也和氣得很，一頓飯吃得大家都高興。用過飯後，素顏便有些發睏，處理一些瑣事後便回了屋。

今天一天也著實太過疲累了，回到屋裡，她吩咐紫綢看門，誰也不要吵她，倒床便睡了。

也不知道睡了多久，迷迷糊糊中，感覺脖子處癢癢的，她下意識就伸手去拍，卻是觸到一個物體，睜開眼一看，只見滿室銀輝閃爍，那流瀉的光暈柔和，還帶著淡淡的聖潔之氣，有如置身月光之中，可頭頂紅紗繡帳，身上也蓋著熟悉的錦被，這是……

她將眼睛睜大了一些，轉過頭看向紗帳外，清澈的眸子裡頓時綻放出無限光華，心中無比震驚。

多寶格架、梳妝檯、掛衣櫃，還有窗檽上，只要是屋裡的家什上，都擺著一盞黃金燭檯，燭檯上放著的不是燭火，而是一顆顆碩大的夜明珠，顆顆光華流轉，燦亮卻不耀眼，光線柔和溫暖，灑在人身上，如沐月華。

「娘子，可還喜歡？」葉成紹自素顏身邊探出頭來，身上散發著淡淡的青草氣息，還有一絲沐浴過的清爽。身上的外袍早就脫了，只穿了一身潔白的絲綢中衣，臉上的笑容卻有些忐忑，似乎生怕素顏會不滿意他的佈置。

「好美。」素顏忍不住說道。只是，她睡了一下午嗎？抬眼看窗外，果然真是天黑了，想起許過葉成紹的話，不由瞋了葉成紹一眼。這傢伙精蟲上腦，無時無刻就想要做那事……伸出手想要拍他，卻觸到他眼裡的那一抹小心，不由心一軟，改拍為抱，在他額頭上印下一吻。

「真的嗎？我想了好久，不知道佈置出什麼樣子，才能配得上我的娘子。」葉成紹聽得大喜，星眸中閃爍著炫目的灼光。

「那娘子，咱們……洞房吧。」他的聲音有些微微發抖，實在是兩個在一起睡都睡了好幾回了，肌膚之親也有，卻總是臨淵止步，幾番持槍上陣，卻被人下了槍膛子，碰到誰，誰也會擔心的。

素顏不由在心裡對葉成紹翻了個白眼。做這種事情，不都是男人主動的嗎？要做便做就是，還非要問人家願意不願意，女孩子便是再願意，也不好意思訴諸於口吧？

看素顏嬌羞地垂著頭，吹彈可破的肌膚紅得像一抹豔麗的雲霞，葉成紹的心一陣急跳，像是要從胸膛裡蹦出來一樣。他伸出一根手指，托起素顏尖俏的下巴，眼睛盯著那豐潤、泛著紅暈的唇瓣，伸出長舌，像是品嚐極品美味一樣，沿著細細的輪廓描繪了一圈。

素顏雙眼柔得似水。她也很期待接下來要發生的事情，葉成紹滿頭長髮披散在腦後，如絲如綢，飽滿的前額被夜明珠照得透亮，那像被雕刻過的臉龐，陽剛中揉進了一絲柔和的美感，她不由在心裡喟嘆，真是極品美男。以前就覺得他長得帥，這會兒更覺得帥得掉渣，自己還真是忍得住……不知他的身體是不是也是極品呢，聽說練武之人，都會有六塊強健的腹肌、倒三角的身材還有……她如水的雙眸變得迷離而燦亮起來，伸了手，就主動去脫某人身上的衣服。

葉成紹品嚐完素顏的唇瓣，又移向了她的耳朵。娘子好像很喜歡自己親那裡呢，每次一親，她的身子就會慢慢變軟……

卻不知，身上的綢衣不知何時已經滑落了，露出完美傲人的身體，某個平素無比端莊的女子正化身成色女，目瞪口呆地看著他，眼神比他的還要亮。

「娘子……」葉成紹感覺有絲涼意，才後知後覺地發現，自己已經袒露在素顏面前了，身上一絲不掛。他長這麼大，雖不是第一次在人前如此裸露，卻是第一次被人當珍品一樣欣賞著，一股羞意自心裡溢出。

娘子也太大膽了一些……那眼光，她怎麼像是要吃了他似的？

「乖，再給我看看。」素顏像是大灰狼在哄小白兔，自己卻還穿得嚴實，一件中衣連領扣著，根本沒解開。

不行，太不公平了，也得把她的衣服脫掉才行。葉成紹伸了手就去工作，卻是越急越笨，半天也沒解開一粒來。

只聽哧啦一聲，緊接著一股涼意讓她顫了一下，就聽葉成紹啞著嗓子道：「娘子……」一低頭，素顏就看到自己身上也不著寸縷了。某人沒耐心解扣子，直接將她身上的衣服全撕了，她正要發火，那是她費了幾天的工夫才做成的純棉內衣啊，就此毀滅了。

可是話還沒出來，葉成紹一下堵住了她的嘴，順勢將這不老實的女人壓在了床上。他便是再羞，也知道這個時候，男人要是讓女人占了主導，那可是太沒面子了。

他輕輕叩開素顏的貝齒，長舌長驅直入，不放過素顏口中的寸土，捲起那調皮的舌頭就用力吸吮。與以往的幾次長吻不同，這一次，兩人赤身相對，肌膚貼著肌膚，他能感受到她的柔軟和曼妙，她被他的陽剛和健碩包圍，尤其當他的大手毫無阻攔地撫上她俏立如白兔一般的豐挺時，她身子為之一顫，那如閃電般的快感又麻又酥，迅速在身上傳播開來，而兩腿間的昂揚也再無阻隔地侵入她的雙腿之間廝磨著，讓她感受到了他的偉健。

一記長吻，讓素顏迷失了心魂，而葉成紹的大手還在四處點火。他伸出食指輕輕撥弄著她的蓓蕾，一股激流直衝大腦，素顏忍不住就輕吟了一聲，像是最美妙的仙樂，讓葉成紹得到莫大的鼓舞，乾脆俯下身去，張嘴便含住了一顆，舌頭輕舔著。

「葉……葉成紹，你……」素顏急喘著，羞人的聲音不斷的自她喉間逸出，她覺得好不挫敗，不行，她要主導，她可不想被葉成紹這個二愣子打敗了。

「娘子，舒服嗎？」葉成紹的聲音像是帶了魔力。他不急，雖然某處像要爆裂，但不行，太急了會傷著娘子，娘子的身子美妙得像一朵幽蘭，他希望她能在自己面前盡情綻放，可他沒有多少經驗，以前倒是聽倚香閣的人說過一些，那時他只覺得好玩，真真實踐起來，還有些力不從心，不知道要如何才能取悅娘子。

「混……混蛋。」素顏迷離地罵道，她極力想要坐起來，可是，力量懸殊，她哪裡撼得動他。

「不好嗎？」葉成紹有些挫敗，可是，明明看到自己所摸之處粉紅一片，他的大手又往下游移而去，那春宮圖上描繪的重要部位就在……他試著探手下去，只伸了兩指，竟然感到一股濕熱，是……是娘子情動了才有的吧？不行了，他忍不住了，很想持槍上陣，可娘子的身子好像還沒有完全打開，她會不會痛？紅英說，男人的第一次要有足夠的耐心，不然女孩子不滿意了，會生怨的。

他又試著在那裡探了探，觸到一顆如珍珠般的小顆粒，下意識地撥了下，果然，素顏的身子急顫，喉間逸出嗚咽聲，而那裡又是一股熱流噴出。葉成紹大受鼓舞，探下頭去，伸出長舌就舔了一下。

素顏哪裡經過這樣的事，立即呼出聲來。她節節敗退，此時腦子裡一片模糊，某人說讓她查驗，說他是乾淨的，不可能，處男怎麼如此會調情？

正自惱火，下面又傳來一陣急劇的快感，腦子徹底空白了，只能喘氣，身子癱軟下來，整個人便像一朵怒放的牡丹，綻開在葉成紹眼前。葉成紹再也忍不住，長腿一跨，持槍便要往裡闖。

第一次用力一頂，素顏痛得大叫，斥道：「混蛋……你……」

這廝竟然沒找到門路，頂錯了地方，痛死她了，腦子裡清明了一些，一想到要真的是……那不更痛？她扭著身子就想逃，葉成紹大手一箍，俯下來又吻住了她的唇，在她耳邊細語乞求。「娘子……幫我，我……我怕弄痛了妳。」

她心裡像灌了蜜一樣地甜。他……真的是第一次呢，她心裡軟軟的，一股幸福爬滿全身，小手探了下去，幫他扶正，忍不住道：「輕點……」

葉成紹感覺到那一處特別的柔軟、濕潤，腰動了一下，阻力很大，卻是進去了幾分，他控制不住又用勁掏去，溫暖而又柔軟地被包裹著，那種感覺美妙得無法形容……

素顏卻是痛得倒吸一股涼氣，不過，緊接著，葉成紹微動了動，痛裡夾雜著一絲快感席捲而來，她被他填得滿滿當當，連著心，也一起被侵占了。

葉成紹感覺到了素顏的緊緻，忙放慢了一些，又退出來一點點，再緩緩前進。果然，阻力小了很多。他緊咬著牙，強忍著那要放肆馳騁的衝動，大手溫柔地撫摸著素顏的雙峰，嘴裡喃喃道：「娘子，妳好美，娘子……妳以後，徹底就是我的了，別人再也搶不走了。」

素顏聽不清他在說什麼，只覺得自己整個身子都像是置身灼火，渾身血液沸騰，痛和快感一起將她包裹，她再也說不出一句話來，只能隨著他的運動而沈浮，像是被人拋入了九霄雲外，帶入了仙境，各種美妙滋味像潮水般湧來，她應接不暇，無力抵抗。

感覺到了素顏的放鬆，葉成紹終於低吼一聲，動作大了起來。

素顏忍不住吟聲連連，雙腿不知不覺地就纏上了他精壯的腰身，隨著他一聲放縱自己，隨著他一起沈淪……

——未完，待續，請看文創風085《望門閨秀》4

春濃花開

重生報仇雪恨＋豪門世家宅鬥

同人不同命，同樣重生，

怎麼她就是比別人心酸又辛苦?!

步步為營 佈局精巧／禾晏

獲2010年第一屆晉江文學城&悅讀紀合辦

「女性原創網路小說大賽」**古代組第一名**

文創風 074 上

可恨哪！
只因愛了個虛情假意的男人，
她葬送了自己的性命，
雖獲重生，卻有家不能回，
有仇不能報，有子不能認……

文創風 075 中

可笑哪！
四年結髮夫妻，他對她始終冷冷淡淡，
末了還見死不救；
如今她只是換了個好皮囊，
才見幾次面，他竟這般溫柔體貼……

＊隨書附贈 上、中 卷封面圖精緻書卡共二張

文創風 076 下

可歎哪！
再世為人竟又再次出嫁，
而且是嫁入同一個家門，
不同的是，
這次她絕不再委屈自己了……

＊隨書附贈 下 卷封面圖精緻書卡

宅鬥界新天后／

不游泳的小魚

嫡女出頭天，姊妹站起來——

文創風 085 4

自從嫁進寧伯侯府，婆婆不好惹，老是給她使絆子，
後院那些氣勢凌人的貴妾又愛三不五時生事，想欺到她這正室頭上，
儘管她外表溫良恭儉讓，內裡可是隻母老虎，
既然決定要跟了葉成紹過日子，勢必就要出手整治府裡，
免得老虎不發威，人家把她當小貓！
她可以想見侯府內將掀起一番風雨，但相公看似渾得很，
卻萬分支持她的一切，甚至專寵她這個大女人，
讓她更為他感動、心疼不已……
別人或許不清楚，但她已能猜出相公並非侯爺親生兒子，
他另有身分，雖是貴不可言的秘密，卻也令親生父母無法認子，
而他，只能如此尷尬地做個名不正、言不順的侯府世子；
他的浪蕩無賴，在她看來只是他為了應付身世的偽裝，
真正的他卻是個貼心專情又愛妻愛家的好男人；
他待她好，她便以真情回報，那些對將來、對婚姻的猜疑，
早已因他而煙消雲散，如今，他便是她的夫，她的天……

望門閨秀

鬥之精神：從宅門內鬥到皇宮裡！小蝦米也能長成大鯨魚～～
鬥之門道：國內鬥完無敵手？那就包袱款款出國去～～

文創風 086 5

她和葉成紹想離開侯府、離開京城，去過平凡小夫妻日子，
偏偏他無法公開的身分牽絆著兩人，更身不由己捲入皇室鬥爭……
皇帝給相公一展身手的機會，卻要他做個孤臣，斷了他羽翼，
大皇子、二皇子暗自角力、爭奪儲君之位，又要拉攏他倆，
太后雖是疼愛自己，但也暗暗阻止他們夫妻的行事；
人心究竟藏了些什麼，她真的摸不清了，
不過相公想要什麼，她卻是清楚明白，就是做他身後的支持；
如今，他受皇命得去兩淮治水，留她一人在京城，
那她便想辦法拉攏些貴夫人、王妃，給自己增加人脈，
再覷個時機搬到相公的郊外別院，偷偷弄個小工廠，
製些胭脂香粉什麼的，等她的胭脂鋪子在京城開張了，
他們夫妻便有了收入，也多了些左膀右臂，
這才是真正不受制於人的自由日子啊……

文創風 087 6

原本那個天天賴在身邊嘻笑的男子，如今離開了，她心頭是空落落的，
彷彿心少了一部分，也隨他去了兩淮……
留下的藍素顏只得全心投入自個兒的事業，雖不用轟轟烈烈，
卻也要做出一番成績來才是，於是她才能全放在這胭脂花粉上，
又是改造又是創新，一傳十、十傳百，更是引得其他貴族小姐想與她合作；
眼看自己終於要站穩了，忽然又被召進宮裡參加太后壽宴，
皇后還吩咐她要準備個別致、新奇的節目？這又是哪一齣？
莫非好不容易消停了的後宮鬥爭、皇子奪嫡戲碼又要拐個彎上演？
唉，她的心很小，只想跟著相公四處遊山玩水，平安過日子，
即便相公他身分特殊，也不是就非得摻和進去啊！
這下，寧伯侯的手段、中山侯的態度、靖國侯又暗暗伺機而動，
朝堂局勢不明，他們倆被牽扯入更大的陰謀秘密之中，
他倆又要治河，又要開鋪子賺錢，又得應付大小風波，真是累啊……

文創風 088 7 完

即使人人都想著那至高無上的位置，偏偏他葉成紹對那張椅子只想翻白眼，
那位置害他成了陰溝裡的老鼠，令他飽受別人傷害、嫉妒，活得不堪，
但如今為了替自己正名、替苦了多年的母親出一口氣，
他就算再瞧不起，也要把屬於自己的東西奪回來——
沒想到他都要登上大周皇太子之位，還是有些瞧不清情勢的傢伙鬧事，
他的皇子之路還是一如既往地「熱鬧」、「坎坷」啊……
不過，做了皇子還是有點好處的，比如終於能讓心愛的娘子過點好日子，
過往那些腥風血雨、烏煙瘴氣，總算是散開來，
雖然他倆還得再適應什麼皇太子、皇太子妃的身分，
但天下皆知他的痞賴性子，江山權勢於他而言只是好玩，能得便得，
可娘子是他的命，娘子過得開心幸福，他便開心幸福，
倘若大周朝讓他倆過得沒那麼開心，嗯，似乎還有別的地方可去……

文創風 057 4

她深知自己總是看不透周十九，
便不費心猜他，睜隻眼閉隻眼地過了，
而他，卻時不時透露些自己的小事、喜好，彷彿在引她親近，
彷彿對她説，既然成了親，
便有很長、很長的時間，與她慢慢磨……

文創風 058 5

成親前，從未想過這個狡猾如狐狸、
狠如虎豹的男人能如此呵護自己，
但關於他的事，真真假假、假假真真，
或許有時也要由她「出擊」，
讓他明白，他想讓她心裡有他，
她也想他心中擱著她這個妻子……

文創風 062 6

曾幾何時，
她對周十九的猜疑及不確定淡了，
取而代之的是相信他的許諾，
從前，總覺得相識開始，
他便要將自己掌握在手，
連她的心也要算計，
但如今，
她明白結了婚不是誰拿捏了誰，
誰要主內主外，
卻是累了有個溫暖懷抱可倚靠，
傷心了能放心地落淚……

文創風 072 7 完

人只有一生一世，
真正存在的便是當下；
這一生，他既能為她感情用事，
她也能為他要跟上天拚一次，
搏一個將幸福留在身邊的機會——

重生裡無情似有情・機巧鬥智中藏纏綿悱惻／

一半是天使

想要獲得救贖，只能依靠自己。不想愚昧地懷著悔恨再活一次，

她要穿著美麗的外衣，智慧機巧地為自己推轉命運之輪……

絕色煙柳

文創風 079 上

那年，十五歲的柳芙，
從軟弱可欺的相府嫡女成為皇朝的「公主」，被迫塞上和親。
絕望的她在踏進草原的那一刻，
選擇自盡以終結即將到來的噩夢。
她奇蹟似地重生，回到八歲那年，
她開始明白，死亡改變不了自己的命運；
「前世」那些教她恨著的一切人事物，照舊來到她的面前；
為了獲得真正的「新生」，
她必須善用我見猶憐的絕色之姿，必須費盡心機、步步為營……
然而，姬無殤……成了她重生路上最大最洶湧的暗潮，
他那蘊藏著無盡寒意的眼眸，那看似無心卻能刺痛人的淡漠笑意……
總能將她帶回「前世」那些噩夢中，驚喘不已……
她愈想避開，他偏愈來糾纏；
他究竟意欲為何，連才八歲的她也緊迫盯人……

既然天可憐見，讓她重生一回……
她再不是那個任人欺凌的懦弱女子，
纖纖若柳、絕色之姿成了她的掩飾，
堅強的心志才是她扭轉命運的後盾……

文創風 080 中

柳芙這不到十歲的小人兒，心思玲瓏剔透，姿色猶如出水芙蓉，
想他姬無殤從不把任何一個女子看在眼內，
但這小小女子竟勾惹起他的好奇心，對她出乎尋常的在意。
然而就算對她上了心又如何，她不過是他計劃裡的一顆棋子，
她要是乖乖聽話，他可以容許她那些小小心眼兒、私心籌劃；
倘若她膽敢拒絕了他的交易，哼，她再沒一天好日子可過了……
這可恨又可惡的姬無殤，懂不懂得男女之別？
說話就說話，老愛貼得這麼近，那霸道氣息就快讓她窒息了。
雖然這副身子還只是個不到十歲的女童，
但她的心智已經是十五、六歲的少女了，
前生的她何曾和男子如此靠近過？更何況姬無殤還是她最怕的男人！
在他威逼的態勢之下，她哪有拒絕跟他交易的餘地……
她的生、她的死、她所在意的一切，無一不在他掌握之中啊！

姬無殤，這個天底下她最該防的男人，
時時刻刻放在心底怕著又躲著男人，
居然開口要跟她交易，
她竟傻得與虎謀皮……

文創風 081 下

皇上跟她要一句真心話，只要她願意，便讓她做裕王姬無殤的妃子……
她想起姬無殤那個霸道的吻，勾起的並非只是他心底的慾火，
更讓她正視了那顆掩埋已久、悄然生根發芽的懵懂情種。
一天天的，情意蔓延，愛了卻不敢真的去愛；
那種只有彼此相屬的感情，平淡相依、真實相守的日子，
是她想要的，卻不是姬無殤給得起的……
既然如此，不如就深埋起這段情，
為了他和親出嫁，這是她唯一能為他做的、真心真意……
姬無殤終於懂得情之一字有多折磨人！
在國家大事之前，他與柳芙只是兒女私情。
他能怎麼選擇，根本無從選擇！
眼看著自己唯一愛上的女子，穿上大紅嫁衣，和親出嫁……
他第一次嘗到剜心的痛，
他誓言，要在最短的時間內底定大局，迎她回朝……

願得一心人，白首不相離……
這是她唯一所願，
卻無法奢望她唯一所愛的男人能承諾實現……

文創風
084

望門閨秀 3

國家圖書館出版品預行編目資料

望門閨秀 / 不游泳的小魚著. --
初版. -- 臺北市 : 狗屋, 民102.04-
冊 ; 公分. --（文創風）
ISBN 978-986-328-057-6（第3冊：平裝）. --

857.7　　102004461

著作者	不游泳的小魚
編輯	戴傳欣
校對	黃薇霓　林若馨
發行所	狗屋出版社有限公司
地址	台北市104中山區龍江路71巷15號1樓
電話	02-2776-5889～0
發行字號	局版台業字845號
法律顧問	蕭雄淋律師
總經銷	知遠文化事業有限公司
電話	02-2664-8800
初版	102年5月
國際書碼	ISBN-13　978-986-328-057-6
原著書名	《望门闺秀》，由瀟湘書院（www.xxsy.net）授權出版

定價230元
狗屋劃撥帳號：19001626
網址：love.doghouse.com.tw　E-mail：love@doghouse.com.tw